ハヤカワ文庫 NV
〈NV1484〉

追跡不能

セルゲイ・レベジェフ
渡辺義久訳

早川書房
8704

UNTRACEABLE

by

Sergei Lebedev

Translated by
Yoshihisa Watanabe

First published 2021 in Japan by
HAYAKAWA PUBLISHING, INC.
This book is published in Japan by
direct arrangement with
LITERARY AGENCY GALINA DURSTHOFF.

ホムンクルス（フラスコのなかからワーグナーに）
お父さん、ごきげんはいかがですか？　冗談ではありませんでしたね。
さあ、優しくわたしを抱きしめてください。
でもあまりきつく抱きしめると、ガラスが壊れてしまいます。
物事の性質というのはこういうものです。
自然な物にとっては宇宙といえども狭い、
人工の物には仕切った空間が必要なのです。

（メフィストフェレスに）
ところでいたずら好きのおじさん、あなたもおいでですか。
ちょうどよかった。ありがとう。
あなたがここに来てくださったのは、いい巡り合わせでした。
わたしも存在することになった以上、働かなければなりません。
すぐにでも仕事にとりかかりたい。
あなたは何事にも精通しているので、しかるべき道を示してくださるでしょう。

ゲーテ著『ファウスト』第二部

追跡不能

登場人物

カリチン……………………………ニーオファイトを発明した化学者。のちに亡命
イーゴリ・ザハリエフスキー……研究者。シティの有力者
ヴェラ………………………………カリチンの妻
トラヴニチェク……………………神父
シェルシュネフ……………………中佐
グレベニュク………………………少佐。軍事技術者
マキシム……………………………シェルシュネフの息子
ヴィリン……………………………三十年前に亡命した化学者

1

ヴィリンは、年とともにからだを蝕む目立たない慢性的な病に慣れてしまっていた。だが、夏になるとその疼きや痛みをいっそう強く感じた。そういった痛みは、彼が亡命を実行した記念月でもある八月下旬までに熟して力を蓄え、関節や血管、眼球を苛み、暑さが収まり気圧計の数値が落ち着く初秋になるとすっかり消え去るのだった。

これが欠席裁判で下された死刑宣告なのかもしれない、冗談でそう呟く彼の唇は、先送りになっている死の苦みを感じた。

〝それとも、からだが復讐しているのだろうか？〟ヴィリンは思った。〝整形手術で変わった新しい顔への復讐？　レーザーで消された傷や痣への？　からだがそういったことを覚えていて、亡命した月に復讐を果たそうと準備しているのだろうか？〟

目の色を変えるために着けているコンタクトレンズのせいで、長年、結膜炎に悩まされていた。靴底を上げているために脚が痛み、髪も染めているせいで傷んでいた。他人になりきるためには、日々のたゆまぬ努力が欠かせないのだ。そういったことに慣れることはなかった。

公式には、以前の自分はもはや存在しない。いまでは別人になっている。嘘と変容の達人たちによって創り出された拾い子、取替え子というわけだ。

異なる言語。異なる習慣。寝ているときの夢さえも異なる。そして、むかしの記憶を包み込んでしまったかのような異なる記憶。

新しい身分というのは、人工装具のようなものだ。本当の自分の一部だと感じたことなど、ほとんどない。

メスによって描きなおされた彼のからだは覚えている——肝臓や腎臓などの内臓の記憶が、生きている証(あかし)として胆石や腎臓結石のように結晶化し、とどまっているのだ。もはやヴィリンは過去の自分には戻れないが、からだは抵抗した。ありふれた比喩的な刑の宣告には、そのまま法的な力がともなっていた。

強制的な第二の人生への生まれ変わりを拒絶し、断固として老いていく肉体を、ヴィリンは抑え込もうとはせず、それを重んじて好意的に観察するようになっていた。肉体よ、おまえは私に残されたたったひとつのものなんだ、思春期さながらの奇妙なはかなさを込めてそう口にすることがあった。その肉体は、本当の意味で彼が以前は別の人間だったことを示す唯一の物的証拠だった。

ほかにも証拠はあるが、ヴィリンにはアクセスすることもコントロールすることもできない。書類の亡霊。彼の人生を記した予備の写し。ふつうの人々にはない、記録保管所のなかにだけ存在する〝私〟。

軍人としての人事ファイル。

以前の自分の抜粋や本質。亡命者になるまえの自分。裏切り者になるまえの自分。

ライト・ブルーの厚紙でできたファイル。二二五×三三〇×二五ミリ。こういった寸法さえ秘密にされている。

写真付き身分証。ファイル。経歴書。雇用報告書。機密保持契約書。特殊プロファイリング。三キロのクロスカントリーによる持久力テストの結果。性格診断書。書類、書類、書類。

亡命後に命令が下されたことはわかっている。ゼロが二つ付く番号がふられたトップ・シークレットに分類される書類で、タイトルは〝A・V・ヴィリンの背信行為に対する措置について〟。事務局でそういった命令が読み上げられるのを聞いたことがあった——ほかの男に対する命令だ。まるでカーボン紙で転写されたかのように、どれもみな同じだった。〝思想の転換。モラルの崩壊。背信の影響を最小限にとどめるために措置を講じよ〟。ちがうのは、罰せられる人の名前だけだ。人事担当者、教育課の課長、充分な努力を怠り、潜在的な反逆者をまえもって見つけ出せなかった支局の局長。

だが、自分の件に関してはおおやけの戒告がないことはわかっていた。ヴィリンは体制に人一倍の忠誠を尽くしてきた。そして国がばらばらになり、それとともに体制も崩壊していくかのような惨状を目の当たりにし、人一倍の恐怖を感じた。

あれから三十年も経ち、彼が明かした情報や工作員の正体はもはや重要ではない、そう自分に言い聞かせた。どのみち、そういった工作員たちの正体は暴かれていただろう。自分が名前を言わなくても、ほかの誰かが口を割ったに決まっている。自分は通貨の価値が暴落するまえに彼らを売り渡せたようなものだ。あと一、二年遅ければ、反ソヴィエトの亡命者やヨーロッパの共産党の上層部にまぎれている工作員の情報など、誰が欲しがっただろう？　ソヴィエト社会主義共和国連邦（USSR）というもの自体が、もはや存在しないというのに。

論理的に考え、ヴィリンは自分の身に危険は迫っていないだろうと思った。とはいえ、いまやヴィリンには越えることのできない故国との国境の向こう側にある彼の人事ファイルは、ヴードゥー教の神官がいつでも恐るべき針を刺せる呪いの人形ででもあるかのように感じられた。

だからこそ、ときおり説明のつかない不安に駆られて腕や腹、首、顔などを調べ、ときに自然が人々にもたらす予兆のような、見慣れない発疹や乳頭腫といったおかしな症状がないかどうか確かめずにはいられなくなるのだった。そんなとき、ヴィリンは肉体と書類にかすかだが致命的なつながりがあるように感じた。記録保管所に残された書類には感覚があり、そのために書かれている以上のことを認識している。そして書類には追跡と復讐のみを求める激しい怒りの魂がある、そんなふうに感じるのだった。

書類は血を求めている、ずっしりした厚紙のファイルを渡されたときのことを思い出しながら、そう呟いた。当時のヴィリンは獲物をいぶり出す追い立て役で、狩られる側の野生の獲物ではなかった。作戦における監視指令や決定事項に関するメモが書かれたファイル。対象の相手は、追放されたり、逃亡したり、西側に移ったりした人たちだった。そういった人々は国を出ていったとはいえ、彼らの書類は記録保管所に残っている。必要とあらば、彼らのファイルは保管所から取り出される。あるいは、呼び覚まされる——軍ではそういう言い方をしていた。〝記録保管所から呼び覚ます〟と。

地下室から。奥深くから。底の底から。

案件ファイルにはありとあらゆることが載っている。ページは何千にもおよぶ。電話での会話の記録。工作員への通信。監視報告。〝午前中、対象は家を出ず、諜報部が把握している人物の訪問もなし。十六時五分、建物の中庭に車が入ってくる……〟、〝十時五分、対象が建物を出てパン屋へ向かい、白パンを一斤購入〟。

薄くなった文字は――タイプライターのリボンが消耗していたのだろう――監視されている人物の弱さや無気力さを反映しているように思えた。何千行ものそういった文章を覚えている。見慣れることで、催眠効果がもたらされた。彼らの機関の力と、国内の敵――ルーペの下に置かれた虫けら――のか弱さを、視覚的に具現化しているのだ。

自由な国で新たな人生を手にしたいま、自分が読んできたのは被害妄想をもつ著者によって書かれた小説、あるいは記憶を扱う狂った状態の機械によって書かれたテキストのように思えた。その人の全生涯をとらえ、警察に渡すためのコピーを作るという究極の目的を追い求める小説だ。

だが、国家というのは常に単眼の巨人キュクロープスだ。その視野は立体的ではなく、偏っている。見えるのは、忠誠と背信を示すあいまいな兆候だけだ。偶発的な出来事を通して過去の疑念の影が作り出す、実体のともなわないもの。つまり、人物調査書類は人生のコピーなどではない、ヴィリンは思った。それは特殊で不完全な闇の双子で、非難の声、噂や盗聴により得られたことば、密かに監視された状況などからでっちあげられたものだ。それが、ありふれた生活という保護膜を引き裂く能力を秘めた、邪悪な力の根源なのだ。

ヴィリンはそういった双子を創り出し、人々を狩るのに利用した。

それがいまや、狩られているのは自分自身だった。

ヴィリンにはそれを証明することはできない。被害者の第六感として嗅ぎつけ、感じているにすぎなかった。同じ局内であろうと任務の秘密が共有されることはないほどなので、確かなことは何もわからない。ただ、またひとつ無言の指令が下された——あるいは下された可能性がある——と推測しているだけだ。その影の見出しは〝……の背信行為に対する措置について〟。その指令は刑の宣告でもある。一九九〇年代に、送金したカネのマネーロンダリングに関わっていた偽装会社と以前の同僚たちとのつながりを捜査していた警察に、ヴィリンは証拠を提出したことがあった。当時は、そんなことをしても何の害もないように思えた。だが、いまではそうは思えない。

心理学者から、大使館に出頭したいという理屈に合わない衝動に駆られることがあるかもしれない、と警告されていた。あるいは馬鹿げた危険を冒したり、愚かにも陰謀論的な手口を見落としたりし、無意識に自分をさらけ出そうとするかもしれない、と。

ヴィリンはそんな気を起こしたことなどなかった。

だが心理学者には話さなかったが、それとはまったくちがう迷信的な怖れを抱いていた。不吉な偶然、取るに足りない関係のない出来事、どうでもいい死亡事故、馬鹿げた出来事。たとえば、先月に起こったことがそうだ。陪審員候補に選ばれたという正式な通知を手紙で受け取ったのだ。

ランダムに当たるクジのようなものだ。コンピュータのプログラムにより、市内に住む三十万の市民のなかから彼が選ばれた。逆に言えば、いいことだとも取れる。制服を着た役人たちに偽の身分が疑われず、ほかの市民と同じように扱われたという証拠なのだから。

だが、気が張り詰めた。異質で邪悪な視線を感じ、こちらに接触しようとしているのではないかと疑った。彼を担当する役人に電話をするとその役人は謝り、名前を消すと約束した。公式記録やリストに新しい名前が載ることはない、当初からそう断言されていた。裁判所のシステムがプログラムとその互換性のあるデータベースをアップデートしたさいに、エラーが発生したのだろうということだった。

ヴィリンは役人に、通常の合法的な手段を使い、健康上の問題を理由に陪審を辞退するかたちにするよう言い張った。そうすれば、ミスタ・ミハルスキの特殊な身分を遠まわしにほのめかすような、コンピュータを利用した痕跡さえも残らない。役人は、愛想よく笑い声を洩らしただけだった。

以前の担当者は冷戦時代のことを覚えていた。ベルリンの壁のことも。その担当者は、先ごろ引退した。新しい担当者は、まだ三十歳を過ぎたばかりだった。ヴィリンが亡命したころには、幼稚園に通っていた。新しい担当者にしてみれば、ヴィリンは無用の長物、屋根裏に忘れ去られた老人のがらくたのようなものだったのかもしれない。

役人は彼が退屈に耐えられなくなったと考えたにちがいない、ヴィリンはそう思った。とっさに思い浮かんだのは、逃げるということだった。が、すぐに考えなおした。仮に監視されているとすれば、慌てて出ていけば自分から正体をばらすようなことになりかねない。そこで一カ月のあいだ、人付き合いを好まない独身の年金受給者というふだんの生活に、必要以上に固執して過ごすことにした。

苛まれるような不安は消え、いつものうんざりする病だけが残った。

八月ははじまったばかりだった。午前中のファーマーズ・マーケットでは、有名な地元のケーキに使われる、ワイン色にきらめく山積みのチェリーの上で黄金色のハチが飛び交っていた。

そのチェリーは多少、発酵していた。これまで旅をしてきたなかで、こんな果物は見たことがなかった。チェリーの巨人ゴリアテといったところで、あまりに大きすぎ、不釣り合いで不格好だった。ヴィリンは傷がなさそうで甘そうなチェリーをいくつか買ったものの、ひと袋は食べきれなかった。風味が薄く、果物の亡骸（なきがら）を食べているようだった。麻酔で寝ている相手の反応のない唇にキスをしているようなものだ。

何週間も家に閉じこもっていたご褒美に、お気に入りの長い散歩をすることにした。街を二分する川からスタートした。雨のあとということもあり、水かさが増して濁っている。荒れた水面では水しぶきが舞い、泡立ち、波を作っている。繰り返し、刻々とその姿を変える。ヴィリンは、晴れ渡る夏の日でも暗い森に覆われた丘へ向かった。

中央広場から遠ざかるように通りを歩き、観光客に人気の家を過ぎた。その家は屋根窓が通りに張り出し、その下には異国風の像が立っている。塗装されたベストを着た、口ひげを生やしたトルコ兵の像で、右手には三日月刀（シミタール）を、左手には盾を構えている。かつての東側の脅威、トルコ軍の容赦ない包囲攻撃を象徴したものだ。

ヴィリンは、もはや観光客の気分で街を見ることはなかった。教会の時計で踊る人形や急こう配のケーブルカー、城の築かれた山を貫くトンネルなどに心を引かれることはなかった。しかしながら、反対向きのカッコのように並ぶ二つの三日月の描かれた盾を手にしたこの孤独な暗殺者の像——危険な瞬間、不吉な予兆を神々しく象徴している像——は、ヴィリンにとってたんなる見て楽しむだけのものではなかった。殺し屋が彼の魂を奪いにやって来るとすれば、このトルコ兵が警告の合図を送ってくれるような気がしていたのだ。

このトルコ兵の像がある家のまわりは、観光客であふれていた。流暢（りゅうちょう）に話される彼の母国語を耳にした——長いことひとりきりで過ごしたため、そのことばに不意を突かれ、からだを貫かれるような感じがした。まるで話している本人でさえ気づいていない隠された意味が込められているかのようだ。ヴィリンは足早に通りを渡り、振り返ることなく店の窓に映る影に目をやった。何のへんてつもない、日曜日の散歩だ。

個人宅の建ち並ぶいくつかのブロック。街はずれにある植物園。温室の窓は内側が曇っている。まるで異国の熱帯性の植物が爬虫類や昆虫のような捕食能力を身に付け、熱い息を吐き、毒性の汗をにじませ、外に脱出するための力を蓄えているかのようだ。

ヴィリンは谷の斜面をジグザグに登る未舗装路に出た。

森はため息が出るほど広大だ。その森は石灰岩の尾根の盛り上がった斜面に沿って広がり、その急斜面の下は霧が立ち込め、シダやコケなどといった下草に覆われた緑のローム層が形成されている。見通しが悪く、道が急カーブしているせいで太陽に右から照らされることもあれば、左から照らされることもある。迷ったかもしれないと思いはじめると、ちょうど大聖堂の鐘の音が遠くからはっきり聞こえてくる。ヴィリンの子どものころの記憶にある森を彷彿（ほうふつ）とさせる、この古いモミの道を気に入っているのは、実はその鐘の真鍮が共鳴する音が好きだったからだ——気持ちが高揚し、力がみなぎり、あらゆる不安をかき消してくれるのだ。

幸せな疲労感に満たされながら、歩きつづけた。この道沿いにある根や穴はどれも覚えている。そしてこの先の左手にある、ナナカマドの木に囲まれた牧草地が目に入ってくるのが待ち遠しかった——いまごろすっかりベリーは色づいて熟しているころだろう。さらにその先には、農場の煙突から立ち昇る心地よい優しげな煙が待っている。散歩をすることで、疲れると同時に元気も湧いてきた。近ごろ感じた恐怖など、ばかばかしく思えてきた。年を取ったということだろう。神経質に怯えるようになったのだ。

最後の角を曲がると、大聖堂が見えてきた。それは、谷の頂上を分ける露出した岩肌に建っている。両脇を二つの鐘楼で挟まれた黄色の正面部分は、垂直な崖に沿ってそびえている。この教会は、街の大聖堂よりもはるかに大きい。大むかしの巡礼路があるこの山地の峠付近に建てられたもので、威厳のあるアーチ型の天井は、何者かによる悟りの奥深さと重要性、そしてこのひっそりとした人里離れた岩肌で得られた信仰心を表わしている。

大聖堂の裏にあるクリ林の木陰には、美味(おい)しい料理を出す小さな野外レストランがあった。いつものウェイターたちにとってヴィリンは顔なじみだ——あるいは、そういう素振りをしているだけかもしれない。話しかけてこようとはしないが、愛想のよい笑みを向けてくる。その店では、完全にミスタ・ミハルスキになった気がした。本当の自分と創られた身分が融合し、そのつながったという感覚に心地よさと興奮を覚えた。そしてその感覚を特別なギフトとして胸に抱き、谷底を走る路面電車に乗って家に帰るのだった。

今日は、中庭は満席だった。夏の週末なので仕方がない。大きく枝分かれした木のうしろにある隅のテーブルがひとつ空いているだけだった。横には砂場とブランコがある。興奮した子どもたちがそばで走りまわる、騒がしいテーブルということだ。ヴィリンは、静かに食事をする客に囲まれた席が好きだった。穏やかな会話や、ナイフやフォークがたてる音に包まれた、見知らぬ人たちの背後の席が。盗み聞きをされたり、写真を撮られたり、照準を合わせられたりしづらい状況で食事をするのが好きだったのだ。

ヴィリンはダイナーに目をやった。食事を終えて出ていこうとしている客はいないだろうか？　いや、みんなリラックスし、楽しそうにくつろいでいる。近くのテーブルにいるブルネットの女性は上唇にクレームブリュレの欠片(かけら)を付け、まるで誘惑でもしているかのようだ。彼女はそれを拭き取ろうとも舐め取ろうともしない。それがいかに刺激的でセクシーか心得ているのだ。イヌの首輪に似た黒っぽい金属製のネックレスを着けている――風変わりな情熱や倒錯的な苦痛といった嗜好を、教会脇にあるレストランでこれ見よがしに披露している。

そのブルネットの姉は少なくとも妊娠八カ月目に入っているようだ――腹が膨らんでド

レスがめくれ上がり、太く逞しい脚がのぞいている。彼女はチョコレート・ケーキとシュニッツェルを同時にがつがつ食べていた。まるで胎児が成長しすぎて生まれたものの子宮内にとどまり、自分のぶんのごちそうをせがんでいるかのようだ。

ヴィリンは引き返したくなった。疲労に加え、むせ返るような臭いや騒がしい話し声に頭がくらくらした。村は小さく、誰もが何らかの形で親戚関係にあった。よそ者を拒絶する、濃い海水のような悪臭にまみれた近親相姦を暗示している。

だがヴィリンは、クリの葉の隙間からこぼれる光のいたずらに魅了されていた。しわひとつなく広げられたクレイ・ブルーのテーブルクロス、氷水の入った首の長いボトル、まわりから聞こえるたわいない呟き声、六枚から八枚の皿が積まれた巨大なトレイを肩に載せてバランスを取り、バレエ・ダンサーのように華麗に動きまわるウェイター、そういったものに魅せられていたのだ。赤みがかった葉脈のある緑の葉のサラダは、美容師が丁寧に盛り付けたかのようだ。その上には、溶鉱炉から噴き出した銅の塊にも似た、キツネ色に焼き上げられたシュニッツェルが載せられている。

おいしいね、おいしいね、妊娠中の女性はお腹のなかの胎児に向かってそう囁いていた。教会の裏口の上では、石灰岩でできた顔のはっきりしない天使が金のトランペットを音もなく吹いている。ヴィリンは、世界中に降り注ぐのどかな夏の陽射しに包まれているような気分になった。

ビールとステーキを注文した。数匹のハチが香しいホップの方へ飛んできた。ハチが引きつけられるのは近くの皿に付いている蜂蜜やチョコレートといったデザートの残りなどではなく、ホップだけだった。マグの縁を歩きまわったり、肩や手にとまろうとしたりし、常にしつこく飛びまわっている。ハチを追い払おうとして、うっかりビールをこぼしそうになった。虫に刺されるとひどいアレルギー症状が出るのだ。まだ軍にいたころ、症状は年々悪化するだろうと医者に言われ、健康上の問題を理由に除隊を勧められたこともある。ハチ、ハチ、ハチ——マグをどかして一匹はじき飛ばし、さらにもう一匹をテーブルから払いのけ、上着をもってくればよかったと後悔した。

チクッ。むき出しの首筋に痛みを感じた。唐突に。不慣れな看護師に注射をされたときのような痛みだ。

刺されたところを叩いたが、ハチはいなくなっていた。痛みに苛まれながら振り向くと、男が歩き去って車に乗り込むのが見えた。ナンバープレートは地元のものではなかった。首が痛んだ。痛みは肩や頬、こめかみなど上下に広がっていった。傷口に何か微小なものを感じる——おそらく毒針だろう。

視界がかすんだ。呼吸が浅くなり、全身が乾いた熱さで包まれた。なんとか立ち上がり、トイレに向かった。

洗わなければ。冷たい水で洗い流さなければ。薬を飲んだ。だが、まずは洗う。喉が絞め付けられる! これでは薬を飲み込めないかもしれない。肌が焼けるように熱い。

立っているのもやっとだった。シンクに寄りかかり、おぼつかない手で顔に水をかけた。ハチに刺されたのは首の右側で、右腕がしびれている。喉に錠剤を押し込んだ。鏡に映る顔は灰色がかって血の気が失せ、腫れ上がっている。まるで何かが整形手術をやりなおし、無理やりまえの顔を復元しようとでもしているかのようだ。

そろそろ薬が効いてきてもいいはずだ。最新の薬なのだから。

だが、効き目が表われない。

灰色の肌に発疹が浮かび上がってきた。胃が引きつる。フロアにへたり込んでタイルを見つめ——そして悟った。あの男は、レストランの客などではない。地元の住人は、あんなところに車を駐めたりはしない。

最後の力を振り絞って立ち上がり、壁につかまってなんとか廊下に出た。喉が絞め付けられているせいで、叫ぶことも助けを呼ぶこともできない。ポーチに出ると、ボトルとワイングラスを載せたトレイを手にしたウェイターとぶつかった。彼が泥酔していると思ったウェイターは脇へよけた。ヴィリンはポーチから転げ落ち、ウェイターも巻き添えになった。グラスの割れる音が聞こえ、みんなが気づいてこちらを見ていることを願った。喘（あえ）ぎながら、誰かの耳元で咳（せ）き込むように呟いた。

「救急車……警察を……殺される……酔ってない……毒……毒を打たれた」

　そして倒れた。まわりの音は耳に入ってはくるが、もはやそれが何の音なのか理解できなかった。

2

二人の将校は長い付き合いだった。ともに、鎌と槌の描かれた赤い旗の下で戦ってきた。

当時、中将は党委員会の議長を務めていた。その裏では、番号のみで呼ばれる部署の局長でもあったが、それはトップ・シークレットの名簿にさえ記載されていなかった。少将はその副局長、後任、ライバルでもあった。党委員会は解散して久しい。だが、その部署のほうは残っていた。彼らの所属する機関が改編され、組織の名称や代表が替わり、分割や合併が行なわれても、そこだけは生き残った。そしてこれまでどおり番号のみで呼ばれ、組織図にも載せられていない。

二人がいるのは盗聴対策の施された部屋で、盗み聞きされる心配をせずに話すことができる。それでも、もともと人を惑わすようにできている、特有の婉曲的な表現に満ちた二人のことばは、聞いている者にとっては確信しているとも疑っているとも取れるのだった。

二人とも、この会話によって命令が下されることになるだろうということはわかっていた。その命令は口にされることはなく、極秘の指令ファイルのシステムに登録されることもないとはいえ、それでもトップの承認が必要だった。二人の将校は万がいち失敗した場合の責任は取りたくないものの、成功した場合にはその功績を自分のものにしたかった。二人とも、相手が何を考えているのかお見通しだった。

「隣人たちの話では、人為的な昏睡状態に入った四日後に死亡したそうです。例の有機体はほぼ役割を果たしたと言えるでしょう。投与量が充分ではなかったという可能性は否定できません。投与方法がまちがっていたということもあり得ます。もしかすると、解毒剤を飲む時間があったのかもしれません。あるいは、何らかの外部の物質によって薬物の効果が弱まったとも考えられます。天候に左右されたのかもしれません。気圧の影響ということも。山間部の、標高の高いところですから。意識を失うまえ、襲われたと口にする時間があったようです。ウェイターが元警察官でした。ほかの者なら気にしなかったかもしれません、酔っ払いのたわごとだと」

「それで、その隣人は、この件に注目が集まることを望んでいたのか、それとも望んでいなかったのか？」

「当然ですが、詳細は聞かされておりません。ゲームにはしくじったが、平静を装いたいのかもしれません。はじめから、おおやけになることは予想していた、と」

「それなら……われわれが入手した情報の話に移るとしよう」

「合同捜査チームが設置されました。国際協約に沿って動いています。国外の化学の専門家たちが召集されました。そこまでのレベルの専門家というのは、かなり限られています。呼ばれたのは四人です。そのうち三人の身元は確認済みで、ファイルもあります。三人ともその分野の権威です。ですが、四人目はファイルがありません。その男に関する公開情報も。こちらから依頼して、優秀な工作員たちに聞き取りをしてみましたが、その科学者を知っている者はいませんでした。調査は継続中で、国外支局にも当たらせているところです」

「何も知らない、無名の教授のようだが」

二人は抑えた含み笑いを洩らした。

「情報源によると、この教授は警察の捜査に関わったことはないそうです。軍に協力したことはあるかもしれませんが、情報源の知るかぎりそういったこともないとのことです。情報源は直接この捜査に関わってはいないので、今後、収集できる情報は限られてきます。自国の警察との連携をとりまとめているだけなので」

将校たちは黙り込んだ。官僚的な戦略の極端な例が目に浮かんだ。統制されたカオス、山のような事務手続き、調整、他の機関と共有しなければならない書類、機密保持規定の強制的な無効化、暫定委員会、通常ならドアをくぐることすら許されない外部の専門家の召集。隣人の行動が計画どおりにいったのかどうかはともかく、二人にとってまたとないチャンスが巡ってきた。しかも、隣人はそのことに気づいてさえいない。

「その教授というのがカリチンである可能性が、非常に高いと思われます」ようやく、副局長が口を開いた。

「ああ、その可能性はある。研究者としてのプロファイルも一致する。正確にな。当然、疑いの目を向けられるのはわが国であろうから、その男を連行するのが妥当だ。もちろん、まだ生きていれば、の話だが。そして、頭も正常ならな」

「あの男はまだ七十です。健康には気を使っているはずです。肉体的にも、精神的にも」

「居場所はわかっているのか？」

「情報源から報告を受けています」

「われわれが動くことで、その情報源がまずい立場になることは？」

「断言はできません」

「その情報源の利用価値は？」

「ほどほどです。東ドイツ（GDR）での過去の経歴から、昇進の機会には恵まれていません。それに、まもなく引退することになっています」

「わかった。支局に指令を出さねばならん。彼らにチェックさせろ。もっとも優秀な工作員を送れ」

「対象があの男だという確認が取れれば、われわれも準備に取りかかれます。調整をはじめることも」

「面白い。もし本当にカリチンなら、実に面白いことになる」

「ニーオファイトですね」

「ああ。ニーオファイトだ。やつのお気に入りだ」

「いまの工作員には、ニーオファイトを扱ったことのある者はいません」

「わかっている」

「ですが、ひとり適任者がいます――シェルシュネフです。この男は、カリチンが創った初期のものを使用した作戦を遂行したことがあります。しかしながら、国外での経験がありません。とはいえ、生まれも育ちも向こうなので問題はないでしょう。父親はわれわれの軍に所属していました。向こうのことばも話せます。これが彼のファイルです」

「目を通しておこう。ただちに、必要な命令をすべて出せ」

「イエス、サー」

副局長は部屋を出ていった。

将校はファイルを開いた。

3

ヘビと杯(さかずき)。ヒュギエイアの杯。

カリチンは、この目立たないが馴染みのある薬学のシンボルに罰せられていると思うことがあった。

薬局の看板、救急車、薬品のラベル、病院の受付、医療従事者のバッジなど、いたるところで見かける。カリチンはそういったものを見ても、煩(わずら)わされないように、気を取られないように、むきにならないようにしていた。

だが、いまは無理だった。

医師の懸念によって彼自身の懸念が呼び覚まされたが、それを医師に気づかれるわけにはいかなかった。自分のからだに起こっているのは、むかしの実験の影響がいまになって表われたもの、昨日の波がいまになって打ち寄せてきたものかもしれない。常に安全対策には万全を期してきたが、カリチンが創り出した物質はあまりにも予測不能で手に負えず、完全に理解することはできなかった。彼の生み出した子どもたち。彼の遺産。

検査には、局部麻酔を必要とするものもあった。

麻酔医が用いる薬には、隠れた無害な副作用がある。効果の弱い、素人が作った自白剤のような作用があるのだ。カリチンの頭に、鮮やかではっきりした——デジタルとも言えそうな——記憶、過去にまつわる感傷的な夢、もう何年も考えもしなかったことなどが浮かんだ。

カリチンは子どもに戻っていた。小学生の従順な息子。まだ天職にも指導者にも巡り合ってはいない。神秘的な謎で世界を満たし、説明のつかないものに直面することによって恐怖と喜びを感じるという子ども特有の能力を保持したまま、理性的な自分自身というものも自覚しはじめる、そんな成長段階にあった。この相反する二つの要素こそが——ときに、しかもすべての人が経験するわけではないとはいえ——運命への関心、願望、象徴、そして大いなる定めを生み出すのだ。

……毎年、イースターになると、両親に連れられておじ（アンクル）のイーゴリのところへ行った。

実を言うと、少年はイースターというのが何なのか知らなかった。四旬節のまえの週には、ロシア料理のブリヌイを作る。イースターでは、タマネギの皮を煮詰めて卵を染め、クリーチ・パンを焼く。祝日なのだろうか？　壁に掛けられたカレンダーには載っていない。学校でもその話をすることはない。彼の両親も、イースターを祝う理由は知らないようだ。家族だけならやらないだろう。だがアンクル・イーゴリに招待されて、断ることなどできない。ある日、アンクル・イーゴリから電話があり、日付を伝えられる。電話ではイースターのことなどひと言も口にしないが、それで充分だった。

アンクル・イーゴリというのは、何者なのだろう？　少年は、彼が本当のおじではないのは察していた。正確に言えば、おじというわけではなく——血のつながりはあるものの、複雑に絡み合っているようだった。親等を示すには薬剤師なみに詳細な検査をする必要があり、さらに古いアルバムをめくっていかなければならない。しかも、そのアルバムというのは離れた場所に保管されていて、保護者がいなければ見ることさえ許されない。そのアルバムに収められた見慣れない顔、見知らぬ場所や風景や家、地方の写真スタジオが利用するのどかな景色を背景にした写真などにまぎれて、白いドレスを着た女性の写真が目に留まる。その女性は石炭のような色をした巨大なグランド・ピアノの前に坐り、暗号のような楽譜を見つめている。彼女こそが、謎めいた肉体的変容の連鎖の原点なのだろう。そののち痩身が肥満になり、長身が短身になり、暗い色の髪がブロンドになってまた暗い色に戻り、そしてその末端の鎖がアンクル・イーゴリなのだ。

　少年は、写真に写っている人のことは訊かないほうがいいということを学んでいた。どうせ教えてはもらえないし、冗談めいた作り話をされるだけだ。だが、隣人や父親の同僚など、身のまわりの人たちのことを訊くのは問題なかった。

　誰のことを訊いても構わない、アンクル・イーゴリを除いては。

　彼らが暮らしているのは、新しいシティだった。十年まえまで、そこは人の住んでいない針葉樹林帯（タイガ）だった。つまり、住民は誰もが熱い希望を抱く新たな移住者ということだ。公式の演説で、彼らはそう称えられた。シティは壁（ウォール）で囲まれている。有刺鉄線の張られた灰色のコンクリートの塀。ウォールは余裕をもって建てられた。ウォールと居住区のあいだには、掘り返された何もない土地が広がっている。ウォールのせいで、外から家の固定電話に電話がかかってくることもなければ、手紙が届くこともなく、客が訪れることもない。シティは地図や参考図書、地図帳には存在しないのだ。旅客列車がここに来ることはない。通常の飛行機も飛んでこない。新聞にシティの記事が載ることもない。ラジオでも口にされない。テレビに映されることもない。そこはソヴィエック22と呼ばれていた。だが住人たちにとっては、ただのシティだった。

　少年には、壁の向こう側での記憶はなかった。とはいえ、自分と両親がどこから来たのかは知っている——母親はよく首都を懐かしんでいた。そこで両親は生まれ、学校に通い、出会ったのだ。祖母やおばもそこに住んでいる。

アンクル・イーゴリはここで生まれたかのようだった。シティとともにこの地に現われ、シティの住人からハウスと呼ばれる建物の三階にある、一室六部屋のアパートメントに最初からいたかのように思えるのだ。

たとえば誰かが〝もうすぐハウスに引っ越しする〟と言うと、誰もがそれがどの建物を指すのかわかっていて、妬ましく思う。革命通りにある建物。シティでもっとも有名な住宅。九階建てで入り口には柱があり、コーニスの下にはモールディングが付けられている。ハンドルのあるそれぞれのドアを抜けるとロビーがあり、そこには警備員が常駐している。高い天井に、大きなアパートメント。どの入り口にも、エレヴェータが二つある。

噂では、そういった家が何棟か建てられるはずだったそうだ。だが何らかの理由で、建てられたのは一棟だけだった。そこに住むのは、とても名誉なことだった。ときどき父親は、いつかそのアパートメントに住めるかもしれない、と言っていた。母親はそんな父親に目を向け、悲しげで皮肉っぽい笑みを浮かべるだけだった。

少年のクラスメートで、ハウスに入ったことがある子はいなかった。だが、彼は入ったことがある。ハウス自体は、それほど面白いわけではない。それはたんなる殻にすぎない――現に、ハウスのコーニスは成型された貝殻で支えられていた。そして、その殻がアンクル・イーゴリの秘密を囲っているのだ。

両親は、そのことを感じ取っているようだった。父親はそれが気がかりだった。できれば、息子をそこへ連れていきたくはなかった。住む世界がちがう、父親はそう言っていた。だが、アンクル・イーゴリは家族三人とも招待した。ふだんは頑固な父親も、従わないわけにはいかない。どうして？　少年は理由を知りたかった。

母親はというと……ある日、父親が出かけたあと、母親がアンクル・イーゴリから誕生日プレゼントとしてもらったローブを着ているのを、少年はこっそり見たことがあった。このあたりで売っているものとはわけがちがい、この世のものとは思えなかった。薄いワインレッドのシルクで、鳥や花、ドラゴンの刺繡が施されている。母親は鏡を見つめ、からだのラインを強調するようにローブを絞り、それからその長い裾をふわりと広げた。五月の陽光が鏡に反射し、黄色いハスの葉が揺れる。腰に手を当てて情熱的にからだをくねらせると、エメラルドの目をした金と銀のドラゴンが、大きなヴァイオレットの鼻穴からビーズと真珠の煙を吐き出す。服を着てはいるものの大胆に感情をさらけ出す母親を見て、少年は気まずくなってドアを閉めた。少年にそうさせたのは恥ずかしさなどではない。それは、突き刺さるような激情だった。そのプレゼントを通して、彼もアンクル・イーゴリを身近に感じたくて仕方がなかったのだ。

少年は、勝手に部屋へ入り、女物の服を着るという、自分が犯そうとしている二つのタブーに息もつけないまま、そのローブを着てみた——が、すぐに脱ぎ捨てた。低俗な変身願望に触発されたあこがれのような感情が、汚らわしく思えたのだ。だが少年はその出来事を、そのときの行動を心に刻んだ。それを言わばブタの貯金箱にしまい、いつか役に立つことがあるだろうと予感したのだった。

シティでの生活の仕組みをすでに理解していた少年は、知り合いをすべてカテゴリーごとに分類した。さいわい、シティの組織のおかげでそれは簡単にできた。二つ目のウォールに囲まれたシティの中心には、父親が勤めている研究所がある。住民は誰もが——警備員、清掃員、大工、運転手、科学者、店員、教師、そして彼の母親のような医師に至るまで——直接的、あるいは間接的にその研究所に貢献している。

唯一はっきりしないのは、アンクル・イーゴリの役割だ。軍人でもなければ、民間人でもない。見分けのつく、検証済みのどのタイプにも当てはまらない。かけ離れた、特異な存在。

シティなどというものが存在しないかのように暮らしているのは、アンクル・イーゴリだけだった。シティだけではなく、研究所やウォール、司令官オフィス、赤い国旗、垂れ幕、デモ、警戒を呼びかけるポスター、監視塔などでさえ、アンクル・イーゴリにとっては存在していないかのようだった。

少年は、自分にはアンクル・イーゴリの核をなす真実が見えず、理解もできていないのだろうと思った。その真実こそが、彼の特殊な地位を物語るものなのだ。父親の仕事と同じように、アンクル・イーゴリの仕事が極秘のものだということくらいは、察しがついた。もしかしたら、父親の仕事よりも極秘なのかもしれない。だが肝心なのは、秘密に通じている大人たち全員には特定の習慣やジョーク、ちょっとしたことば遣いなどといった共通点があるが、アンクル・イーゴリにはそういった共通点がないということだ。さらにもっとも重要なことは、全員が父親と同じようにアクセス権を与えられたかりそめの身分で暮らしていると感じ、その身分を失うのを怖れている、ということだった。だが、アンクル・イーゴリは完全に独立した存在だ。少年は、そんな何ものにも縛られることのない自立した運命を望んでいた。

イースターでは、アンクル・イーゴリのテーブルには長いリネンのテーブルクロスが掛けられる。そのテーブルクロスには古めかしい書体で書かれた格言が刺繍されている。テーブルには十二本のろうそくを支える燭台と、金で縁取りされた深緑色のショットグラスが置かれる。アンクル・イーゴリは壁に掛けられた古いギターを手に取る。そのギターの弦の下には、メーカーの丸いマークが金色に輝いている。

アンクル・イーゴリは子どもくらいの背丈しかない――椅子に坐るときにはクッションが必要だった。痩せていて、長く伸ばした白髪は女性の髪のように豊かで、灰色の高級ウールの上着に白いシャツを着ている。まわりを盛り上げる方法を心得ている俳優かマジシャンのようにも見える。ゲストが手にしたグラスやフォークなどが、あるデザインを描き出して無意識のうちに何かを創り出しているかのように動く。自分たちが本来とは別の集まりに呼ばれた代役にすぎないことなど、気づいてもいない。

アンクル・イーゴリは、たやすく会話の流れを指揮していた。少年は、ふだんは社交的ではない父親が背筋を伸ばして椅子に坐り、活気に満ちあふれていることや、母親がいつもより愛らしく見えること、ほかのゲストたちもリラックスしていることに気づいた。まるでアンクル・イーゴリがゲストの唇にチェリー・グロスを塗って刺激的な輝きを与え、食べ物の味やスパイスの香り、塩のしょっぱさを改めて感じるように教えているかのようだった。研究室や国家委員会、テスト、集計、ボーナス、化学式、方程式、軍の許可、下請け業者の話など、ひと言も出ない。ほかに何を話せばいいのかわからない大人たちの戸惑いぶりは見ていておかしかった。大人たちはさらにワインやウォッカを飲むしかなかった。アンクル・イーゴリはギターを弾き、少年がほかでは聞いたこともないような歌を歌った。それからレコード・プレイアーのスイッチを入れると、黒いラッカー盤のレコードからダンスのメロディが流れて宙を漂う。あまりにも聞き慣れない曲なので、これは音楽ではなく、自然に反する怪しげな物質でできたレコード自体の声なのではないか、そんなふうに少年は思った。

ダンスがはじまると、子どもたちはよそで遊ぶようにと追い出される。それこそが、少年が楽しみにしていたことだった。少年が幼いころから、子どもたちはかくれんぼをしていた。長いあいだばれることなく、本当の意味で隠れたり見つけたりできるほど隠れ場所がたくさんあるのは、アンクル・イーゴリのアパートメントだけだった。

いまでは子どもたちも大きくなり、ほかにすることもないので仕方なくむかしからの習慣をつづけていた。とはいえ、いまはその遊びに新たな意味が生まれていた。少年たちは少女たちの呼吸に耳を澄まし、カーテンのうしろに隠れた少女たちは見つけてほしくて飛び跳ねたりする。そういった薄暗い部屋で、はじめての感情が芽生えるのだ。だが廊下の突き当たりにあるひと部屋だけは、いつも鍵がかけられていた。

少年は、こういった遊びの時間が好きだった。ほかの子たちよりも隠れるのが上手で、誰にも見つからないまま全体を見渡すことができた。少女たちのシルエットに興奮することはなかった。少年の欲望は、別のものに向けられていた。

隠れていると、空間が裏表に映る。被写体や壁、写真の視点から見ているようなものだ。

少年はその場所と一体化し、その一部になろうとした。少年にとって、かくれんぼというのは航海のプロローグにすぎず、魅力的な他者、アンクル・イーゴリの人生と生活空間を堪能する手段だったのだ。

少年は息を殺していた。いまでは実体を失い、ヴェルヴェットをかぶった幽霊になってしまったものたちに取り囲まれているような気がした。そういったものたちが暗闇で語りかけてきたり、何か実際に触れることのできるものをもってきてくれたりするかもしれない、そんな気がしていたのだ。廊下の先にある鍵のかかった部屋に興味はなかった。その扉の奥に、アンクル・イーゴリが文字どおり秘密を隠しているとは思えなかった。それに、アンクル・イーゴリの隠された生活の一部を明らかにしたいわけではない。知りたいのは、その日常、さっそうとありのままに行動したり発言したりする自由、そして何も怖れずに暮らし、人々をそれぞれ個人として扱うと同時に、誰からも必要とされて尊敬される能力、そういったことについてなのだ。

その夜、子どもたちは長いこと遊んでいた。すでにスリルは消え失せている。もう一度隠れた少年は、いつもは鍵がかかっているドアが少し開いていて、隙間からわずかに光が洩れていることに気づいた。

これは偶然などではない、不意にそう感じた少年は息を呑んだ。

「ちょっと覗くだけ」少年は自分にそう言い聞かせた。「ほんのちょっとだけ」

デスク・ランプがついていた。おそらくアンクル・イーゴリか使用人がつけっぱなしにし、休日の準備の慌ただしさで消しに戻るのを忘れたのだろう。その明かりはとてもプライヴェートで秘密めいた感じがし、ここでアンクル・イーゴリがひとりこもって考えにふけっているところを想像すると、その誘惑には抗えなかった。

〝入っちゃだめだとは言われてない〟少年は思った。〝かくれんぼをしてたら、ドアが開いてた、そう言えばいい〟

ゆっくり部屋のなかをまわり、カップボードや本棚、デスクをじっくり眺めた。隅では大型の振り子時計が大きな音を出して時を刻み、ここで気づかれずに過ごせるわずかな時間を知らせている。

部屋を出たくなり、ドアの方へ三歩踏み出した。不安になってきたのだ。ここにある本はどれも化学関連のものだった。父親がもっているのと同じ本が並んでいる。だが、アンクル・イーゴリはもっとたくさんの本をもっていた。父親はドイツ語しか読めないが、ここには英語やフランス語の本もある。少年は棚から一冊取り出してみた——確かに、研究所図書館の同じ印が押してある。

父親は自宅で仕事をするとき、仕事が終わるとデスクを片付ける。少年が父親の部屋に入るときには、まずはノックをしなければならない。すると父親は研究中の資料を閉じる。アンクル・イーゴリのデスクは、ちょっと席を外しただけのようにそのままになっていた。紅茶の入ったグラス、ページの上に置かれた怪我をしそうなくらい鋭く尖った鉛筆。タイプされたページには、いくつもの訂正が記された、ハチの巣状にびっしり並ぶ化学式が書かれていた。

少年は背を向けた。失望とぼんやりした希望が入り混じっていた。アンクル・イーゴリが父親の同僚であるはずがない。だが、これが現実だ。これらの本は、アンクル・イーゴリがたんなる文民の科学者であり、シティで暮らす何百という住人のひとりにすぎないという証だった。

ふと、クロゼットのドアの隙間から小さな布がしおりの角のように三角形にはみ出しているのが目に留まった。色はミリタリー・グリーン。金色の葉の刺繍がある。おそらく袖の一部だろう。

端を引っ張ってみたが、ドアは固く閉じられていた。

〝クロゼットに隠れたかったって言えばいい〟そう考えた。〝禁じられてはいないんだから〟

少年はゆっくりドアを開けた。

クロゼットの電球の明かりは、洞窟を探検するトレジャー・ハンターの松明のようだった。

金の刺繍がきらめいていた。ボタンも金色の記章になっている。勲章が金色、緋色、鉄色、銀色の輝きを放っている。血のように真っ赤なエナメルの勲章や星、鉄灰色の槌や鎌、鋤、銃剣、ライフルを手にした兵士、金色の麦と葉、金色のレーニンという文字。

クロゼットに掛けられているのは軍服だった。胸から腰のあたりまで、丸くて重い勲章やメダルによって鱗状に覆い尽くされている。少将を示す大きなひとつ星が、肩章で威光を放っていた。

軍服は小さく、子供用にも見えるが、アンクル・イーゴリにはぴったりのサイズだ。勲章がなければこっけいに映るかもしれない。だが、金やルビー、サファイアの輝きが、軍服に超自然的な大いなる力を吹き込んでいる。何をすればこれほどたくさんの勲章をもらえるのか、少年には想像もつかなかった。アンクル・イーゴリは本当に人間なのだろうか？　ヒーロー？　人間を超越した存在？

棚の上に置かれた制帽。ベルト。ブーツ。

ふだんとはちがうアンクル・イーゴリ。本当の姿。特別な人生を送ることのできる権利をもつ者。

少年は、これほど貴重なものを間近で見たことはなかった。金や銀、ルビーの鱗に指を這わせる。冷たく、重い。ドアの内側に備え付けられた鏡に映るのは、困惑でゆがんだ奇妙な顔だった。

たくさんのメダルが一体化したかのような軍服は、純粋で絶対的な力をかもし出していた。少年は自分を抑えることができなかった。ここにいるのが見つかり、お仕置きをされ、アンクル・イーゴリの家から追い出されることなど、頭にはなかった。そんな力と交わり、包まれたいという思いに駆られ、ハンガーから軍服を外した。そしてその所有者の力が宿ったかのような、自分でも驚くほど素早い動きで袖に腕を通した。

重みで肩が下がった。軍服を着て立つのは、ジムでバーベルをもちあげて立つようなものだった。とはいえ、その重みはことばでは言い表わせないほど心地よかった。薄いシルクの裏地で包み込まれ、重荷を背負うと同時に守られているようにも感じられた。

軍服を身にまとった少年は、自分が自分ではないように思えた。ほかの人の服ではなく、ほかの人の特徴や人格を身に着けたような気分だった。幼いからだに浮彫のシンボルを取り込んだ少年は、自分が広大な星空のように計り知れないほど大きなものの一部になった気がした。

鏡に一歩近づいた。まばゆい輝きに目を細めたはずみに、襟のミリタリー・エンブレムが視界に入った。

戦車ではない。

プロペラでもない。

十字に交差した砲身でもない。

ヘビと杯だった。

金色の杯にヘビが巻き付き、その器に口をつけようとしているかのように、あるいはその禁断の器を守ろうとしているかのように、頭をもたげている。

そんなエンブレムを目にしたことはなかった。それが何を意味しているのかさえわからなかった。

星や鎌、槌、銃剣といった戦争で使用する武器や労働に用いる道具がこの国の歴史を通してひとまとめにされ、それゆえメダルとして浮彫にされたなかで、ヘビと杯はそれとは別の、人々が星座に名前をつけるようになったいにしえの世界から受け継がれてきたものにちがいない、少年はそう思った。そのとき唐突に、この目立たない不可解なシンボルが鍵だということを悟った。そこに隠された謎こそが、数々の勲章や将校という階級、アンクル・イーゴリの科学者としての経歴を解き明かし、それらすべてがひとつになって唯一無二の力と権力の秘密へと通じているのだ。

少年は慎重に軍服を脱いでクロゼットに戻し、ドアの隙間から袖の先を出した。さきほどの思いに取りつかれ、それが頭から離れなかった。祝福された重み。完全に守られているという感覚。

少年は偶像を見つけた。アンクル・イーゴリのような存在になるための道しるべを。ヘビと杯。

四年後、少年は化学ではトップの生徒になっていた。学校生活も最後の年に入っていた。父親に、アンクル・イーゴリのところへ行って将来のことを話し合う、と言われた。彼の父親、優しい父親、腹を立てた母親に腰抜け呼ばわりされる父親は、息子に自分と同じ永遠のナンバー2、補欠としての道を歩んでほしくないと願っているように思えた。母親は、息子が夫のコピーになることなど断じて望んではいない。到達できないほどのより良き高みへと運命を紡ぎ出す方法を知る者へ息子を引き渡す、両親にはそんな覚悟ができていたのだ。少年は捨てられると感じる一方で、喜びも感じていた。両親が息子を手放すのは、息子を思ってのことだった。いまでは少年は、衛生兵のエンブレムであるヘビと杯がアンクル・イーゴリの軍服のカムフラージュにすぎないことがわかっていた。アンクル・イーゴリは医師ではない。薬の開発もしていない。シティでは、たいていのことが見た目とはちがう。少年は成長するにつれ、当惑することなくそれを受け入れ、その心構えには両親も驚かされるほどだった。

徹底した質問攻めを覚悟し、自分の知っていることを披露する気でもいた。だが、アンクル・イーゴリはどちらかといえば簡単な質問を十数回しただけで、頷(うなず)いてこう言った。

「よし、いいだろう」

アンクル・イーゴリに品定めをされている気がした。興味がなさそうにぼんやり目を向けながら、少年にはわからない、想像もつかないことを検討しているように思えた。

廊下で別れの挨拶をするとき、アンクル・イーゴリが何気ない口調で言った。「特殊な部署への推薦状を書こう。ただし、ひとつだけ条件がある。明日の朝、第三ゲートに連れてきてくれ。許可証を書いておく」

両親と少年は呆然とした。

研究所の第三ゲート！

ゲートは三つしかない。それは、シティの誰もが知っていることだ。

第一ゲートには車用の大きなゲートと、従業員用の古びた回転ドアがある。許可証を求める人や、聞こえにくい国内電話を使いたい人などが列を作る。使い古されたホルスターにレヴォルヴァを収めた腹の突き出た準軍人の警備員が、そこで書類をチェックする。そこは退屈な仕事や汗の臭い、食堂のキャベツ・スープなどを連想させるところだった。

彼の父親は、第二ゲートを通って仕事に向かう。研究所の入り口のガラス張りのホールには重々しい波打ったブラインドが掛けられ、ドアが開く一瞬だけ、灰色の大理石でできたロビーや灰色の背広を着た警備員の姿を目にすることができる。第一ゲートで承認される厚紙の許可証は、ここでは通用しない。ここを通るには、父親がもっているような許可証が必要なのだ。黒っぽい合成皮革のケースに入った、写真付きの許可証だ。

そして第三ゲート……第三ゲートには、呼出ベルの付いた金属製のドアがある。窓のないレンガ造りの建物の端にあるドアだ。そのドアがほかの二つのゲートと同じ場所に通じていることは、なぜか誰もが知っていた。研究所の中心、シティのなかにある街(シティ)だ。第三ゲートの向かい側に車は駐められない。すぐに交通巡査が駆けつけてくる。その隣に、三階建て以上の建物を建てることも禁じられている。

だが、第三ゲートを管理しているのが誰なのか、ドアで訪問者に対応するのが誰なのか、それを知る者はいなかった。知っている者は、口を閉ざしていた。

「第二ゲート」父親はそう言ったが、訊いたのか言いなおしたのかはわからない。

「いや、第三ゲートだ」アンクル・イーゴリは優しげな笑みを浮かべて言った。「十一時に」

少年は、そのことばによって両親と自分をつなぐ絆が断ち切られるのを感じた。父親は第三ゲートのドアをくぐったことはなかった。少年もそこに入ることなど夢にも思わなかったが、入ることになったのだ。

明日。

十一時に。

当日の朝、父親から愛用の腕時計を渡された。少年は自分がどこへ行くのか、世界中の人たちに教えたかった。だが歩行者はまばらで、第三ゲート付近の道路には人っ子ひとりいなかった。家の窓や通過するバスから外を見てくれる人さえいたら！

時計の秒針に急かされた。少年は指でベルに触れた。押す。ボタンは固く、動かなかった。静寂。不意に、いまならまだ引き返せるのではないかと思った。母親や父親のもとに、以前の生活に戻れるのではないかと。少年はあたりを見まわした。埃(ほこり)っぽい通り。中綿入りの薄汚れた黒い上着を身にまとった背の高い浮浪者が角で立ち止まり、彼を見つめている。あの浮浪者はどこから来たのだろう？　ここはシティだ、浮浪者などいない！　少年は力いっぱいベルを押した。アラームのような耳障りな音がなかで響いた。

驚いた顔をした無愛想な少尉が少年の新しいパスポートを受け取り、名前を書き写した。角が丸まった黄色いノートを差し出す。ここに署名を。少尉は受話器を取り、二桁の数字をダイアルした。2、8。

別の少尉がやって来て、こちらへ、と言った。ボタンホールにはヘビと杯のマークが付いていた。秘密がこんな近くにひっそりとあることに、少年の心は沈んだ。廊下。オイルクロスの張られたドア。レンガの壁で隔たれた中庭を抜ける、狭い通路。向こう側から何かの鳴き声が聞こえる。イヌだろうか？　次のドア。くたびれたリノリウムの床。休み明けの、掃除されていない教室の臭い。高いレンガの壁しか見えない窓。迷宮。背筋が冷たくなった。方向感覚を失い、もはや通りがどこにあるのかわからなくなっていた。金庫の扉。大きな空っぽの部屋。壁紙に残された跡が、棚のあった場所を示している。少年は混乱し、がっかりしていた。設備はどこに？　研究室は？　秘密はどこにあるのだ？

反対側のドアから、青い無地の実験衣を着たアンクル・イーゴリが現われた。これもまた、いつもとはちがうアンクル・イーゴリの姿だ。二本の指で合図をしてきた。ついて来い。長く薄暗い、埃っぽい廊下を抜け、更衣室にやって来た。服をしまう大きな金属製のロッカーがあり、片側はシャワー・ルームになっていて、ヒマワリほどの大きさのシャワーヘッドが付いている。

「以前は、ここで着替えたのだ」アンクル・イーゴリが口を開いた。「ここから先はクリーン・ルームになっている。この場所は、いまでは存在しない。書類上では、この棟は新しい建物を建設するために取り壊されたことになっている。だが、建設業者が遅れていてな。ここは存在しない、わかるか？　だからこそ、きみをここに連れてくることができるのだ」

少年は、アンクル・イーゴリの一語一句に耳を傾けていた。

「きみの父親は優れた化学者だ」アンクル・イーゴリはつづけた。「だが、自分の研究を怖れている。怖れているのだ。一生、きみの父親を私の研究室に入れないのは、それが理由だ。きみは怖いかね？」

「いいえ」何も考えずに即答した。

「いちばん端のを開きたまえ」アンクル・イーゴリはロッカーを指差した。

少年はそのロッカーを開けた。ロッカーには何かが押し込められていた。ガス・マスクが一体化した、緑のラバー・スーツだ。少年はそれを引きずり出した。とても重く、タルカム・パウダーが塗られているために滑りやすい。何年もまえに脱皮したヘビの抜け殻に似ている。

「着てみなさい」アンクル・イーゴリは言った。

なんとかラバー・パンツに両脚を通し、スーツを引き上げた。硬くてきつい首の部分が喉を絞め付けてくる。手首の袖口もきつい。息苦しく、目の前が曇った。アンクル・イーゴリが背中の部分をまっすぐに整え、背骨に沿った継目を閉じ合わせ、足首のストラップを締める。少年はゴムの子宮のなか、あるいは死んだ爬虫類のからだのなかに生きたまま入れられた赤ん坊になった気分だった。

「うしろを向いて、鏡を見なさい」アンクル・イーゴリの声は遠くから聞こえるようだった。

まだ歩き方を知らないかのようなぎこちない動きで、言うことを聞かないブーツを前に引きずっていった。このゴムの子宮から、この滑りやすくて感覚を鈍らせる抱擁から抜け出したくて仕方がなかった。

「自分の姿を見てごらん」アンクル・イーゴリの声が奥深くから繰り返した。

マスクの曇ったレンズを通して鏡を見つけた。

怪物が少年を見つめていた。身の毛のよだつような沼地の化け物。どんよりした丸い目。口はなく、顔もない。生きとし生けるものとはかけ離れた、どんなものとも似ていない、どんなものともつながりのない怪物。

それが彼の姿だった。別の自分。

特別で、誰にもわからない姿。

不意に少年は、このスーツならどんなものからも守ってくれるという、いままでに感じたことのない安らぎで満たされた。

ゴムのしわは、もはや締め付けてはこない。喉の圧迫感にも慣れた。何キロもあるゴムの重さを感じなくなり、浮いているような気がした。鏡に映っているのは自分自身だった。この同化した状態が終わってほしくないと思った。メダルで覆われたアンクル・イーゴリの軍服を着たときよりもずっとスリリングで、いままでに味わったことのないほどの興奮を覚えた。

これを着ていれば、何も怖くはない。アンクル・イーゴリのように。

スーツを脱いだ少年は汗まみれで、顔も紅潮し、タルカムや滑りを良くするためのペーストなどで覆われていたが、心の底から幸せだった。アンクル・イーゴリは大きな笑みを浮かべ、少年の肩を叩いた。

「これはむかしのスーツだ。このスーツからはじめたのだ。もう帰っていいぞ、出口まで案内してくれる。推薦状を書こう。優秀な成績で卒業したら、きみを採用することにしよう」

少年は動けなかった。信じられなかった。アンクル・イーゴリに汗で濡れた背中をそっと押された。帰りなさい、帰るんだ。

4

その日、シェルシュネフ中佐は休暇を取っていた。息子の誕生日を祝うために、息子のもとへ向かっていた。十六歳。高校最後の年だ。

チェチェンでの三度目の任務のあと、マキシムが三歳のときに妻から離婚された。いまでは彼女は再婚し、マキシムには義理の妹がいる。シェルシュネフは、家族が崩壊したのを戦争のせいにしようとした。士官にはよくある話だ。彼が最初ではないし、最後でもない。当時は、彼の部隊の多くの者が離婚をした。国は、領土内で戦争など起こっていないかのように、通常どおりに動いていた。彼の妻は、血や泥、軍や犠牲者から目をそらす大多数の人間に加わったのだ、シェルシュネフは何度も自分にそう言い聞かせてきた。とはいえ、完全には納得できなかった。あいまいなことに我慢ならないシェルシュネフは、そのことが気になっていた。

あの戦争で自分がしたことに対して、あるいはその後につづいた戦争でしたことに対しても、後悔はなかった。

もしかしたらまちがっていたのかもしれないと悩むような出来事が、ひとつだけあった。それよりほかに相応しいことばは見つからなかった。まちがっている。とはいえ、モラルの問題ではない。良心の呵責はなかった。モラルの点だけで言えば、やりなおせたとしてもまったく同じことをするだろう。だが、何かが犯されたような、運命のいたずらに翻弄されたような感覚を覚えた。そのせいで——直接的にではないが——妻に去られ、しだいに息子とも疎遠になっていったのだと。シェルシュネフにとって、息子は異質で線の細い、なよなよしたタイプへとさま変わりしてしまったように思えた。

妻のマリーナは過度に神経質だった。予知能力でもそなわっているのではないかと言えるほどだった。何の根拠がなくても何かを察し、それを意識的に、あるいは無意識のうちに息子に伝えた。彼女は二人が会うことを禁じたりはしなかった。それどころか、家に寄ってマキシムと一日過ごすように頼むこともあった。だがシェルシュネフは、息子が離れていくのは息子が大きくなってきたからだけではない、そう感じていた。父親について知るべきではないことを知っていて、口論や暴言を求めてこう訊いているように思えた。父さんは本当は誰なの？　本当の素顔は？　戦争で何をしたの？

シェルシュネフは、自分には恥ずべきことがあるという考えを、断固として認めなかった。自分の良心は潔白だ、と。

だがあの夜の出来事、軍事基地の裏にある独房と取調室を兼ねた輸送用コンテナでの出来事を、何十回となく思い返した。血や嘔吐物の臭いを覚えている。敵の嘔吐物やクソは臭いがちがう、そんな冗談を言う同僚もいた。薄暗い明かりのなか、壁に手錠で固定され、ガス・マスクを着けられた裸の男。

繰り返される尋問。誰が、いつ、どこで。悲鳴、囁き、罵声、涙、うめき声。

マスクにつながるエア・ホースを握りしめる、エフスティフェエフ中尉。

力を手にしているという、馴染みのある感覚。捕虜を顔のないゴム製の頭をもつ無名の木偶人形（ダミー）に貶（おと）め、無防備な裸のからだに向かってリズミカルな容赦のないことばを浴びせつづける。誰が、どこで、いつ？　自らの顔を隠す必要がないという自由によって力が何倍にも膨れ上がり、その行為はこの上なく私的なものになり、それゆえとりわけ激しさを増して酔いしれるのだった。

いまシェルシュネフは記憶を探り、四方を金属の壁で囲まれたコンテナからの別の出口を求めていた。悔い改めているわけではない。拷問、潰（つぶ）れた指や折れた肋骨、ガス・マスクの曇ったガラスの奥で呼吸困難に陥って飛び出しそうになる眼球など、気にもかけなかった。

とはいえ、汚れ仕事をさせるために工作員に利用されているだけだということに、すぐさま気づくべきだったし、気づく義務もあった。シェルシュネフは、抹殺命令の対象である野戦指揮官を長いこと探していた。工作員のひとりに、指揮官の伝令係と思われる男の存在を指摘された。だが実際には、シェルシュネフが工作員に教えられたのは何の価値もない男、兵士への憎しみにとらわれた、何も知らないただのティーンエイジャーだった。彼は、その工作員の一族と敵対する一族の、最後の生き残りの男だった。

だが、捜索に入れ込むあまり何も見えなくなっていたシェルシュネフは、まんまとだまされて信じた。その捕虜が、ただの子どもが、指揮官の居場所を知っていると信じたのだ。何もかもが無駄骨だった。執拗な拷問も、人ちがいだということを認めようとしない、思春期特有のプライドも。

彼らの乏しい想像力も。

自分は被害者だということへの忍耐力も。

少年がついに折れて何もかも話しだすと、すぐにシェルシュネフは誰に一杯喰わされたのか悟った。

その少年を救おうと思えば救えた。昼夜を問わず基地のゲートに立ち、誰が作ったのかわからないような擦り切れたリストを手渡そうとする親族たちに、少年を引き渡すことも、売り払うこともできた。それが、さほど重要ではない捕虜を解放するときの手順だった——遺体よりも生きている捕虜のほうが、いい値で売れるのだ。

だがシェルシュネフは、少年を殺してセメント工場の裏にある秘密の穴に埋めるよう指示した。このミスは、あまりにも屈辱的だったのだ。

エフスティフェエフは何ひとつ理解していないようだった。エフスティフェエフが頭の鈍い、従順な間抜けなのはさいわいだった。もし少年が誰かに話をすれば、地元の住人だけでなくシェルシュネフの同僚たちの耳にも入るだろう。そこでは、噂が広まるのは速い。

軍はいかなる人間であろうと逮捕し、自白を引き出すことができる。それは、あたりまえのことだった。だが、シェルシュネフのようにぶざまに工作員の罠にはまった士官は部下からは無能扱いされ、ほかの者からは笑いものにされる。瞬く間に、彼の威信は地に堕ちる。

シェルシュネフは命令が実行されるのを待つことなく、その地を発った。一週間後に戻った彼はミシュスティン曹長に、終わったか、と訊いた。ミシュスティンは飲んだくれの女好きで、死刑執行人にして、捕虜の取引を請け負う商人でもあった。そして、予想どおりの返答が返ってきた。はい、終わりました、終わりましたよ、大尉、と。

ミシュスティンは上級士官に気安い態度を取ることがあった。ミシュスティンは、シェルシュネフが大尉として授かった四つ星がかすんで見えるほど多くの星をもつ将校たちの、資金管理をしていたのだ。

シェルシュネフは、自分をはめた工作員に報復することはできなかった。その工作員が手を貸しているのは、シェルシュネフだけではなかったからだ。それに、その工作員はただの情報提供者というだけでなく、長年にわたる戦争というあやうさの産物でもあったのだ。その戦争でその男はどちらの陣営にもつき、ほかでもない軍との不法なビジネスを立ち上げた。それがいまや、チェチェンの新政権で重要な地位とはいかないまでも、それなりの地位に手が届きそうなところまで来ていた。当然、その工作員はどうやって大尉をはめたのかはひと言も口にしなかった。少年を連邦軍に引き渡したのが誰なのか、少年の家族に知られたくなかったのだ。

シェルシュネフに残されたものといえば、無駄に流された血だけだった。そして、何の意味もなかった異常な興奮。捜索に夢中になるあまり冷静さを失い、オオカミの代わりに子イヌを殺し、全世界に恥をさらしてしまったという屈辱。せいぜい一コペイカ銅貨くらいの価値しかない若者を、大がかりで費用もかかる死の拷問にかけたのだ。

部隊のなかには、シェルシュネフの懸念を理解しようとしない者もいた。死体がひとつくらい増えようが減ろうが、誰も気にしやしない、そう言うのだ。シェルシュネフは的を外しただけなら、自分を許せただろう。だが狙い方を知っていながら、標的の区別がつかないというのは、許されないことだった。

その半年後、エフスティフェエフが死んだ。捜査中に、地下室からマシンガンで撃たれたのだ。ミシュスティンは、遺体をまとめてセメント工場に運んでいるところを外部の者か味方によって殺された。シェルシュネフは、奇妙な偶然だとは思わなかった。戦争は戦争なのだ。とはいえ、はからずも彼の過ちを目撃した二人が死んだと同僚から聞かされ、密かに胸をなで下ろしはした。詮索好きなミシュスティンは何もかも、誰も彼も知っていた。あの工作員が狡猾に大尉をだましたことにも、気づいていたにちがいない。

自宅に戻った一カ月後、マリーナに妊娠したと告げられた。

シェルシュネフは彼女と過ごしたさまざまな夜のことを覚えていた。セックスという行為の最中に何が起こっているのか、そこに肉体的な愛の行為という以外のどんな意味があるのか、わかっているつもりだった。

ある夜のことをとりわけはっきり覚えていた。晩夏の夕暮れどきだった。その日の朝、二人は田舎へキノコ狩りに出かけた。地下鉄の入り口では、バスケットに入った若いハラタケがよく売られている。だが、二人はほとんど見つけられなかった。地元の住人たちが朝早く起きて採り尽くしてしまったのだ。切り株のまわりのシダはへし折られたり踏みつけられたりしていて、コケのあいだからは切り取られたキノコの柄が白い頭を出していた。

二人はロープでできた吊り橋の架けられた川へ行き、急な流れのなかで泳いだ。水は思いのほか温かく、きらめく魚の群れで水面から水底まで銀色に光っていた。その日は、ほかのどの日よりも大きく、果てしなく、大切に感じられた。その日の夕方に愛を交わしたシェルシュネフは、そういった日に特別な星のもとで、神様から愛しい子どもを授かるのだろうと感じた。

その後、マリーナの肉体的な反響、宇宙の小さなざわめきとも言える生理が来なかった。だが、テストは陰性だった。そのうちシェルシュネフははじめての任務に赴き、吊り橋や川、抱擁のことなどすっかり忘れてしまった。

任務から戻った日の夜は、コンテナで目にしたセックスとはかけ離れた哀れな裸体のせいで、汚(けが)されてしまった。愛撫も優しさもない。自分に起こったあらゆることを妻に注ぎ込もうとでもいうように、射精しようと必死だった。マリーナが喘いでいるのが快感からではなく、苦痛からだということにも気づかなかった。

やがて、彼の力に屈する妻のきゃしゃなからだの扱い方を思い出しはじめた。何度も何度も愛を交わし、以前の自分たちの姿を取り戻した。だがシェルシュネフには、マキシムを授かったのがあの最初の夜、あの暗黒の夜だということがわかっていた。

昨日、マキシムは十六歳になった。シェルシュネフは、どこか田舎の方へ行ってキャンプ・ファイアで羊肉の串焼き(シャシリク)でもしようと言って、息子とその友人たちを誘った。マキシムが喜んでくれると思ったのだ。だが息子は、ペイントボールの対戦がしたい、場所も決めてある、と言った。

シェルシュネフは承諾し、バスをレンタルした。マリーナと新しい夫は怪我をするのではないかと心配し、反対した。シェルシュネフが息子の提案を聞き入れたのは、二人が反対したという、それだけの理由からだった。彼自身は、その案に乗り気ではなかった。マキシムは、父親が軍人だということ、実際に戦争で戦ったことがあるということを知っている。だが、親子でそういったことについて話をしたことはなかった。シェルシュネフが話すことを許されている、ほんのわずかなことでさえも。

シェルシュネフは、セメント工場の穴に投げ込まれたもはや名もない男の運命と、息子の運命を結び付けたりはしなかった。とはいえ、ときを同じくしてひとりの男が死に、マキシムに命が与えられたという巡り合わせには、大きな意味があるようで無視することはできなかった。

そしていま、マキシムは戦争ごっこをしたがっている。なぜだ？　何のために？　シェルシュネフは、不吉な予感がして遠ざけておこうとしている二つの世界が最悪の状態でひとつに収束しようとしているのではないか、そんなことを息子の提案に感じた。たとえペイント銃の弾丸がおもちゃだとしてもだ。彼の家族の問題をある程度知っている同僚たちは、その話を聞いて喜んでこう言った。ようやく息子も根性を見せるようになった、父親の遺伝子を強く受け継いだってことだ。いっしょに組んで戦えるじゃないか、と。だがシェルシュネフには、相手チームに入るようマキシムに頼まれることが目に見えていた。

シェルシュネフは、自分のしてきたことは何もかもマキシムのためだと考えてきた。マキシムが安心して暮らせるようにと。息子を大切に思って必要としているのは、自分の行為を正当化したいからにすぎない、そんなことを認めるわけにはいかなかった。いまシェルシュネフは、報復を狙う罠、過去からの跳弾を覚悟していた。

だが、それを拒むことはできない。

〝テリトリーX、ペイントボール〟という看板を目にし、シェルシュネフはハイウェイを降りた。出発するまえに、正確にはどこへ行くのか調べる時間がなかった。おそらくは、戦場（本物の戦場を知る者からすれば馬鹿げて見える）や核戦争後の崩壊した世界に見立てて造り替えられた、廃墟になった倉庫かむかしの療養所だろうと思っていた。

シェルシュネフは、二度にわたる攻撃を受けたあとのチェチェンの首都グロズヌイを見たことがある。爆撃を受けて瓦礫（がれき）と化したダマスカス郊外を。焼き払われた村を。彼は傲慢な優越感を抱いていた。それは、学校や軍で暴力は経験を豊かにすると徹底的に教えられ、その暴力の信憑性、そして嘘偽りがなく消すことのできないその痕跡を重んじるように叩き込まれてきた人間がもつ優越感だった。

ルームミラーに映る息子と友人たちに目をやった。ひよっこ、小魚、オタマジャクシ。彼らの鼻先を本物の灰や泥のなかに擦りつけてやりたいという衝動に駆られた。道路を降り、郊外や踏みならされた公園などではなく、誰もいない、見え透いた隠しごとも存在しない廃村へ行きたくなった。そこではどの家もドアは壊され、カーテンは引き裂かれ、クロゼットは空にされ、どんな隙間であろうと兵士たちによって調べられているのだ。

白日の下にさらけ出された無人の村での小競り合いを思い浮かべたことで、周到に計画された襲撃に向かうときの卑劣で執拗な感情が呼び起こされた。こんなふうにして、何度、車で乗り込んだことだろう！　当初は武装車だけだったが、のちにバスを使って目的地へ向かうようになり、その車のなかで武器をチェックし、取り囲んで踏み込む準備を整える。そういった感情の本質やリズムを、軍の英語クラスで聞かされたある詩に感じたことがあった。それは、ケンブリッジ・ファイヴと呼ばれるスパイ網が暗躍した伝説的な時代を知る、熱心な老いた教官によって読み上げられた詩だった。基本的には、詩などに興味はなかった。授業では詩は苦痛でしかなく、記憶のなかではぐしゃぐしゃにひねり潰されていた。どうしてそんなものを書くのか、どうしてそんな奇妙な空想を抱くのか、理解できなかった。だがその詩——彼の人生でたったひとつの詩——だけは、一度読んだだけで覚えた。というのも、その詩はシェルシュネフの魂の形にぴったりはまったのだ。いま彼はその詩を呟きながら、外国のことばに自分の感情を見いだせたことを喜んでいた。

耳をつんざくあの音は何
向こうの谷でドンドンと
深紅の軍服のただの兵士たちだよ
兵士たちがこちらに向かってくるのさ

きらりときらめくあの光は何
向こうの方でピカピカと
陽の光が武器に反射しているんだよ
兵士たちが足取り軽く向かってくるのさ

先をつづけたかったが、そこでやめた。目的地に着いたのだ。

ペイントボールのフィールドは、ピオネール少年団のキャンプの跡地だった。

シェルシュネフは、輸送コンテナがあるフィールドでゲームをしたくはなかった。以前、同僚たちと息抜きをしにピオネール・キャンプに行ったことがあり、そこには港での戦闘を模して造られたペイントボールのフィールドがあった。それは安く手軽に造れる。鉄くず同然の値段で古くなったコンテナを買い集めて空き地に並べれば、お手製の迷路の完成というわけだ。経営者の話では、多くの人が同じようなやり方をしていて、それがいちばん安上がりということだった——主な経費は借地料だけだそうだ。あの戦争を実際に経験した彼の同僚たちは笑い声をあげ、ライフルの銃床で側面の波板を叩いた——コンテナは空っぽだった。シェルシュネフは、大きな声では言えないような、同じ経験を共有しているという感覚を楽しんだ。とはいえ、そういったセットでマキシムとゲームをしたくはなかった。

彼は別のバトルフィールドを選んだ。

ピオネール・キャンプ。誰もがよく知る、馴染みの場所。シェルシュネフも子どものころに、そのうちのひとつに行ったことがある——父親の駐屯地内にあったのだ。ブースが備え付けられたゲート。班ごとに分けられた、黄色の水漆喰(しっくい)で塗装された平屋の建物。その水漆喰を剝がして水に溶かし、着色水として古い缶詰の缶に入れて互いに浴びせることもできる。雑草の生い茂った練兵場や旗竿。腐食性の銀の塗料で塗られたレーニンの胸像。レンガ造りの低い浴場の建物。事務所の前にタイアを並べて作られた花壇。柱に付けられたスピーカー……

煙の臭いがした――戦場の雰囲気を出すために、遠くでキャンプ・ファイアを焚いているようだ。マキシムがオフィスに行った。父親のカネではあるが、自分でゲームの料金を払いたかったのだ。友人たちはバスのそばで待っていた。シェルシュネフは、彼らがタバコに火をつけるだろうと思ったが、誰もタバコを吸わなかった。タバコをもっているのはシェルシュネフだけだった。彼は一服して煙を吐き出した。過去の二つの記憶がよみがえって重なり、煙とともに嫌な予感を追い払った。

その当時、シェルシュネフはピオネール部隊の隊長を務めていた。彼らはその日ずっと待ち焦がれていた、〝ライトニング・ストライク〟をしていた。いびつに刈り込まれた茂みに隠れて這い進み、十二号棟にある〝ブルー〟の本部を目指す。敵の将軍、ピオネール隊長のヴェニア・ヴォルコフが指示を出しているのが聞こえる。シェルシュネフのチームは建物に突入し、敵のシャツに縫い付けられた青い布きれを奪い取るのだ。布きれを奪われた敵は怒り狂いながらも、〝殺された〟その場で床に坐らなければならない。

そしてここにあるのは――まぎれもなく――同じアスファルトの道、放置された低木、黄色の建物、赤レンガの蒸し風呂といったものだった。赤と白のスローガンが書かれたスタンド席は、銃痕や焦げ跡だらけだ。旗竿には、歯をむき出しにしたオオカミが描かれた手製の旗が掲げられている。同じキャンプ、そしてカーブのきついゲートのアーチに記された〝若きレーニン信奉者〟という同じ文句。だが、森の様子はちがった。まばらなマツではなく、びっしりと植えられた落葉樹が山の内側に引き寄せられるようにいびつにねじ曲がって生えている。近くには山間を流れる急流があり、その川の音はキャンプを占拠した人々の声に似ていた。まるで耳をつんざく極めて異質な音を集め、それをひとつに合わせたような音だ。

もうひとつの記憶では、シェルシュネフは小さな部隊の隊長をしていた。何もかも用意周到に整えられていたので、その任務は観察することだけだった。彫刻された小箱には、処置の施された数珠が入っている。適度に磨かれた木の数珠だ。というのも、木はアロマオイルをよく吸収し、特殊な物質のかすかな臭いを隠してくれるのだ。

シェルシュネフは、上層部が練り上げた計画を教えられたことに驚いた。彼は、ロケット弾で狙ったり、ヘリコプターから攻撃したりするほうが簡単だと、ことばを選んで提案した。誰かの科学論文を試してみるかのような、茶番じみた時代遅れの武器の実地テストなどで、部下を危険にさらしたくはなかった。弓や短剣を使えと命令されるほうがまだましだ。だがいまは、小箱のなかで数珠が動くのを実際に感じ、誰かがその箱を開けて粗い糸でつながれた数珠を取り出すのを期待していた。偽りの贈り物。相手は指のあいだでその数珠をまわし、それから人目もはばからずに金切り声をあげて泣き叫ぶことになるのだ。

シェルシュネフが拷問した少年と同じ名をもつ、ずっと探しつづけてきた敵の野戦指揮官。指揮官になるまえは、いまのシェルシュネフの年齢で共同農場ドーン・コルホーズの代表を務めていた男。その野戦指揮官が苦悶の叫び声をあげると、少佐となったシェルシュネフは異教の荒々しい冒瀆的な祈りを創造主に捧げた――数珠に染み込ませた、目に見えない死神を作った創造主に。

シェルシュネフは勲章を授かり、昇進した。だがその後は、待機させられるというよりもむしろ放置された。まるで、扱いにくい形状にはちゃんとした理由があるものの、ほとんど使い道のない道具のように。ほかの者たちは通常の任務を与えられた。あの特殊な任務に絡む作戦はもはやなかった。とりあえず、その部署ではそういった作戦はなかった。

階級、勲章、工作員としての非公式の評価といった点において、徐々に、だが確実にほかの者たちに先を越されていった。シェルシュネフのキャリアは、彼自身は何も知らない謎の物質によって決定づけられてしまったのだ。とはいえ、あの襲撃のまえ、通常の機密保持契約書に加え、別の機密保持契約書にもサインをしなければならなかった。上層部のどこかで、極秘の計画が立てられて命令が下されている。そして彼らが所属する部署の研究室のどこかで、いまでも化学者たちはさまざまな物質を創り出している、シェルシュネフはそう思った。中佐となった彼はそれらがシンクロする瞬間を待った。命令と物質、次の標的と自分がシンクロする瞬間を。

シェルシュネフはタバコを吸い終え、吸殻をもみ消した。考えるまでもなく、することは決まっていた。今日は、息子に撃たれる。殺されるのではなく、負傷するのだ。そうしなければならない。父親がペイントの血を流すところをマキシムに見せ、喜びと気まずさを味わわせるのだ。その赤い染み、命中した弾は、大人としてのはじめての経験として、のちに二人で語り合うことになる――なかなかの腕だっただろう、ああ、見事にやられたよ、と。

シェルシュネフはゲーム用のつなぎ服を着込んだ。チームが分かれる。一方は〝基地〟――かつての寮――を守り、もう一方はそこを襲撃する。シェルシュネフは攻撃側に加わった。負傷者はこちらのほうが多くなるだろう。息子に何か声をかけたかったが、相応しいことばを考えているうちに、マキシムはヘルメットのヴァイザーを下ろし、勝利のVサインを見せて行ってしまった。

またしてもシェルシュネフは木の陰で身を伏せ、黄色の建物を見据えていた。ほふく前進し、発砲し、部下たちに指示を出す——左へ、右へ、まわり込め。当然、本来の三分の一、あるいは四分の一の力でプレイし、わざと標的を外したり、チャンスでもあえて撃たなかったりした。命中精度が悪く、射程距離も短いおもちゃのようなペイント・ライフルでも、十分もあればこの場にいる全員を撃てる。だがここではお遊びに徹し、長年の訓練で培った経験やノウハウを抑え込み、わざとまちがった判断をしようと奮闘した。シェルシュネフはマキシムを捜し、窓辺に1と書かれた息子のヘルメットが見えた気がした。全員が同じ戦闘服とヘルメットを身に着けているので、彼がミスを犯してチームのほかのプレイアーが息子を〝始末〟したり〝負傷〟させたりしてしまうのではないかと、気が気ではなかった。シェルシュネフは密かに、自分の思いどおりにゲームをコントロールしていた。

守備チームが建物のなかに後退した。シェルシュネフは建物に駆け寄り、窓枠から飛び込んだ。息子が無傷のうちにそばへ近づき、そのあいだに自分のチームのプレイアーを減らすことで、マキシムの勝利がより印象的なものになるようにしたかったのだ。

だが、狭い廊下には金属製のベッドやテーブル、椅子などが積み上げられていた。さすがのシェルシュネフでも、これではそう簡単にはいかない。無意識のうちに、シェルシュネフは戦闘のリズムと激しさにのめり込んでいた。敵のひとりのヴァイザーを正確に撃つと、ヴァイザーが真っ赤に染まった。別のひとりの両脚も撃ち抜いた。敵も撃ち返してきたが、弾は頭の脇の壁に当たった。

攪乱するために廊下にデスクを放り投げ、飛び出した。視界の隅で、空き部屋での動きをとらえた。至近距離から銃を撃った。そんな近くで撃てば、いくらペイントボールといえども相当な痛みを感じることはわかっていながら、自分を抑えることができなかった。実戦さながらに、下から襲いかかった。股間から首筋へと縦に攻撃を加え、とどめを刺そうと二歩詰め寄り、銃口を突きつけ……

弾は出なかった。

ペイントボールのライフルは、使い慣れているオートマティックの銃よりも装弾数が少ないのだ。

そのプレイアーのヘルメットには、1と書かれていた。仰向けに倒れたマキシムは血のりにまみれていた。滑りやすいリノリウムの床の上で必死に足を動かし、うめきながら逃げようとしている。プラスティックのヴァイザーは、うっすらペイントで染まっていた。苦痛と恐怖で見開かれた目が、シェルシュネフを見つめていた。

シェルシュネフはこの状況を正すこともできた。ひざまずき、両腕でしっかり息子を抱きしめ、許しを請う。自分がどうなってしまったのかということ、プロの兵士とペイントボールをするのはまちがいだったということを説明する。だが、引き金に指をかけさせた邪悪な力が、〝深紅の軍服のただの兵士たちだよ、兵士たちがこちらに向かってくるのさ〟という行進の詩に敏感に反応したあの邪悪な力が、シェルシュネフをそむけさせて立ち去らせた。自分の息子があんなふうに泣きべそをかき、怯えるはずがない。さらに言えば、息子があんなふうに父親を見つめて許されるはずがないし、息子にはあんな目をする権利すらないのだ。

シェルシュネフは廊下に戻った。残っている敵はいない。あれほど負けたかった小戦闘に、勝ってしまったのだ。

つなぎ服のポケットに入っている携帯電話が、静かに振動した。

「おまえか？　明日、八時に本部へ。わかったか？　以上だ」

5

病院の医師たちは、カリチンを丁重に扱った。高額の保険に入っているからではない。医師たちはカリチンをかつての同業者と見なし、わがままを言ってくるだろうとはじめは思っていた。だが、カリチンが理想的な患者だということがわかったのだ。心配はしていないし、質問もしてこない、夜にナースコールを押すこともない。しかも、さまざまな検査手順にもおとなしく従った。

カリチンは怯えていない、医師たちはそう思っていた。

カリチンは怯えていた。こんなに怯えるのは、子どものころに経験したあの長い冬以来だった。一家はシティに移ってきたばかりだった。キッチンとバスルームが付いた二部屋のアパートメントをあてがわれた。共同体（コミューン）の住宅の小さな部屋で暮らしてきたカリチンには、巨大な家に思えた。新しい学校に通った——そこでは全員が彼と同じ新入生で、まえの学校にいたようなからだの大きな二年生や三年生のいじめっ子もいなかった。人生は輝き、活気にあふれているようだった。

ある日突然、両親に何か説明のつかないことが起こった。夜になると、両親は電話に鍋をかぶせ――いまでは自分たちの電話があった――キッチンに閉じこもった。シンクでは勢いよく水が流れ、ラジオからは厳粛な大きな声が響いていた。〝本日、国中が……〟。両親の声はほとんど聞こえなかった。奇妙で、よそよそしい声。カリチンは廊下に掛けられている毛の抜け落ちた大むかしの祖母の毛皮のコートに隠れ、ひと言でもいいから聞き取ろうと耳を澄ましていた。

母親は外科医だった。新しい手術室の設備がどんなに充実しているか、つい最近、誇らしげに話したばかりだった。それがいまや、一刻も早く去りたがっている。父親は、彼女に残るよう説得していた。

「ぼくと同じ苗字じゃないか」父親は穏やかに言った。

「連中がわたしの職員ファイルをもっていないとでも思っているの？」

「きっと大丈夫だよ」不安げな声だった。「いいかい、ぼくは上級研究員になったんだ。アクセス権ももらった。第一級だぞ！　もしぼくたちが疑われていたら、そんなものをもらえると思うかい？　それにアパートメントや給料、配給だって。ぼくの論文が認められたんだよ」

「新聞にどう書かれているか、読んでないの？」母親は苦々しげに訊いた。「殺人医師たちって呼ばれているのよ！　そのうちのひとりと研究をしたことがあるの、それがどういうことかわからない？」

父親は黙りこくり、しばらくしてから口を開いた。「イーゴリが力になってくれる」「イーゴリ自身が身を滅ぼさないかぎりはね」惨めで、元気のない声音だった。「これは、ほんの手はじめにすぎないのよ」

その夜に交わされたことばは、カリチンの家を包み込んでいた目に見えない温かい優しさを粉々にし、そのあとには不安や怖れに通じる大きな穴が口を開けていた。そのうちカリチンは、教師たちにおかしな目で見られていると思うようになった。何かを知っているとでもいうような目で。恐怖は食事のスパイスに、ありとあらゆる感情の影に、あらゆる音のエコーになった。恐怖によって世界から手すりや支えが取り払われ、カリチンはいつものバランス感覚を失い、素早い身のこなしさえも奪われてしまったのだった。

体育の授業のあと、ロッカー・ルームで転んだのはそのせいだった。ズボンに足を取られたのだ。ぶざまに転び、誰かのキャンバス・バッグをベンチから落としてしまった。着替えがバッグからはみ出し――縁が破れてくたびれた、脂ぎった写真の束がこぼれ落ちた。クラスのお調子者、ヴォフカ・サポジョクが駆け寄り、肩越しに覗き込んだ。驚いて口笛を吹き、いやらしく下品な仕草で唇を舐めた。

写真はばらばらに散らばった。むき出しの腕、胸、尻、白黒の艶のある肉体、ストッキング、ダチョウの羽、透きとおったカーテン、ソファ、スリッパ。仰向けの女性、屈み込んだ女性、ひざまずいた女性。黒い帽子をかぶった裸の男性。肉付きのよい女性の太腿のあいだから覗く濃い暗い茂み。ペニスをくわえた口。むき出しになっているのは肉体ではなく、服の内側に隠された男女の秘められた真の営みだった。写真に写されているのはぞっとするほど深刻なもので、まるで誕生や死の瞬間を目の当たりにしているようだった。しかも、見慣れない奇抜な衣装やジュエリーは、おとぎ話や外国の儀式、滅びた世界でのみ見られるもののように思えた。

カリチンは写真を見つめたまま、その場で動けなくなった。サポジョクもおとなしくなってからだを屈め、恋する少年のように肩に寄りかかってきた。

ロッカー・ルームに話し声がなだれ込んできた。上級生のバレーボール・チームだ。背が高く、汗まみれで、試合のあととあって気が立っている。真っ先に危険を察知したサポジョクは飛び退こうとして友人の背中に倒れ込み、野良イヌや慌てているひ弱な小動物のように背中を丸めた。そして転がり起きるとあっという間にいなくなった。

年上の少年たちは大声で笑い声をあげていたが、急に静かになった。

「このチビ」重い拳が飛んできて、カリチンはベンチに倒れ込んだ。

その声には聞き覚えがあった。シティの軍司令官、イズマイロフ大佐の息子だ。アンクル・イーゴリの家で、父親といっしょにいる彼の姿を見たことがあった。終戦後にドイツに派遣された大佐が研究設備を解体し、〝自分用にたくさんの面白そうなもの〟をもち帰った、そんな話を大人たちがしていたのを覚えている。

面白そうなもの。イズマイロフの息子は、父親からこれらのいかがわしい写真を手に入れたにちがいない。もちろん、こっそりと。もしこの写真が見つかれば、もしいまロッカー・ルームに教師が入ってくれば……

カリチンは小便を洩らした。

イズマイロフはカリチンの首筋をつかんでもち上げた。もう床に写真はない。浅黒く、丸い頭の司令官の息子はカリチンを睨みつけたが、密かにまわりにも目を向けていた——チームの誰も信用していないようだ。それに、すぐそばには年下の子どもたちもいる。

「誰かにこのことを喋ったら、殺すからな、このクソガキ！」イズマイロフはカリチンを部屋の隅に突き飛ばした。

かつての家が平和だったころでさえ、両親には何も話さなかっただろう。その写真が欲しかったわけではないし、盗むつもりでもなかったということを、証明することなどできない。その写真をはっきり見てしまったということすら、認めるわけにはいかなかった。仮に打ち明けたところで――両親は聞く耳をもとうとはしないだろう。そんなふうに優しく振る舞ったりはしない、カリチンはそう思った。

両親には、カリチンにかまっている暇などないのだ。

その翌週、教室のドアのところでカリチンはイズマイロフと三回ほど〝偶然〟出くわした。イズマイロフはそこに立ったまま、カリチンを見つめるだけだった。イズマイロフの目には、父親と同じ険しさが宿りつつあった。静かにテーブルに着いたイズマイロフの父親がまわりで食事をしている人たちに挨拶の目を向けるだけで、人々は口を閉ざしてフォークを置き、なぜかウォッカ・グラスの脚を擦りはじめる。カリチンは白黒の肉体、服従するようにからだを屈めた姿、黒いシルクハットをかぶった男たち、イズマイロフの手、彼の怒りに満ちた囁き声を思い出し、自分にはその記憶を消し去る力がないと感じた。

そんなある日、またしても体育の授業がバレーボールの練習と重なった。もっと早くわかっていれば、雪を頬張って風邪をひき、家にこもるなどして授業を休んだだろう。だが、いまさらそんなことはできない。そんな作戦を実行するにはちょっとしたとっさの勇気が必要で、しかも自分ひとりの力でやらなければならないのだ。カリチンは恐怖と罪悪感に苛まれていた。イズマイロフのバッグを落としさえしなければ、こんなことにはならなかったのに。

クラスではおとなしくしていた。体育の授業のためにスキー板を履いたが、それは長すぎるうえにまともにワックスも塗られておらず、おまけに装着部分も緩かった。

クロスカントリーの授業。

一周目は楽しんだ。スキー板は割れやすく、しかも目の前には怖ろしい運命が待ち受けているというのに、からだはといえばそんなことなど意にも介さず、何の危機感もなく文句も言わないことに驚いた。風が吹いてきて、軽い霜はますます軽くなった。コースの雪は踏み固められているとはいえ、しっかりワックスを塗られていないスキー板に貼り付くようになってきた。

冷たいブリザードになった。あたりは真っ白に渦巻き、クラスメートの姿や学校の建物も見えなくなった。右のスキー板に雪がびっしりこびりついた。勢いよく足を引いたひょうしに緩んだネジが抜け、錆の付いた木屑が飛び散った。

片足はスキー板が脱げ、もう片方はスキー板を履いたまま立っていた。ロッカー・ルームで待ち構えているイズマイロフから自分を守ってくれるものなど何もない、カリチンはそう気づいた。その認識は、判決のように明白で決定的だった。これが大人というものなのだろう。カリチンは、ブリザードでも空でも、何でもいいから、誰でもいいから助けて、と心のなかで祈った。

世界は応えてはくれないようだった。

もう片方のスキー板も外し、肩を落として体育館へ向かった。

入り口の階段には誰もいなかった。バレーボールのネットが静かに揺れている。審判のストゥールにはホイッスルが置かれていた。ボールが隅に転がっている。

あたかもブリザードのさなかに危険な穴を通り抜け、人間のいない別の世界に来てしまったかのようだった。戦争がはじまったのなら、シティ中に空襲警報のサイレンが鳴り響いているはずだ。敵の奇襲攻撃でも受けたのだろうか？

カリチンはカフェテリアを覗いてみた。テーブルには紅茶のグラスや食べかけのパンが置かれたままだ。焦げたそば粉粥の匂いもする。年老いたネコのドゥスカが、骨や皮を求めてごみ箱のそばに坐っていた。

講堂のドアがわずかに開いていた。むせび泣く声が聞こえる。

講堂は暗く、ついている照明は数えるほどしかなかった。教師や生徒、警備員や料理人たちが集まっていた。校長がステージに立っている。校長は飛び去って行く誰かを捕まえようとでもするかのように、片方しかない腕を挙げた。そして戦車大隊に突撃命令を出したときと同じ声で叫んだ。

「黙とうの時間は終わった！　ひざまずきなさい！　ひざまずくんだ！」真っ先に校長がひざまずくと、全員がそれにならった。

「忘れてはならない」校長の声はうわずっていた。「忘れてはならない……われわれの敬愛する――」こめかみから頬にかけて走る歪んだ古傷が白くなり、顔が憎しみに染まった。かつてドイツ軍の砲撃を戦車の砲塔に喰らったときのような衝撃を受けた校長は、またしても耳が聞こえなくなって床にくずおれた。純真な料理人が泣き叫んだ。

「やつらに殺されたんだ！」

全員が泣きだした。いまのことばが引き金になったのだ。

カリチンの肩に誰かが手を置いた。イズマイロフだった。口元は歪み、虚ろだが興奮した目には涙が浮かんでいる。彼も泣いているのだと思った。イズマイロフは立ち上がって歩いていった。まわりの人たちも立ち上がり、互いに支え合いながら呆然としていた。

ステージの中央に、口ひげを生やした男の肖像画が掛けられていた。シティが造られたのはその男の直々の指示だったということを、カリチンは知っていた。その肖像画の角には、黒いリボンが垂れ下がっていた。

その男が不死身で、その名前も永遠に語り継がれると信じていたカリチンは、彼が実際に死んだということを、魂のない抜け殻になってしまったということを受け入れることができなかった。実は本当に死んだのではなく、イズマイロフに復讐をやめさせてカリチンを救うために、一時間か一日だけ自らの命を差し出してくれたのだと思った。取るに足りない存在のなかでも、とりわけ取るに足りない自分を救うために。カリチンは抑えきれない喜びと悲しみに包まれた。お返しに自らを犠牲にしたい、そしてあの馴染みのある、心安らぐ肖像画という形で表わされた慈悲深い力にこの先の人生すべてを捧げたい、そんな願望でいっぱいになった。カリチンは激しく泣きじゃくり、恐怖心を解放した。天井が逆さまになり、ライトの明かりが弧を描いた。

暗闇。そして静寂。

気付け薬の強烈な刺激。

それ以来、イズマイロフは近づいてこなくなった。夏が終わると、イズマイロフはシティから姿を消した。司令官の父親とともに。

カリチンの両親は、夜にキッチンに閉じこもることも、電話に鍋をかぶせることもなくなった。母親は、新しい手術室をまた絶賛するようになった。

「イズマイロフは排除された」彼らがアンクル・イーゴリに会いに行くと、アンクル・イーゴリはまるで興味がないとでもいうような口調で言った。「あの男は、民衆の敵、ベリったかがわかった」

これは何もかも、自分が触れることのできた慈悲深い力のおかげだ、カリチンはそう思った。いまでは、肖像画に描かれた男が本当に死んだということがわかっていた。確実に死んだのだ。だがカリチンは、それと同じ力がアンクル・イーゴリに宿っていることを見抜いた。彼の功績だということを見えにくくする、シンプルだが光り輝かんばかりの〝排除された〟ということばのなかに。そして因果関係という、大いなる秘められた知識のなかにその力が宿っているということを。

病院では、あのときと同じように自分は取るに足りない見捨てられた人間なのだという、子どもじみた恐怖に苛まれていた。

だが、もはや救ってくれる力は存在しない。幻影はすべて、彼が生まれた国の国旗や紋章のように消え去ってしまったのだ。

残されたものといえば、患者としての従順な態度くらいだった。そして、自分が抱いている恐怖を合理的に説明しようとする思い、さらに実体のない望みではなく絶対的な望みへと通じる道や、その望みの支えとなるものを見つけ出したいという思いだけだった。

カリチンは新聞を置いた。すぐに目が疲れるので画面で読むのは好きではなかったし、新聞を読むという行為を自分のイメージの一部にしていたのだ。それは保守的な科学者というイメージ、歴史的な母国でかつて到達した高みまで昇ることができずに引退した亡命者というイメージだった。

そのうえ、メタデータを集めて保存するパソコンやスマートフォンを本能的に怖れていた。打ち込んだことばを記憶する検索エンジンは使わないようにしていたし、VPNプロトコルや暗号化も信用していなかった。

カリチンが読むのは誰のものとも特定できない印刷された紙、キオスクで買った初刷の新聞だけだった。

いまは、病院のスタッフが新聞を買ってきてくれる。彼らは敬意を込めて、この孤独な老人について冗談を言っていた。手術のできない癌のある疑いがあり、いつ検査結果と最終診断が明らかになってもおかしくはないにもかかわらず、ヒステリックなニュースの書かれたページをあれほど穏やかにめくれるのは孤独な老人くらいだ、と。

化学者になるべく勉強したカリチンは人間のからだに関して多くのことを知っているが、それは特殊な狭い分野に限られていた。身体の殺し方に関してだ。現代の癌の治療法についても、かなりの知識があった。その治療法のいくつかは、彼の研究と多少なりとも関連があるのだ。なにしろ、ある意味では、特定の細胞を狙って破壊する方法を研究していたのだから。

とはいえ、医学のことは何も知らなかった。死に関する学術的、理論的な考え方や、日ごろから研究室で死と身近に接してきた経験から、カリチンには破壊と創造、殺害と治癒はどちらも同様に可能だと信じて疑わない技術官僚がもつ、歪んだ傲慢さがあった。壊すことができるものならどんなものでも――物体だろうと、からだだろうと、精神だろうと――治すことができる。それが、必要なときに近くにいる専門家たち、修理屋、医師、心理学者の仕事だと信じていたのだ。

どんな治療法も存在しない死の物質を創り出し、その猛毒の分子の効果を心得ているカリチンでさえ、ふつうの病気なら何であろうと治療することが可能だと、大人げなく信じていた。ようは診療のタイミング、治療の手段、医師たちの頑張り、そして費用の問題だと。費用に関しては、カリチンはどんなに高額であろうと支払うつもりだった。

一流の病院で治療を受けるだけのカネはあった。優秀な医師たちに診てもらうだけのカネが。だが確固たる希望をもつには、それだけでは不充分だ。助けを期待するのは馬鹿げている。一度ならず、そう思い知らされてきた。捜査チームに招かれたのは、別れの挨拶、お役所のおざなりの優しさだ。おそらく一年ももたないだろうということを知っているか、予想したにちがいない。国は倹約のために、チューブから最後の歯磨き粉を搾り出そうとしているわけだ。保険で何もかもカバーできるわけではないので、病院代を返済し、デビットカードも清算しなければならない。それに、葬儀の費用のこともある。

電話では、どんな事件を調べるのか聞かされなかった。極秘事項。電話では話せない。彼らが極秘事項の何を知っているというのだ？　むかしは、武装した使者が封をした封筒を封をした布袋に入れてカリチンのところへやって来た。極秘事項……どの新聞にも書かれているというのに、見当がつかないとでも思っているのだろうか？　アナフィラキシー・ショック、もしくはそれに見せかけたもの。おそらく、天然由来の物質だろう。カリチンの研究室で創り出された、彼の作品ではない。レストランで、至近距離から。大勢の目撃者の目の前で。リスクが大きい。被害者はすぐには死なず、もちこたえ、囁いた。距離は？　投与量は？　投与方法は？　天候は？　その有機体に関する詳細な情報は？　食事は？　ちなみに、被害者が食べ物を口にしたかどうかは明らかにされておらず、何を食べたかということにメディアはまるで関心を示さなかった。しかも、アルコールについてはひと言も触れられていない。愚か者どもめ。面白い、面白い……。もっと詳しく読まなければ。

亡命してから最初の数年間は、一度も新聞を読まなかった。ニュースに興味はなかった。

あの研究室とカリチンのベイビーは、彼を裏切った故国に残してきた。研究は凍結され、スタッフも無給の長期休暇を言い渡された。

この国に来れば信用され、研究に必要なものやスタッフを提供してもらえると思っていた。自分の兵器工場を復元し、中断された研究をつづけるつもりだった。特殊なサーヴィスというのは世界中どこであろうと同じものだ、カリチンは自分にそう言い聞かせた。彼の創造物が実際に使用されるのを目にしたことがあり、その研究室の情報をひとつ残らず集める必要がある鉄のカーテンの反対側にいるかつての敵なら——彼らならカリチンがどんなものをもたらしてくれるかわかるはずだ。素晴らしく、有望で、計り知れないほど価値があるものをもたらしてくれるということを。

尋問、検査。カリチンの運命は時間をかけて、苦労して決められていったが、彼はじっと待ちながら期待していた。カリチンはきれいにそぎ落とされ、何もかも剝ぎ取られた——最後の秘密、まだ完全には文書に記録されていない物質、ニーオファイトを除いて。さらに、研究室でダミー実験と呼ばれていたことについても、話さなかった。

最終的には、ここに残る機会をもらえた。執拗な追跡者の目からも隠してくれた。だが彼が与えられたのは、化学兵器の調査に協力する外部のコンサルタントという、給料はいいがつまらない仕事だった。

それは、しつこくなじられるようなものだった。自分で面倒を起こしたのだから、自分で始末をつけろ、と。

カリチンは、研究をつづけることもできると、もう一度ほのめかしてみた。

それなら、裁判にかけると断言された。

そのときはじめて、自分が危険な化学物質のように、あるいは汚染区画のように慎重に扱われていることを悟った。最終的に、給料を払って管理下に置いておくほうが、カリチンが世界中にばらまく可能性のある怪物たちと戦うよりもずっと安くつくと判断されたのだ。

つまり、かつての敵から望みどおりの評価を得たというわけだ。カリチンの価値を認識したからこそ、厳重に管理したのだ。面接官のなかには心理学者もいたので、彼らはある結論に至ったようだった。それは、カリチンが脱走を企てられるのは生涯に一度きりで、そのチャンスを使ってしまったいま、もう二度と脱走しようなどとは思わないだろう、ということだった。

カリチンは緊張を解き、つらく、どうにもならない現実を受け入れた。

一九九一年には、あと数カ月もあれば合成が完了し、彼の最高傑作をテストできるという段階まで来ていた。もっとも安定し、もっとも痕跡を残さない物質、ニーオファイト。

試作品などではなく、量産に向けた安定した合成品の完成まで、あとわずかだったのだ。

何年も苦労したが、そんな理想にはどうしてもたどり着けなかった。だがカリチンはあらゆる障害を乗り越え、科学的な問題を解決し、資金の増額にもこぎつけた。これまでのものを上まわる理想の物質の誕生はもはや止めることができず、その成功は朝陽が昇るのと同じくらい確実だと思われた。

だがもちろん、すでに行政機関は病に侵され、崩壊寸前だった。まるで国全体に毒がまわってしまったかのようだった。設備の遅れ。給与の遅れ。上司の懸念。刑務所からダミーを運んでくるパン工場のトラックに偽装した目立たないヴァンが、ある日突然来なくなった。あと三人、二人、いやひとりでいいからダミーが必要だった。

カリチンには、自分のものなど何ひとつなかった。必要なものは何もかも与えられた。地の底から採取されたり、工場で集められたり、必要とあらば国際通貨を使って国外から買い取られたりした。買い取れないものは盗んだり複製したりし、ときには試験工場でとんでもない費用をかけて必要な装置をたったひとつだけ造り出したりもした。

ボルトやワイアから希少同位体に至るまで、ありとあらゆる目録や分類をカバーしてきた何でも生み出す魔法の〝豊饒の角〟が、突然、その力を失った。底を突いたのだ。

最悪なのは、どんなときでも頼りになったコネのある人々から、国の指示や要求といったものを感じられなくなったことだった。

共産党がペレストロイカやグラスノスチを宣言したときでさえ、彼らは大笑いし、自分たちの事業には何の影響もないと豪語していた。それがいまや、上司たちはうろたえ、転向や軍備縮小といった、以前は聞いたこともないような会話をするようになった。

カリチンは、一時的に研究を中断すると言われた日のことを覚えている。研究所の管理体制の問題を見直す必要があるということだった。

人生ではじめて、自分よりも上の存在、自分が理解して利用してきた化学や物理の法則よりも上の存在を感じた。カリチンは、ありとあらゆることを克服する方法を心得ていた。ライバルの研究に関わる企て、産業界と軍の上層部のいさかい、物質の謎。どんな人為的な障害をも乗り越えられる内なる力があった。だがやがてソヴィエト連邦が崩壊し、かつては何があっても揺らぐことのなかった国家を象徴する建物が未知の力によってなぎ倒され、ニーオファイトの量産版はその瓦礫の下敷きになって死に絶えた。

カリチンは神について真剣に考えたことなど一度もなく、かつて修道院だったところを冒瀆するかのように改装した研究室で大胆不敵に研究をしていた。そんなある日、カリチンは信者たちにとってはこれこそが神なのだろうというものを感じ取った。それは物質がもつ、どんなものも受け付けない闇の力で、しかも科学的に解明されることを拒むものだった。それゆえ、その力はカリチンのような科学の巨人たちを怖れた。というのも、そういった巨人たちはほかの科学者たちよりも奥深くまで物質の本質を見抜くことによって、科学の新時代の幕を開けたからだ。それを可能にしたのは、大規模産業の技術力と計画的国家経済の無限の力の融合だった。そのおかげで、研究成果を挙げるために以前なら考えられないほどの資金や資材といったものを注ぎ込むことが可能になり、選ばれた科学者たちは目的達成のための手段だけでなく、直接的なゆゆしき力をも手に入れることになったのだった。

カリチンは何もかも崩壊したことに、漠然とした困惑を覚えた。その破壊的な力に復讐することも、その力に打ち勝つこともできなかった。だが、その共犯者たちには復讐したくて仕方がなかった。能無しの愚か者、用心深い上司、膝を震わせながら風刺画的なクーデターを企てることくらいしかできない、大きな肩章を着けた意気地のない将校たちに！あるいは、いわゆる自由な生活というものを盲目的に求める人々や、自分たちに見合った居場所や労働を放棄した愚かな人々に！

その後まもなくして逃亡したカリチンは、その密かな復讐心を道しるべにした。だがときが経つにつれ、目先のことに気を取られるあまり過ちを犯したということに気づいた。早まった、ということに。

彼の知識とサーヴィスは必要ないとかつての敵に拒絶されたカリチンは、ソヴィエト社会主義共和国連邦の復興を夢見るしかなかった。研究所の外に彼の人生はなく、研究所が存在し得るのはソヴィエト連邦内だけだと思った。復興を願うカリチンの思いは、一九九三年に集結した何百万という筋金入りの共産主義者たちのそれよりも強かった。その集会では、無数の旗が作り出す赤一色の光景に酔いしれた群衆の熱意が、警察官ひとりを圧殺したほどだった。カリチンはニーオファイトに祈った。無神論者のぶざまで絶望的な祈りを。まだ生まれていない、神のごとき秘密兵器に、世界にその力を示したいなら手を貸してくれと呼びかけたのだった。

　そんなある日、列車に置き忘れられた新聞をめくっていたカリチンは、コーカサス地方で起こったチェチェン紛争の記事を目にした。復讐に燃える好奇心から、その記事を読みはじめた。あのイカレた裏切り者や脱党者たちは、どんな問題を抱えているのだろう？

　自分の国の地理についてはあやふやな知識しかなかった——何十年も研究室という泡のなかで過ごしてきたのだ。そこに書かれている都市や村がどこにあるのかよくわからなかった。チェチェン共和国の地名の聞き慣れない発音にも苛立った。かつては無敵と言われた軍が、弱体化して彼らを地図上から消し去れないことに驚いた。軍が自らを守れず、戦車や武装した輸送車が首都で丸腰の群衆に止められるというなら、軍にはこんな屈辱がお似合いだ、カリチンはそう思った。

粛清や拷問、捕虜収容所や選別収容所の記述は、もちろん信じはしなかった。倫理的に理解できなかったからではない。ジャーナリストがそんなことを目にするどころか、耳にすることすらできるはずがないと思ったからだ。

退屈な旅だった。その記事は外国語で書かれていたため、語彙の欠如や不可解な文法のせいで理解できない部分も多かった。もの憂げに記事に目を通し、わかりにくい段落は飛ばした。不意に、はっと目を見開いた。気が張り詰め、記事に意識を集中した。

特派員の情報源には兵士もいたようだ。あるいは、その特派員は揺れ動く前線にいたのかもしれない。その記事には、かつてのピオネール・キャンプに設営された基地で、先ごろ名の知れた野戦指揮官が毒殺された、と書かれていた。連邦軍が内通者を買収し、いわゆる太古の聖なる遺物とされる数珠に毒を染み込ませ、それをその指揮官に届けさせた、ということだった。兵士たちは復讐を誓い、この化学テロに目を向けるよう世界中に訴えていた。

はじめは、含み笑いを洩らした。聖なる遺物、毒を染み込ませた数珠だと！　お次は何だ！　まるでシェイクスピアだ。この記事自体がジャーナリストの創作かもしれない。でっちあげられたニュースだろう。

だが同時に、ブリーダーから譲り受けたサルを使った、自身の初期の実験を思い出した。一般市民のために動物園へ送られる動物もいれば、カリチンや多くの同僚たちのもとへ届けられる動物もいた。あるとき動物園でカリチンはしかめ面をしたサルたちの顔を眺め、選別者が怖ろしい運命から見逃してやる決め手になった知恵の兆しでもないかどうか探してみた。サルを使った実験では、染み込みやすく、即効性もあるが、どうしても明らかな痕跡が残ってしまう初期の薬物が用いられた。

実験動物には木彫りのものが与えられた。スプーン、ダイス、数珠、ブレスレット、アルファベットの形をした積み木、モールディング。木に染み込ませた物質がどれほど早く効果を発揮するか、もっとも染み込みやすい木材はどれか、皮膚と接触する面がもっとも多い形状はどれか、そういったことを調べるためだ。カリチンは、死の苦しみに歪んだいくつものしわだらけの顔を覚えている。その薬物は認可され、製造化された。

まさか？　家に帰ったカリチンは、その事件に関する記事を探せるだけ探して読んでみた。すべてがはっきりした。あれは彼が創ったものだ。できそこないの初期の作品だが、彼の子どもであることに変わりはない。

あの物質は、しかるべき者の手に渡ったのだ。特殊部隊が使用しているのは明らかだった。倉庫から取り出したにちがいない。ほかの多くの薬物とはちがい、あれに有効期限はない。だが、もし研究所を再開させたのだとしたら？　かつての修道院の地下室に照明が灯り、自分のデスクの前に誰かほかの者が坐っているとしたら？

いまさらながら虚しい希望を抱いて激しい嫉妬に駆られ、カリチンは胸が張り裂けそうになった。

何年ものあいだ、化学者としての特別な目で、さまざまな類や族の化学物質の性質を観察してきた。それは捜査官たちの目でもわかるものもあれば、わからないものもあった。そういった物質により、あちこちで報告される互いに関連のない謎の死や、致命的な事故、暗殺と確定された事件などが引き起こされた。ジャーナリストや政治家、亡命した工作員のデスマスクの鑑識家が見れば、そういったことは一目瞭然だった。

カリチンには、ライバルや自分が創り出した物質を見分けることができた。そこに、過去には存在しなかった、何か新しくて禍々（まがまが）しいもの――馬鹿騒ぎや乱交のようなものを感じ取った。ようやく、ああいった物質が活躍する時代がやって来たのだと、カリチンはほくそ笑んだ。一九九一年のソヴィエト連邦の崩壊という混乱のさなか、ああいった物質で誰を止められたというのだ？　民衆に毒を盛ることはできないし、芯のないものを殴りつけても効果はない。だが連帯感がなく、恐怖によって無意識のうちに麻痺させられ、互いに切り離された人々しかいないようないまの時代なら……ああいった物質は最適の手段になる。

カリチンは、自分が創り出したのがアンプルに注がれたたんなる特殊な死の兵器ではないということを知っていた。それは、恐怖心をも生み出すのだ。最強の毒というのは恐怖心である、という単純だが逆説的な考えが気に入っていた。もっとも毒が効果を発揮するのは、人々が自らに毒を注ぐときだ。彼の創造物はただの媒介、恐怖をあおるものにすぎない。完全無欠のニーオファイトでさえそうだ。とはいえ、ニーオファイトには別の特殊な性質もあるが。

カリチンは、国境の反対側にいないことを心の底から悔やんだ。自分のような人間が許されないことはわかっている。それなら、一九三〇年代や四〇年代に科学者たちにしてきたように、彼を刑務所にでも、強制収容所の研究所にでも、実験設計局の科学者収容所にでも送ればいい。終身刑にでもすればいい。ただ研究ができれば、研究さえできれば！　そのとき、自分が署名した契約書の一文を思い出した。〝機密漏洩は厳罰に値する〟。その判決が、故国で待つ花嫁のようにカリチンを待ち構えている。銃殺隊によって処刑されるという、奇妙で不穏な夢を見たことがある。そういった夢は、故国や遠くの島にある研究所、むかしの同僚たち、彼の手がその感触を覚えている研究設備といったものと自分を再び結び付けてくれる、親密な体験のように感じられた。処刑によって殺されるのではなく、清められ、生まれ変わり、背信行為が取り消されるのだ。

だが日中の起きているときは、夜中の空想には懐疑的だった。プラスとマイナスの面を理性的に天秤にかけることができると思っていた。なにしろ、亡命先を決めるとき、スターリンによって造られた朝鮮半島の片割れや、共産中国、近東の国々は避けたのだから。

その理由の一部は、そういった国々には故国の無数の目や耳があるかもしれないと怖れたからだった。だが決め手となったのは、自分は先進国の人間であって、第三世界の人間ではないと思ったからだ。カリチンは人を殺す手段を生み出した。とはいえ、自ら新しい国を宣言した部族が別の部族を嫌っているという理由だけで、その手段が使われるのは我慢ならなかった。そんな動機は、彼の兵器で具現化された科学的真理に対する侮辱であり、その兵器を使うに値しないように思えたのだ。かつては自分の研究に見合う国で働いていた。見合うと言っても、敵も同等の力を有するというくらいしか理由はなかったが。その国が消滅してしまったいま、おおもとの争いの周辺でちょこまかと動く適当な第三世界のために働くよりも、かつての敵国のために働くほうがずっといいと思った。

中東には一度しか行ったことはない——第二次イラク戦争のあとだ。化学兵器の調査団に同行した。カリチンは、何もかも見たことがあるし、経験したこともあると思った。台座から引きずり倒された像、通りで歓喜の声をあげる群衆、書類が散乱する政府の建物の廊下、警備兵が逃げ出して放置された避難所や秘密の隠れ家、檻のなかで死んでいる実験動物、電気が切れて使えない顕微鏡、壁に詰め物のされた棚に並べられた壊れやすいアンプル……

自分の診断結果を知ったいま、その旅の別の記憶を思い返していた。翼のある神聖なウシやバビロンの空中庭園といった、忘れ去られた太古の遺物の惨状が作る幻影。かつての支配者たちがその名を歴史に残す一方で、いまでは沈泥(シルト)や塵、砂漠の砂と化してしまった幾世代にもわたる人々の影。大いなる河を抑え込むためにつるはしとショベルで築かれたダムの跡や、荒らされた博物館のホールに展示されたひげ面の石像の残骸、破壊された宮殿の柱や土台などの痕跡。そういった亡霊たちが、カリチンにもわかることばで語りかけてきた。まるで彼自身も亡霊であり、消え去ったものたちを理解できる、過去の肉体から離脱した魂ででもあるかのように。

死や名誉に対して限りなく寛大な彼の故国においてでさえ、人間の命がそれほど低く、あるいはそれほど高く評価されることなどなかった。しかも、その中間が存在しないのだ。カリチンを救ってくれるのは、いにしえの世界の縁の向こう側にある、その場所だけだ。必要なら医療研究所をいちから創り上げ、世界中からその分野の権威を集め、カリチンを、何の痕跡も残さない死を生み出した創造主を生きながらえさせてくれるだろう。

入ってきた主治医の顔を見ただけで、カリチンにはわかった。プロとしては優しすぎる。医師の同情的だが励ますようなことばに耳を傾けてはいたが、心のなかでは、その医師でさえ知らない命を救ってくれる薬物の名前を唱えるかのように、さまざまな国の名前を挙げていた。

カリチンは決意を固めた。

6

シェルシュネフは作戦に携（たずさ）わることを楽しんでいた。そのまえにやること――任務や指示の確認――は、ファイルを開き、対象と一対一で向き合うのに必要なプレリュードだ。まずはじめに彼の部隊の隊員たちが教わるのがそれだった。作戦管理と非常手段。特殊任務部隊（スペツナズ）の技や尋問戦術――そういったことは追加訓練で教わる。内戦中、彼の部隊は本来の意図された目的で使われることはなく、増援部隊として派遣されただけだった。シェルシュネフは本来の任務、馴染みのある作戦に戻れたことが嬉しかった。

　作戦資料を読む隊員のなかには、覗き見する男子学生のような情けない喜びを感じる者がいるのはわかっていた。確かに、彼らの任務、とくに監視というのは、ある意味では覗きのようなものだということは、シェルシュネフも認めていた。かつて、自由奔放で女たらしの道楽者の芸術家を監視したことがあった。その男は彼らをからかうかのごとく、毎週のように女を替え、ディナーや映画に誘い、家に連れ帰った。彼らは新しい恋人ができるたびにそのひとりひとりのファイルを作成し、彼女が何者で、ほかのファイルに名前があるかどうか調べなければならなかった。報告が戻ってくるころにはその芸術家には新しい恋人ができているので、彼らはまたいちからはじめなければならないのだった。まるで巨大な作戦機構が空まわりしているかのようだった。監視用の車は時間とガソリンを無駄にし、テープ・レコーダーは同じロマンティックな旋律を録音し、カメラはレストランのポーチ、街の通り、車のドアの脇といった同じシーンを撮影する。だが、シェルシュネフにはそれが無駄ではないという確信があった。行きすぎて馬鹿げていると思えるほど非合理的なまでに繰り返し、やみくもにリソースを浪費することが、彼らの任務の儀式的とも言える土台を作り上げているのだ。その道楽者の芸術家に対してしたように、あらゆる瞬間や人物に目を光らせることもそのひとつだ。結果がどうであろうと、報告書が有益であろうとなかろうと、監視と記録はつづく。というのも、塵をふるいにかけるというのは総合的な力の表われなのだ。彼らの視界に入って目に留まった者、あるいは案件の一部になった者は、誰であろうと重要人物になり、存在が認識され、何の価値もない無名の人間から対象へと姿を変えるのだ。

シェルシュネフは、対象のコードネームを覚えていた。ファイルの表紙に書かれていることもあれば、なかに隠されていることもある。

よそ者、オルフェウス、ジョーカー、うぬぼれ屋、森林警備員、メソジスト教徒。作戦名、〝反逆〟、〝思想の転向〟。

その件に関わる工作員のリスト。インセンティブ報酬のリスト。同僚の署名。ぶ厚い案件ファイル。全ロシア非常委員会の特殊な力を示す物理的な形。通常は二、三冊程度。大物では八冊から十冊。超大物ともなると、何十冊にもなる。一冊につき三百ページまでと規定で決められているので、巻数が増えていき、棚が埋まっていく。

彼らの任務の主な現場は、記録保管所だ。封印されて分類された罪人たちが捕らわれている、秘密の冥界。そこから作戦ファイルを抜き出すことで、シェルシュネフは自分が正しいということに百パーセントの自信がもてるのだった。

それをひときわ強く感じたのは、山間部に身を潜めていたチェチェンの元野戦指揮官のファイルを読んだときだった。その指揮官は、自分は独立を勝ち取るために生まれた戦士だという伝説を自ら作り上げていた。だが少しまえまでは集団農場コルホーズの代表をしていて、調査の対象になっていた。収穫物の一部を売り飛ばし、国際通貨を違法に獲得していると噂されていた。それを報告してきたのは、コルホーズの理事会に潜り込んでいる工作員だった。国家を侮辱する発言も報告されていた。彼の兄は横領の罪で逮捕され、父親は流刑先のカザフスタンで死亡した。

作戦が開始されたのは、シェルシュネフがまだ学生で、軍に入隊することを夢見ているころだった。その事実が、シェルシュネフには作戦を引き継ぐ資格があるというさらなる確証になった。いまや退役しているかもしれないほかの隊員が集めたファイルの資料は、書式が整えられ、登録され、番号がふられていて、対象との接触方法を決定するのに役立った。鋭い目をもつシェルシュネフは誰も気づかなかった手がかりを見つけ、それを使って数珠を手渡す男を引き入れることができた。むかしの工作員の報告書に書かれていた何気ないたった一行の文章が、作戦を成功に導いたのだ。

だからこそ、シェルシュネフは作戦ファイルを調べるのが好きだった。だがそんな彼でさえ、こんなファイルにお目にかかったことはなかった。

二十四冊。いままで見てきたなかで、最高記録だ。

実際にそれだけのファイルの原本を渡されたわけではない。渡されたのは、いくつかの関連のない内容を抜粋してコピーしたものだ。実質的には、膨大なファイルのはじめと終わりだけだった。本来なら、それすら与えてもらえなかっただろう。対象は何度も外見を変えているが、それでも確実に対象を特定しなければならない。コンピュータで予想される顔を再現できるとはいえ、百パーセントの保証はない。

今回の対象は身分を偽っている化学者だと言われた。そこで、書類には抜けている箇所があり、特殊な薬物や工場の名前なども伏せられているだろうと思った。機密管理にはこういった内部の安全対策も必要だと日ごろから考えていた。ときにはどんなに些細なことであろうと過失があれば、記録保管係に指摘することもあった。

だが今回はじめて、シェルシュネフは漠然としたかすかな不安を感じた。今回の任務では、現地の状況を把握したり準備を整えたりする充分な時間を与えられず、急かされていた。

削除されたファイルも不安材料だった。何もかも考慮に入れたとして、計画どおりにことは運ぶのだろうか？

前回の成功では先送りになってしまったが、これこそが自分にとって最大の見せ場だということがわかっていた。上官にはこの指令を出す権利があるということ、この指令が公正であるということ、そして自分にはその指令を実行する準備ができているということに、疑問の余地はなかった。

だが、心の片隅の奥深くには、この任務は誰かほかの者にまわしてもらいたかったという思いがあった。プロが感じるちょっとした迷信めいた考えだ。あのむかしの任務とこの新しい指令が見事に嚙み合うというのは、偶然にしてはできすぎている。

秘密の研究所を仕切っていたこの化学者が何を研究していたかということに関しては、

ファイルにはひと言も触れられていない。だが、あの数珠に使われた物質の出どころについては見当がついた。シェルシュネフのキャリアではじめて、対象に対して必要以上に奇妙な親近感を覚えた。

シェルシュネフはこめかみを揉んだ。昨日の記憶がよみがえってきた。自分の息子の擬似処刑。帰りの車のなかでひと言も口を利かないマキシム。友人たちの冗談や笑い声。コーカサス地方の丘陵地帯に残されていた施設の双子の片割れとも言える、ピオネール・キャンプ。彼らが待つあいだ交差点を横切っていく、輸送コンテナを積んだトラックの長い列。

ばかばかしい、自分にそう言い聞かせた。真に重要な任務をまえにして、不安や偽りの恐怖を感じ、何かの前触れではないかと想像しているだけだ。気に留めるな。堪(こら)えろ。しっかりするんだ。戻ったら、マキシムと話をしよう、いまはそんな時間はない。こうやって、戻ったらやる、というふうにあとまわしにするのは好きではなかった。ほつれた糸をそのままにしておくべきではない、ふだんはそう感じているのだが、いまは自分自身のルールを曲げることにした。

大きく息を吸って止めた。三十秒そのまま待つ。思い切り瞬(まばた)きをした。そして、もう一度ファイルを開いた。いまあるものでなんとかするだけだ。深淵を、空虚な空間を覗き込むのだ。

幼少期から思春期のことを調べても、相手のことは何もわからないと思っていた。あの野戦指揮官がいい例だ。あの男はステップ地帯の泥壁の小屋で生まれた。一族はスターリンによってカザフスタンへ追放されたが、のちに恩赦され、自分自身では見たこともなかった故郷のチェチェン山脈に戻ってきた。大学を卒業し、コルホーズの代表に選ばれた。一九九一年の前夜、そんな男に想像できただろうか？　数年後には自分が指揮官になるということを。自分の部隊がどれほど多くの兵士を抱えるかということを。そして、自分とシェルシュネフの人生がどう交わるかということを。

いま手元にあるのは別の男の人生のはじまりと終わりだけだが、シェルシュネフは新たなスリルを感じていた。

ファイルの封を解き、依頼主から提供された写真を明かりに近づけた。

7

カリチンは新たな人生をはじめるにあたり、以前の人生の写真を一枚ももってこなかった。表向きは、四日間の出張ということになっていた。税関でチェックされることも考え、それなりの旅支度をした。シャツが四枚、ズボン、コート、靴、どれも明らかに必要なものばかりだ。現金はスーツケースの裏地に隠した。ニーオファイトはもち込み用の手荷物に忍ばせた。当時人気の男性用化粧水のボトルを模した瓶に入れてあった。

あとになってから、写真や備品、秘密文書を入れた箱ももってこられただろうと思った。新しい外国のパスポートは、国境検問システムで印を押された。だらけた税関職員は、彼の荷物を見ようとさえしなかった。

ほんの数年まえまで、カリチンは国外へ出ることを許されていなかった。パスポートを作ることもできなかった。パスポートの申請などしようものなら、頭がおかしくなったと見なされ、研究所を解雇され、当局へ突き出され、捜査の対象になっていただろう。それだけではない――当時は、彼の遠い親戚でさえ、ちゃんとした理由があっても外国旅行は禁止されていた。

それがいまや、カリチンの実験で死亡したイヌの筋肉のように、国家の筋肉は緩んでいた。開いた顎のなかを亡命者が歩いても、気づかれることはなかった。実際には、それはほんの一瞬だけ緩んだにすぎなかった。顎は再び固く閉じ合わされることになるのだ。

もってきた服は、共産党の事務局会議や高官の代表団による視察といった、特別な機会に着るような服だった。ズボンは細すぎ、上着の袖は長すぎ、シャツもきつすぎる。それは妻が死んだあと、カリチンが自分で買ったものだった。妻にはカリチンのことが直感的にわかり、サイズやスタイルをまちがえることはなかった。だが彼は自分のからだの寸法さえ測れず、事物の世界と調和するための秘密の鍵である、ちょっとした見た目のセンスすらもち合わせていなかった。

はじめての日々。外国での生活。他人の服を着ているかのように、違和感があった。当局に突き出され、送り返されるのではないかと、常に怯えていた。大使館に連れていかれるのではないかと。だがある朝、目が覚めて服を着たカリチンは、はじめはシャツがフィットすることに気づかなかった。痩せたのだ。その日、彼は保護されることになったと告げられた。

いた。

カリチンは、その白地に水色の柄の服を幸運のシャツとして取っておいた。そのほかのものは何もかも捨てた。はじめて見張り役なしで店に行き、新しい服を買った。ニーオファイトの入った容器は、防諜機関に出頭するまえに作った隠し場所に何カ月もしまわれていた。

いまその容器は、自宅の金庫に保管されている。ずいぶんまえに人気がなくなり、いまや製造されていない男性用化粧水の不透明なボトル。習慣を変えることを嫌う紳士の、風変わりな好みといったところだ。

病院での検査に、そのシャツをもっていった。退院するときにそのシャツを着た。むかしからのお守り代わりというわけだ。

何度かルームミラーで自分の顔を見つめては異常な変化がないかどうか調べ、長い時間の流れのなかで自分の顔を見比べてみたくなった。だが比べようにも、手元にあるのはいまの自分の顔だけだった。むかしの写真は、放置された彼のアパートメントに置いてきた。そういった写真は捜査官に押収され、彼のファイルに加えられているだろう。

新しく写真は撮らなかった。写真を撮られないようにしたし、観光客の写真にも写り込まないようにした。グーグル・マップ用にストリートのパノラマ写真を撮る、手当たりしだいに何でも写してしまう車にも用心した。空港や駅のビデオ・カメラにも注意した。担当医が整形手術に反対したので、そういったことに気をつけるよう言われたのだ。指示に従うということに、薄れてはいたが貴重な喜びを感じた。かつての人生では、指示されたとおりに極秘の書類に記入するときに、そうした喜びをより鮮明に感じたのだった。

　いまでは、むかしの写真をもっていないことを後悔していた。パソコンのゲームで記録がセーブされず、自分の姿さえ思い出せなくなってしまったかのようだった。この国に、かつてのカリチンを知っている者はいない。いまでは記憶のなかで美しいよそよそしさに包まれている、むかしの家に思いを馳せた。指紋採取係は滑らかな表面を隅から隅まで調べ、指紋を採取したにちがいない。カリチンが逃げたのか、行方不明になったのか、あるいは誘拐されたのか、捜査官たちには知る由もないのだ。それから？　家具はどうなったのだろう？　押収されたのか、それとも廃棄されたのだろうか？　あのカウチ、生まれることのなかった子どもをヴェラが身ごもった、バネがきしむあの癪(しゃく)に障(さわ)る折り畳み式のカウチは……。カリチンは差し迫った終焉の知らせによってあらゆる防御線が嚙み切られて踏み潰され、死ぬかもしれないという方向へ思考が徐々に向かっていくのを感じた。

　家、家に帰らなければ。頑丈な壁の内側に隠れ、からだを休め、力を蓄えるのだ。もう一度、飛行機に乗ることになるのだから。

　ハイウェイを降りた。道は大きな谷へとつづいている。街の郊外に入った。植物が並べられたガーデン・センター。キャップをかぶった、頬の赤い丸々とした小人(ノーム)。砂埃まみれで、顔のはっきりしない肉づきのよい妖精(ニンフ)。スーパーマーケット。公園。

中心にある目抜き通り。駅からやって来る路面電車。カフェ。ケバブの店。右手には大聖堂がある。周辺の山々の岩塩鉱床のおかげで繁栄した小さな街にしては、大きな大聖堂だ。塩を崇めてはいるが、教会を忘れることもなかった街。その鉱床は掘り尽くされ、放置された。最後の塩はスープに使われ、皇帝の兵士たちの胃袋に収まった。地域博物館には、鉱山労働者の石像が展示されている——死後も街のために働かされ、入場料を取っているのだ。小さな蒸気機関車が、付近のトンネルで子どもたちを乗せて走っている。戦時中、そのトンネルは防空壕として地元の住人たちに利用された。ここの駅は、重要な連絡駅だったのだ。

街の端に近づいてきた。道は谷の斜面を上っていく。このあたりの田園の地主や、斜面で草を食(は)んでいるウシの所有者、小さな放牧地にいるウマの所有者たちを、カリチンは知っていた。

廃墟となった水力製粉所、ロースト・ポークや焼いたマスを出すレストラン。甘ったるいフラワー・ガーデンのなかで浮かび上がる、村の家々の新しい屋根に貼られた明るい色のタイル。低い崖に沿った滑らかなカーブ。一千年まえに谷を侵食した氷河によって削られた岩棚に建つ教会。そのいにしえの教会は街の大聖堂で見られる豪華な装飾を拒絶し、不釣り合いな重々しい控え壁で固められている。その控え壁はかつて崩れて建てなおされたもので、さまざまなレンガ造りの痕跡が層になって残っている。下の方には巨大な丸い岩やいびつに加工された石があり、その上にはきれいな長方形のブロックがつづき、さらにその上には暗い煤(すす)のような色をしたレンガが積まれている。平らな頁岩(けつがん)で造られた屋根は苔で覆われ、十字架は片側に傾いている。正面入り口の上にある彫刻の施されたステンドグラスの太陽は、輝きを失っていた。フェンスの向こうには、墓地に植えられるヒノキ科の木のほかに、塩で成功した有力者たちの沈みかけた墓石や錆びついた十字架などが並んでいる。なおざりにされ荒れ果てているとはいえ、その教会に眠っている厳格な力にカリチンはいまでも魅了された。教会と自分とを比べ、教会が近くにあるのは偶然ではないと思うこともあった。

カリチンは道を振り返った。崖の陰になった曲がり角を、ちょうどトラヴニチェク神父がゆっくり横切っているところだった。

神父がこの村にやって来たのは、カリチンが来る六年まえのことだった。大都市の教会に務め、ゆくゆくは司教になるだろうと言われていた。それが突然、こんなところに来るはめになった。見捨てられた果ての土地、山間部のいにしえの国境、岩塩鉱床を掘り尽くした街のそばにある村。老人は死にかけ、若者——より環境のよい場所へ行かずに残っている若者——はめったに教会へ行かない村、そんなところに来てしまったのだった。

カリチンには、何があったのか見当がついた。自分のその推測に満足していた。というのも、教会もただの施設にすぎず、しかも実に世俗的だということを裏付けるからだ。

トラヴニチェクは怪物だった。希少性の皮膚疾患を患ったのだ。おそらくウィルスにでも侵されたのだろう。他人の皮膚や息に含まれる微粒子が飛び交う人口密集地で働く者にとっては、避けられないリスクだ。彼の顔は石と化し、でこぼこで発疹に覆われた仮面になってしまったのだった。

怪物は追放されたのだ、カリチンは思った。そのトカゲのような顔、そして鱗に覆われたまぶたの奥にあるヘビのような視線で教区民を怯えさせ、厳粛な儀式を台無しにしないために。

棺桶に片足を突っ込んだいまのカリチンでさえ、誰に降りかかってもおかしくはない怖ろしい特異な悲劇に見まわれたのが神父でよかったと、複雑な喜びを感じるのだった。

車の音を耳にしたトラヴニチェクが振り返った。神父は他人の視界に顔が映るときにはいつも注意して振り返るので、その慎ましい態度にカリチンは不快感を覚えた。カリチンは信仰を蔑(さげす)んではいるものの、不本意ながら、あの教会に眠っている力に似たものをトラヴニチェクに感じていた。トロールのような顔をもちながらも穏やかに暮らすことのできるこの男は、敬虔な取るに足りない者たちに囲まれ、司祭としてどんなことをしているのだろう、カリチンはそう思った。

神父はカリチンを呼び止めようとした。カリチンは両手を広げて停まれないことを示した。失礼な態度ではあるが、急いでいたし、誰かほかの者が神父を乗せてくれるだろうと思った。そのとき、トラヴニチェクが車をもっていることを思い出した。大きなトラックなどではなく、新車のコンパクトSUVだ。故障でもしたのだろうか？　引き返そうかとも考えたが、すでに丘の手前の下りにさしかかっていた。最後にもう一度、ルームミラーに映る教会に目をやり、埃っぽい未舗装路に入ってリンゴの木や丘のあいだを抜け、斜面に建てられた狩猟小屋を通り過ぎ……家へ向かった。

隠れ家。

そのときはじめて、無性に家へ帰りたいと思っていることに気づいた。

カリチンははじめてその家を目にした瞬間に、そこに未来の避難所としての本質を感じ取ったことを誇らしく思っていた。

役人たちからは、住人たちは互いに誰もが顔見知りで、すぐによそ者に気づくことのできる田舎に住むことを勧められた。閉ざされた街での暮らしに慣れていたカリチンは、仕方なくいくつかの場所を見てまわった。物件は多くはなかった。そういった土地の住人というのは、めったに自分の家や定めを変えないものなのだ。売りに出されている家はどれも、いまや存在しない大家族向けの古い農家の家ばかりだった。まわりの家とも近すぎる。そういった家は、どこか哀れで途方に暮れているように感じられた。人生を一変させてしまう挫折を味わったのは破産した家の所有者ではなく家そのものであり、釘やセメント、漆喰の補修剤はものをつなぎとめる力を失ってしまったかのように思えた。

カリチンはあきらめて帰るつもりだった。だが最後に訪れた街で、七十代くらいのほっそりした近寄りがたい雰囲気の不動産業者が、わざと文法を無視したカリチンのあいまいな説明に耳を傾けた。研究を仕上げるために静かで落ち着いたところを探していると言うと、不動産業者は霊柩車並みに車体の長いグリーンのメルセデスのエンジンをかけ、ぴったりの家があると応えた。

悟られてはまずいことまで不動産業者に見透かされたにちがいないと思い、カリチンは驚いた。時間と予算に縛られて選択肢が限られた状況で、しかも動きまわることで無防備になったその瞬間、人は本来の自分の一部をさらけ出してしまうものなのだ。不動産業者というのは家を見つけ、依頼主の密かな望みを壁や屋根といった具体的な形にし、行き場のない怖れや潜在的な恐怖症、あるいは危険な過去から守ってくれる場所を探し出すのが仕事だ。だからこそカリチンが何者で、亡命者として何を求めているか察しがついたのだ。

その不動産業者は七年まえに亡くなった。カリチンはその葬儀に参列した。近所の住人として弔意を表わしたのだろう、遺族にはそう思われた。カリチンは村に受け入れられ、よそ者を嫌う閉鎖的な住人たちに溶け込んでいた。彼自身もそういう人間だったからだ。葬儀で彼を目にしたトラヴニチェク神父は、善い心がけだと言わんばかりの慈しむような態度で石のごとき顔を頷かせた。だがカリチンが葬儀に参列したのは、証人を埋葬するためだった。

不動産業者が個人的な書き置きや日記のようなくだらないものを残していないということに、確信があった。残されたのは領収書や帳簿、契約書といった専門的で何の参考にもならないものばかりだろう。神父は短めの説教をし、天から贈られた誠実さといったようなことを話した。カリチンは、セラックス・ニスの塗られた棺桶の蓋を眺めて満足していた。その蓋の上では、はじめてここにやって来た日に降っていたような、まばらだが大粒の雨がはじけていた。

その家へ向かうあいだ、カリチンと不動産業者は無言で車に乗っていた。教会や村、帆のようにうねっている黄ばんだ坂を越えた。ハシバミが生い茂り、鐘の音がこだまする小さな谷を通り過ぎた。

リンゴの木に囲まれたその道は、上へとつづいていた。茂みからイノシシが飛び出してきて、落ちたリンゴを貪(むさぼ)っていた。谷全体が見渡せた――家は一軒もない。木立や窪地といった、家が隠れていそうなところも見当たらない。こんなところまで車でやって来たというのに、とんだ無駄足のように思えた。カリチンひとりだったら、車を停めて引き返していただろう。車は居住地域の果ての見えない境界線を越え、無人地帯に入ったかのようだった。

道が滑らかに左へ曲がると、谷の上部を隠して錯覚を生み出していた地形の本来の姿が露(あら)わになった。谷の尾根に沿って生えるブナの森の陰に、一軒の家がぽつんと建っていた。

家は木造だった。木材は岩塩抗の支柱のように骨化してしまっているように見える。黒っぽい丸太で組まれていて、まるでこの岩だらけの土地の冷たく苦いエキスが、切り倒されて乾いた幹のなかでいまだにひっそりと息づいているかのようだった。窓にはブラインドが掛けられている。斜面の上にはリンゴの木が数本あり、伸び放題になっていて品種もわからない。近くの森の入り口で道は途切れ、そこから小川の冷たくすっきりした匂いや、徐々に枯れていくブナの大きな葉の甘酸っぱい腐臭が漂ってくる。

不意に、丘の向こうから青灰色の雲がもくもくと湧き上がってきた。大粒だが、なぜか柔らかくさらさらした感じの雨が降ってきた。不動産業者は傘を開いたが、すでにカリチンは周辺の雲から淡々と降ってくる雨を感じながら家へ向かって歩いていた。なかには家具があると想像していた。どういうわけか、グランド・ピアノ、タンスに飾られた見知らぬ人たちの写真、赤と白のチェック模様のテーブルクロス、暖炉の上のシカの角、使い古された革張りのカウチなどが思い浮かんだ。だが、家は空っぽだった。暖炉に灰と炭がたまっているだけだ。人から人へと所有者のあいだを渡る、取り替えられるものは何もかもまえの住人にもち去られ、大切で必要なものは何もかも燃やされてしまったかのようだった。

はじめはがっかりし、腹が立った。灰は他人の人生の残りかすのように思えた。だがそのとき、半官的な家に慣れていたカリチンはこの空っぽの空間に奇妙な魅力を感じた。ここに新しい自分のもちものを置き、自分だけのものでいっぱいにしたいという思いに駆られたのだ。そして、夕暮れの森に引きつけられた。丘の静かな呼び声が、夜には彼を守り、盾になり、目を光らせる、そう言っている気がした。

その家を購入すると決めたのは、その瞬間だった。不動産業者は濡れた傘を注意深く壁に立てかけ、ゆっくり、厳かに言った。

「お気に召すと思いますよ。いい家ですから」

8

シェルシュネフはエコノミークラスの一列目に坐っていた。その隣の6Cには、パートナーのグレベニュク少佐が坐っている。ビジネスクラスを勧められたが、シェルシュネフは断わった。あえて人目を引く必要はない。

もう一度、中佐は搭乗チケットに目をやった。アレクサンダー・イヴァノフ、6D。パスポートとビザに書かれている名前も同じだ。特別な通路を通されて税関と検査を迂回したが、パスポートには検問所の印が押されている。

国営の航空会社ということで、搭乗員は特別な乗客がいると通告されていた。肩章をもつエンジニアである軍事技術者のパートナーは、手荷物鞄のなかに高級化粧品会社のデオドラントのボトルを入れていた。それは三オンス、あるいは百ミリリットル未満という、航空会社の規定を満たしたものだ。そのブランドに決めたのは技術兵で、正確に複製しやすいボトルが選ばれた。その物質を外交バッグに入れて送り、国境の向こう側で受け取るという案もあったのだが、もち運ぶほうが速くて安全だということになった。それなら、尾けられる怖れのある大使館の特使と会う必要もないからだ。

二人が乗ったのは、夜間フライトだった。夜遅くの便は早朝に着き、国境警備員や税関職員は眠くて疲れているのでうるさくはないというわけだ。パートナーは寝る準備をしていた。離陸中は禁じられているのだが、座席を倒した。首席客室乗務員には注意されなかった——二人が何者か知っているのだ。

飛行機はいまだにゲートのところから動いていなかった。ビジネスクラスの間抜けたちを待っているのだ。おそらく酔っ払いだ、シェルシュネフは思った。飛行機に乗るのが怖くて、酒の力でも借りているのだろう。

シェルシュネフ自身も、一杯やってもいい気分だった。落ち着かなかった。うしろの席には、二人の子ども連れの外国人の夫婦——チェコ人だろう——が坐っている。彼の不安とは裏腹に、赤ん坊はすぐに眠ってしまった。シェルシュネフのうしろに坐る少女は、ブロンドの髪を細い三つ編みにした痩せ気味の活発な子だった。チェックインするときに荷物のコンベア・ベルトに飛び乗ろうとしていたので、目に付いていた。その子がいま、ひっきりなしにシェルシュネフの座席を蹴っていた。

その蹴りは、彼の腰のあたりに響いた。エコノミークラスなので、座席の詰め物もお粗末だ。ビジネスクラスにしなかったことを後悔した。すでに一度、振り返って少女を睨みつけていた。おとなしくなったように思えたが、すぐに座席をさらに強く、執拗に蹴りだした。

機内では目立たないようにとの命令を受けていた。ほかの乗客と席を替えてはならない。誰かと口論になるのもだめだ。少女はそれを感じ取り、シェルシュネフをからかっているにちがいない。彼は少女の両親に、英語とロシア語で話しかけてみた。二人ともことばが通じないか、あるいは子どもをおとなしくさせられないので通じないふりをしていた。娘に迷惑をかけられていると身振りで訴えてみても、母親は笑みを浮かべて肩をすくめるだけだった。

近くに坐る待ちくたびれた乗客たちの気を引いてしまっていた。客室乗務員を呼ばずに自分の席に戻ったほうがいいだろうと思った。国からいろいろ与えられてはいるが、そのどれも、シェルシュネフをやり返せない弱虫だと思っている小さな悪ガキに対しては役に立たなかった。

パートナーの手荷物鞄に入っているボトルを使ってやろうかとさえ考えた。あれを取り出して……

不意に、少女に頭のなかを読まれているような気がした。エーテルを通して。イヴァノフではなく、シェルシュネフを感じ取っていると。本当のシェルシュネフを。ふつうとはちがう、神経質な子どもというのは、そういったことができるものなのだ。そのことを彼は知っていた。チェチェン紛争への二度目の遠征から戻ったシェルシュネフが赤ん坊のマキシムを抱こうとすると、そのたびにマキシムはヒステリックに泣きだした。マキシムはからだを強張らせ、息を切らし、喉がかれるまで泣き叫んだ。それが、マリーナに抱かれたとたんに泣きやむ。数週間もすると、シェルシュネフは戦場での経験を振り払えたような気がした——すると、息子もおとなしく父親に抱かれるのだった。

この少女はシェルシュネフを見抜くことができる。そして精一杯、自分自身を守ろうとしているのだ。

シェルシュネフは振り返り、座席のあいだを覗き込んだ。少女は何もわからないような顔をし、不安げな好奇心に満ちた目で見つめ返してきた。シェルシュネフは、視線だけで少女をひねり潰してやりたくなった。そのとき、むかしマキシムとよくした遊びを思い出した。ペンを取り出し、親指と人差し指の付け根のあいだにおかしな顔を描いた。両指を動かすと、その小さな顔が喋りたがっているように見えた。

少女は笑顔を浮かべてリラックスし、彼の見ている目の前で眠りに落ちた。緊張をほぐすために、ちょっとした楽しいことが必要だったのかもしれない。シェルシュネフもインクを拭き取ってリラックスした。遅刻していた乗客たちがようやく姿を現わし、飛行機はゲートから離れた。客室乗務員が緊急時の手順の説明をはじめた。ビジネスクラスではそっとコルクが抜かれ、シャンパンの泡がはじけていた。

シェルシュネフは飛行機に乗って空にいるのが好きだった。飛んでいるときは、とりわけ思考がはっきりする。当然ながら、対象に関する資料は何ひとつもってくることはできない。いまはまったくの別人、ビジネスマンのイヴァノフなのだ。友人と旅行をし、ビールを飲み、ソーセージを食べ、いい女と遊び、土産を買う。だが、もっとも重要なことは暗記していた。これからじっくり考え、すべてをひとつにまとめるつもりだった。実際には、そんなことをする必要はない。分析はシェルシュネフの仕事ではないのだ。とはいえ、もはや対象は本来あるべき漠然とした名目上の標的などではなく、遠くで立ちはだかる影、幻影になっていた。対象は奇妙な架空の自由を手に入れて動きまわっている。もう一度、シェルシュネフは対象を服従させ、自分の力を見せつけたかった。死の迫った野戦指揮官の運命を握っていた、あの力を。

だが、彼の心はさまよった。まるで対象が理解されて奴隷になることを拒み、逃れようとしているようだった。シェルシュネフは自分をしかるべき結論へと導くことのできる、もうひとりの人物のことを考えはじめた。それが、対象へと近づく方法を見つけるには有効な考え方なのだ。

イーゴリ・ユーリエヴィチ・ザハリエフスキー。彼が亡くなったときの肩書は科学アカデミーの会員、そして医療部隊の中将だった。ほかにも名誉賞受賞者など数々の肩書があった。あまりにも影響力のあるザハリエフスキーの正体を完全に隠すことは不可能だったため、彼は世間に対する表向きの顔をもっていたのだ。

科学アカデミー会員。遠い親戚。著名人。

もちろん、ザハリエフスキーが着けているヘビと杯の記章はカムフラージュだ。医療に携わっていたわけではない。実際に何をしていたのかは、シェルシュネフの知るべきことではない。だが、推測するのは自由だ。

ザハリエフスキー。その名前を覚えている。

シェルシュネフが入隊したころには、戦前を経験した軍人はほとんど残っていなかった。政治的訓練のクラスで〝社会主義的適法性の侵害〟と呼ばれていた時代に、国に仕えていた軍人たちだ。シェルシュネフの同僚の父親は退役した大佐で、科学的防諜機関に所属していた。

冬。そう、冬だった。モスクワの中心地にある、軽量レンガでできた官僚の家。誕生パーティ。コーカサス地方から来た主賓のために取り寄せられたコニャック。主賓のかつての同僚たちからの贈り物だ。キッチンで一服する者たち。酔った若者たちが、〃われわれの同志〃とは何を意味するのか、直感、あるいは第六感で未来の反逆者を見抜けるかどうか、そんなことを議論していた。

退役した将校は、黙って話を聞いていた。すると、誰かの首を切り落とすかのように、手で空(くう)を切った。彼らだけでなく自分自身も納得させようとしたのだろう、思いのほか力強い口調で、ザハリエフスキーについて語りだした。ザハリエフスキーのいとこも科学者で牧畜を専門にしていたが、景気が上向いている農業を妨害しようと実験結果を改ざんしたという罪に問われた。一九三七年に軍事裁判のトロイカで死刑を宣告されて処刑された。そして一九五九年に名誉が回復された。

「だが、ザハリエフスキーは」喘息で息が切れているにもかかわらず、しっかりした声でつづけた。「科学アカデミーの会員になった。いとこがあんなことになったのだから、ソヴィエトの政権に対して強い怒りを抱いていてもおかしくはない。ところがザハリエフスキーは、まちがいは起こるものだと納得した。共産党にも信頼され、その信頼に値するだけの男だった。われわれの同志だ」かつての防諜機関の工作員はそうまとめた。〃われわれ〃ということばをあえてゆっくり言い、ザハリエフスキーと共通点があることを強調した。さらに、その科学アカデミー会員が国や軍から同志として認められていたことを堂々と宣言することで、彼なりの小さな役割を果たしたのだ。

シェルシュネフの頭のなかで、すべてがひとつになった。ザハリエフスキー。彼がその地位を利用し、閉ざされた街でいとこの親族たちが仕事に就けるように手をまわしたにちがいない。本来なら彼らに与えられるべきではない仕事に。処刑された動物学者の名誉がのちに回復されたとしても関係ない。敵の子どもたちに意図的に重要な職が与えられたのだ。ザハリエフスキーのおかげで、彼らは特殊なものばかりを集めた秘密の詰まった倉庫だけでなく、警察や検察にさえアクセスできる手段を狡猾に手に入れた。対象がザハリエフスキーの弟子、そして後継者になったとしても驚きはしない。

打ち合わせでは、対象が母国に戻りたがっている可能性が非常に高い、と言われた。無意識のうちに罰が下されるのを待っていて、抵抗するとは思えない、と。それどころか、報復を当然のこととして受け入れるだろうということだった。

だが、いとこの死を受け入れながらも――本当にそうだろうか？――親族たちのための隠れ蓑を用意したザハリエフスキーのしたたかさを考えると、シェルシュネフの答えはノーだった。対象はそんなにあっさり降伏はしない。自分の身を守ろうとするだろう――どんなことをしてでも。

どういうわけか、そう思うとシェルシュネフは嬉しくなった。

9

カリチンはうしろ手でドアを閉めて玄関の照明をつけると、隅を見まわした。ひとりでの暮らしが長くなりすぎた。他人と関わることはほとんどなく、関心があるのは自分のことだけだった。研究や本来の仕事を奪われた彼は念入りに自分の生活習慣を観察し、その行動の理由となる好きなことや嫌いなことを心に留めた。それは以前の自分の切れ端であり、かつて自分を支配していたより大きな感情をワックスで鋳造したものでもあった。

いまカリチンは、病の怖ろしい診断結果を家にもち帰ったところだった。それは、何年もかけて身に付けた日常の習慣を容赦なく破壊する。そして、デスクや椅子、本棚といったものから彼を引き離してしまう。そういったものはカリチンが死んだあとも存在しつづけることから、もはや完全には彼の所有物とは言えなくなっていた。だがそんないまでさえ、カリチンは部屋の隅をチェックせずにはいられなかった。ネズミはいないか？

子どものころのカリチンは、ふつうの子どもなら怖がるような動物を怖いとは思わなかった。たとえばイヌだ。閉ざされた街はできたばかりで、森という牧歌的な景色のなかに造られた。人々は街がどんなところかもわからずに慌ただしくやって来たので、ペットを親戚に預けてしまっていた。野良イヌもいなかった。街の周辺に、野良イヌがいるようなところはどこにもなかったからだ。

思春期になっても、生き物をいじめて楽しんだりはしなかった。のちに勉強や研究のために動物を扱うようになっても、無関心に接した。何千というマウス、何百というイヌ、ウサギ、サル、何十頭というウマ、ヤギ、ヒツジ、そういった多くの動物たちが苦しみながら死んでいった。だがそれは必要なことで、より大きな目的を成し遂げるための犠牲だった。被検体がなくても実験を行なえるなら、動物たちを使うこともなかっただろう。だが自然というのは、力や生贄、口から噴き出すくすんだ泡といったものなしでは、その秘密を明かしてはくれないものなのだ。

ダミーでテストをするようになると、過程は見ずに結果だけを読んだ。年齢、体重、疾患、その薬物に対する反応。ダミーにはひどく興奮した。人間の死の謎を徹底的に調べたかった。カリチンは、同じ死に方が二つとないことに気づいた。肌の色が似ていて、年齢が同じでも、最期の瞬間はちがった。最期の苦しみの症状はちがった形で表われた。生理学？　心理学？　性格？　巡り合わせ？　カリチンは実験用のダミーを人とは見なしていなかった。彼らは途方もなく複雑なパラメータの集まりで、命ある難問だった。彼らが死刑を宣告された国家犯罪者であり、順番待ちの死体だという説明を受ける必要はなかった。そういった法的な詳細は実験室の外での話だった。実験室のなかにあるのは、人体とそこに注入される薬物だけだ。その薬物を注射するのは、だましているという感情を抑え、親切な医師のふりをするのが得意な検査技師だった。

カリチンの手中にある、研究室という箱舟に住むすべての生き物のなかで、特別視したのはネズミだけだった。

〝アイランド〟にあるいにしえの修道院の建物には、人工的に繁殖させた、まったく同じ従順で愚かなネズミが何百匹といた。だが石灰岩の奥深くにある、うち捨てられて封鎖された修道院の地下室のどこか、何度もチェックを受けて選び抜かれた職員しか入ることのできない研究所の予備室や作業室のどこかでは、本物の野生のネズミが自由に行き来していた。

まずはじめにネズミに打ち負かされたのは、セメントや漆喰、鉄、レンガ、すりガラスで武装した建築作業員たちだった。研究所で作業をするために必要な、ハイ・レベルな機密事項に関わることのできる資格をもつ作業員は、ごくわずかだった。彼らは穴を見つけては、ひたすら埋めたり閉じたりした。それでもネズミはどこからともなく侵入し、ブリーフケースに残されたサンドウィッチをかじったり、書類や厚紙を台無しにしたりした。古くからそこにいる者たちは、ネズミは川を行き交う多くの穀物運搬船から泳いでくるので完全に駆除することはできない、と言っていた。だが川が凍りつき、運搬船が入江で待機しなければならない冬になっても、ネズミたちのやりたい放題の行動はいっこうに収まらなかった。

その後、機密事項に関わることのできる特別な資格をもったネズミ捕りの専門家が送られてきた。組織にはありとあらゆる種類の専門家がいるのだ！　ネズミ捕りの専門家はもてるかぎりの粉末を駆使したが、やはりうまくはいかなかった。

カリチンがゲームにでも参加するかのように名乗りを上げたのは、そのときだった。彼は屈辱を味わわされていた。ここには毒物の専門家、この世のなかでもとりわけ有毒な物質の研究者や創造主たちが集まっているというのに、彼らは取るに足りないネズミを殺すことさえできず、ネズミたちが彼の研究室をわがもの顔で走りまわっているのだ。

誰もがネズミにはうんざりしていた。カリチンのスタッフ、とくに若いスタッフは薬物の調合やトラップの開発に熱心だった。とうとうネズミたちにも最期のときがやって来たように思えた。カリチンは、これが科学の力だ！　と冗談めかして言った。だが、ネズミがすべて死ぬわけではないことが、すぐにわかった。ほとんどのネズミは殺せたものの、仲間の死から学んだネズミたちはエサを見分け、トラップも避けるようになった。そういったネズミは多くはなく、ごく少数だった。とはいえ、そのネズミたちを殺すことはできず、人間たちが何を考えつこうとその効果は限られていた。

カリチンは、ネズミの痕跡や行動を学んだ。どのネズミがやって来たかわかるようになった。尾を嚙み切られた一匹の大きなネズミは、彼をからかうかのように薄暗い廊下に一瞬姿を現わしてはすぐに消えた。カリチンはネズミを全滅させることもできた。だがそうするには、ありとあらゆるものに毒をまかなければならず、彼自身やスタッフの命も危険にさらすことになる。そこまでしてネズミの命を奪うのは、割に合わなかった。

それからは、警戒しつつ、心穏やかではなかったが、ネズミに敬意を払うようになった。考慮に入れなければならない重要な例外があるということを、自然が教えてくれているように感じた。のちに新たな人生を手にしたカリチンは、隅に追い詰められたネズミのような気持ちになったが、驚いたことにそう考えると安心感を覚えた。たった一種類の生物でしか明らかになっていない、あの狩りと捕獲の法則の例外になったような気がしたのだ。

その感覚がまちがっていないという啓示があった。この新たな家の遠い過去からの啓示だ。亡命や国境、死の宣告によって二つに分かれたカリチンの人生が、予想もしなかった形で韻を踏んでひとつになったのだ。

黄色い郵便局のヴァンと彼が呼んだタクシーを除いて、家に車が来ることはなかった。家があるのは道の行き止まりで、しかも近くには歴史的建造物もないので、たまたま観光客が迷い込むこともない。狩りも禁止されている。そのためイノシシの数が増加しているが、斜面や小川沿いにはむかしの狩りの見張り塔がいまだに残っている。

だが十一年まえ、そう、あれは十一年まえのことだった。窓の下に車が駐まっているのが見えた。灰色のみすぼらしいセダンで、監視役や雇われた殺し屋が使うような目立たない車だ。自分を殺しに来る人間がこんなに堂々とその存在を示すようなまねをするはずがないと気づいたが、窓から見られないように注意しながら急いで地下室に下り、銃をしまってあるカップボードを開け、弾を込めたライフルを手にして上に戻った。

ドアベルが鳴った。警察や宅配業者のような長くて執拗な押し方だった。カリチンはドアを開けないことにした。とはいえ、張り出しの下には彼の車が駐められているので、家にいると思われても仕方がない。ドアスコープに近づくのも怖かった。馬鹿げてはいるが、ほかにも怖れていることがあった。たとえばこれが保険外交員や測量技師、あるいは自然保護区の役人だとしたら――教授は家にいるのにドアを開けなかったという噂が広まるかもしれない。そしてカリチンが頭のなかで勝手に創り出した人物が、あの人里離れた丘に建つ家の住人には何か怖れていること、隠していることがあるのではないかと疑いの目を向けるかもしれない、そんな怖れを抱いたのだった。

まだ家には、木製に見える防音のスティール・ドアを取り付けてはいなかった。パソコンを使って監視できる、防犯カメラも。カリチンには、自分が家にいることを悟られずにドアの前に立つ相手を確認する手段がなかった。

来訪者はポーチを降り、家のまわりを歩きはじめた。カーテンのあいだの隙間から顔が見えた。赤みがかった巻き毛、眼鏡、典型的なイギリス人だ。周囲数十キロ圏内にいる唯一のイギリス人だろう。故国に送り込まれた人間ではない。彼らは自国の人間、スラブ人を送り込む。彼の新たな主人たちの使者でもない。それならまえもって連絡が来るはずだ。ジャーナリスト？　何か嗅ぎつけたのか？　情報の漏洩？　誰かに密告された？

怯えるあまり、秘密の同伴者にしてジョーカーでもある、ニーオファイトの存在をすっかり忘れていた。あの薬物はしっかりしたボトルに入れられ、活性物質専用の金庫の扉の奥で眠っている。もしニーオファイトが勝手に目覚め、密封ボトルのわずか一ミクロンの隙間を見つけて洩れ出し、線量計をすり抜け、完全に自由になって瞬時に気化したらどうなるだろう、ふとそんなことを考えた。カリチンは死んだこともわからずに眠りに落ちるだろう。好奇心の強いあのイギリス人も死ぬ。軒下に巣を作ったツバメとその雛も。チョウや蚊、キクイムシ、ミミズ、ワラジムシ、モグラさえも。翌朝、郵便配達員が遺体を見つけ、警察に通報する。警察はドアを壊してなかに入るも、前日の死を示す重々しい特有の臭いのほかには何もない。ニーオファイトは消滅し、アストラル界の原子や分子のなかにまぎれてしまっている。経験を積んだ鋭い上級士官、あるいはベテランの追跡者なら、まわりの臭いを嗅ぎ、苛立った驚きの声で言うだろう。「贅沢な家で、しかもピカピカだが、トコジラミの臭いがする！」

部下たちは、トコジラミの臭いなどしないと請け合うだろう。

カリチンは含み笑いを洩らした。モグラ塚に囲まれて死んでいる、チェックのウールの上着を着たイギリス人の姿があまりにも場ちがいでこっけいに思え、恐怖など消え失せてしまった。ニーオファイトが寝息をたて、その寝息だけで不完全な創造主が抱いていた怖れを吹き飛ばしてしまったかのようだった。

カリチンはクロゼットにライフルを隠した。ドアを開ける？　開けない？　相手がジャーナリストなら、何を知っているか探り出すべきだ。こちらの言い分も聞いてもらったほうがいい。

欺く（あざむく）。

正当化する。

カリチンはドアを開けた。

ドアの音を耳にしたイギリス人が振り向いた。上着の下に黄土色の薄手のセーターを着ている。明るい色のクラシック・ジーンズ。スエードのモカシン。ストラップで肩に掛けられたカメラ。大きな高級カメラで、レンズの縁の塗装が剝げかかっているところを見ると、使い込まれているようだ。痩せ型。スポーツマン・タイプではないが、しなやかで躍動感に満ちあふれている。表面的には親しげで礼儀正しく、住人の邪魔をして気まずそうだ。だが、その内側には見事なまでの自信が秘められている。しっかり鍛えられていて、住人がどんなことを言おうと話を合わせ、たった五、六回ことばを交わしただけで核心に迫れる。まちがいなくジャーナリストだ。ここまで跡をたどってきて興奮している。とはいえ、弾が派手に的を外すように、カリチンの特別な運命という的も外していた。

ジャーナリストがここに来た目的はカリチンではなかった。彼を駆りたて、刺激し、新たな発見という喜びで満たしてくれる別の目的があって来たのだった。そのイギリス人が、まるであのイカレた考古学者のシュリーマンのような、鋭い明確なヴィジョンをもった貪欲な目で見つめていたのはこの家であって、その所有者ではなかった。

カリチンは、この家のかつての所有者たちのことを知っていた。塩の商人の子孫たちだ。この家は、彼らの田舎の別荘だったのだ。噂では、その家系のひとりが占領下のポーランドでナチに協力して出世したということだった。このジャーナリストは本を書いていて、総督府のその役人のことを調べに来たのだろう、カリチンはそう考えた。不意に、カリチンは不安になった。この家に伝わる秘密という鎖で以前の所有者たちとつながれてしまい、この鼻持ちならない来訪者に自分の人生まで調べられるかもしれない、そう感じたのだ。

ポーチでちょっとお喋りをする程度にとどめることもできた。だが、あまり話したがらない雰囲気を悟られ、ジャーナリストとしての色あせることのない鋭い記憶のなかに刻まれたくはなかった。そこでカリチンは退屈している気さくで単純な男を演じることにし、ジャーナリストを家に招き入れた。

実はこの家にまつわる話が二つあり、しかもその二つが関連しているということ、砲弾が同じクレーターに再び落ちたということがジャーナリストにわかっていれば、彼がここに来た理由を聞かされた新しい所有者がどれほど驚いて興奮したか気づいただろう。

怒り狂って静まることのない川に隔たれた周辺の山々の向こう側、岩の長い生命力を借りた太古の森に覆われる暗い尾根の向こう側には、何世紀にもわたっていくつもの領土の囚人たちを収容してきた砦がある。戦時中は、強制収容所だった。

一九四五年の春、東部の平原地帯では戦争の雄叫びが鎮まり、砲兵射撃も影を潜めた。彼らが家にやって来たのは、そのころだった。オートバイも車も通れない、山のあいだを走る草で覆われた古い道や、岩塩抗の支柱を作った木こりたちの道を抜けてきた。彼らは警備の任に就いていたナチス親衛隊の数人の士官と、収容所の囚人たちを使って実験をしていたひとりの科学者だった。親衛隊のひとりがこの人里離れた別荘を知っていた。ゲストとして招かれたことがあったのだ。

ドイツは戦争に敗れた。この谷の下にある大きな町では、連合国が駐屯地を設置した。だが森や草原に囲まれた山頂付近のこのあたりは、まだ統治の影響を受けていなかった。以前の所有者たちはすでに別荘を捨てて逃げ出していた。かりそめの住人たちは、ここでひと息つけるというわけだ。

実のところ、そのジャーナリストはここがその家なのかどうか確かめようとしていたのだ。そして、まちがいないということが判明した。ジャーナリストは、イギリスの占領地域で捕まった収容所の警備担当士官が尋問されたときに語った、その家の詳細な情報をもっていた。そのほかの者たちは、ネズミ街道（ラットライン）と呼ばれるヨーロッパから海を渡って別の大陸へ向かう秘密の逃走経路を使い、行方をくらましていた。

ジャーナリストは完璧な英語の発音でラットラインと言った。それから、学生のようなイントネーションで、ドイツ語でネズミ街道（ラッテンリニエ）と言いなおした。

「逃げ出すネズミというのは、いつも同じ道を使うんです」ジャーナリストはそう言った。彼が言っているのは、逃亡者たちを密かに支援した地下ネットワークのことだ。偽造書類を発行する役人や、聖職者や警察官といった信頼できる人物、不法な乗客を受け入れる船員などが手を貸していた。ジャーナリストは収容所の衛生兵に関する本を書いていて、戦勝国から亡命してきたカリチンとは気軽に話ができた。過去の亡霊を捜し出すことに夢中になるあまり、現在のことは目に映っていなかった。家の写真を撮ったり、全体を見てまわったりしてもいいかどうか訊いてきた。地下室を覗き、金庫に入っているニーオファイトから一ヤードのところを通り過ぎた。むかしの家具のことも訊かれたが、カリチンは何も残ってはいなかったと正直に答えた。

ジャーナリストが去るやいなや、カリチンは心臓の薬を飲んだ。

驚いたのは、ラットラインのことだけではなかった。

収容所で働いていたドイツ人の科学者というのを、かつての人生でひとりだけ知っていた。戦後、その科学者を戦利品として連れ帰ったのはアンクル・イーゴリこと、イーゴリ・ユーリエヴィチ・ザハリエフスキーだった。

公式には、そんなドイツ人は存在しない。閉ざされた街が彼の監獄だった。そのドイツ人はおぞましい専門医で、彼らでさえ眉をひそめるような実験を行なってきた。苦痛や死の縁のさらに向こう側を覗き込んでいた——そして、その経験を何から何まで分かち合おうとしていた。

カリチンは、ザハリエフスキーにその捕虜の話を聞かされたときのことを覚えている。そのときすでにカリチンが奪った命はひとつではすまなかったが、それでもその話を聞いて激しい怒りが込み上げてきた。確かにそのドイツ人はカリチンの同胞の兵士たちを拷問し、殺したかもしれない。もしかしたら、そのなかには砲兵隊として戦って捕虜収容所[POW]で死んだ、数学者だったカリチンの母方の祖父も含まれていたかもしれない。だがその男はいま、カリチンの手に落ちたのだ。

カリチンはそのドイツ人を殺すつもりだった。だが数日後、怒りが薄れていることに気づいた。その捕虜の科学者を憎いとは思ったが、協力して研究をする覚悟ができていた。

理由のひとつは、ザハリエフスキーがそれを望んでいたからだ。そのドイツ人が生成した物質をもとにして新たな物質を創り出す、というのがその計画だった。二つ目の理由は、捕虜によって立証された科学的手法をカリチンが認めたということだ。そして三つ目は、カリチンが受けてきた教育や強制的に植え付けられた敵のイメージというものに反して、内に秘められた願望に奇妙で危険な共感を覚えたのだ。その願望は国家やイデオロギー、憎しみよりも深いところに根差していた。それは、たとえどんな状況であろうと自らを必要不可欠な創造主たりうる存在にしてくれる知識を求め、そこへ至る最短の道を見つけるということだった。その知識を手に入れることによって確実に安全が保障され、強大な力も手に入る。それが可能だということを、そのドイツ人は身をもって証明したのだ。

新たな同僚の気持ちを察したドイツ人は、出しゃばろうとも、意見を押し付けようとも、過去のことを語ろうともしなかった。彼はひたすらに研究をした。黙々と、手際よく。やがてカリチンは、研究所を取り仕切る将校や党幹部たちよりもこの孤独な老人のほうが自分に近いということに気づいた。ああいった連中は血や国籍でつながった同胞だが、本質という点においては別の人種だ。一方で、このドイツ人はどこからどう見ても別の人種だが、それでもやはり彼の同胞だった。国のなかにいながら国から身を隠し、国を手足のように使いつつも忠実に貢献し、しまいには誰が誰に指示を出しているのかわからなくなるほど国と融合する、そんな人間のひとりなのだ。

自分の後輩が次のより高度な知識を学ぶ段階に来たということを悟ったドイツ人は、カリチンに影のなかに潜む影を見せた。研究所の二つの過去、つまりは研究所が造られたその土地、アイランドの二つの過去を見せたのだ。そのドイツ人はここに来たことがあった――戦前、ヒトラーが首相になるまえ、ここにはソヴィエトとドイツの合同極秘試験場があったのだ。

カリチンはアイランドの怖ろしい秘密をいくつか知っていたが、ドイツ人の話は信じようとはしなかった。するとドイツ人は、記憶を頼りに当時の施設の様子を説明した――飛行場の位置、木造の研究所、スタッフの仮設小屋、動物小屋、衛兵所、柵で囲まれた境界線。拡張されたいまの試験場のどこに、むかしのタコつぼ壕や砲兵射撃によってできたクレーターがあるか。そしてカリチンをそこへ連れ出した。枯れ草で覆われた地面を棒で掘り、爆発のあとに残った薬莢（やっきょう）を見せた。それにはドイツのマークが付いていた。それでもまだカリチンが信用しないので、記録保管所に連れていった。そこには、戦後にヨーロッパ各国からもち出された書類や、さまざまな科学研究所の論文を保管する特別な区画があった。焦げているものもあれば、濡れて反り返っているものもある。それらを丹念に調べた者はいなかった。クラウスはカリチンの目の前で、特徴のないミリタリー・ボックスを開けた。なかには合同実験の報告書が入っていた。一九三三年にドイツの科学者たちが国にもち去り、一九四五年に内務人民委員部（NKVD）の特別チームが廃墟で発見してもち帰ったものだった。

　カリチンはその報告書に目を通した。そこに記された場所やソヴィエト側の科学者たちの名前を知っていた。ザハリエフスキーの名前もあった。どれもこれもカリチンには馴染みがあった。実験の過程で生じる特徴的な雰囲気も、科学理論も。

　クラウスの苗字も記されていた。

　もはや、クラウスを敵だとは感じなくなった。

ジャーナリストを送り出したカリチンは、クラウスのことを考えはじめた。彼が示してくれた知識のことを。そして、整然と繰り返す歴史について考えを巡らせた。それは身を隠すのに、そして秘密を守るのに適した、本当の意味で極秘の場所というのが希少だからこそ繰り返される歴史だった。それから自分自身のことを考え、自分が選んだ家はかつて別の人間が通った道の上にある、そんな思いを抱いた。つまり、ラットラインの上に。ということは、その安全性、そして避難した人たちの限りない幸運を当てにできるということだ。というのも、かつて自分を守ってくれた者たちに、いまでは命を狙われているのだから。

あのジャーナリストに、調書のコピーを見せてもらった。専門的な教育を受けていた警備担当士官は、収容所で行なわれていた実験に関する証拠を提供した。その士官にも知らないことが多くあり、専門用語を取りちがえていたりしたが、カリチンにはすぐにわかった。それは、虐殺者の所業だった。皆殺しにするために集められた人々にもたらされる、安っぽく、生々しい死。隠しようのない、目に見える、明らかな死。資料はもち去られたか、あるいは逃げる途中でどこかに隠されたにちがいない――銀行預金か株のように。その株は一時的に価値が下がったとはいえ、互いへの敵意を隠した新たなヨーロッパの支配者たちが誰かを殺さねばならなくなった場合には、その価値が回復することもあり得るのだ。その殺したい相手というのは、たとえば共産主義者かもしれないし、資本主義のブルジョアかもしれない。

カリチンも、そういったものを密かに故国に隠していた。森のなかの目立たない木の下に、筒を埋めたのだ。理想的な究極の鏡を見ているような気分だった。カリチンには驚きも懸念もなかった。それはまるで、時間によって隔てられてはいるが、そういった個々の人生を実際に体験したかのように、あるいは少なくとも彼らを結び付けるつながりがあるかのように感じられたのだ。

ジャーナリストに会ってからというもの、この家にネズミがいるかもしれないと想像するようになった。家は清潔に保たれ、村からも離れているので、ネズミが寄ってくるわけはないのだが——それでも、灰色の影がよぎるのを想像するのだった。

コートを脱ぎ、暖炉に火を入れた。夕暮れが迫っていた。谷はあっという間に暗くなる。丘や木や草が闇を発しているかのようだ。窓の外を眺めた。ぼんやりした薄暗い雲の上を、飛行機が飛んでいた。羽毛のような飛行機雲は、いまだに残っている陽の光を受けて赤みがかった黄色に染まっている。むかしながらのやり方で焚きつけ用の木を裂いたカリチンは、飛行機とその乗客のことを考えた。どこへ行くのだろう？　操縦士の腕は確かだろうか？　その飛行機が造られてどのくらい経つのだろう？

カリチンは何でもいいから考えようとした。焚きつけ用の木を裂いたり、薪を運んだり、何でもいいからからだを動かそうとした。それは、ようやく家に帰りついたところで、死の不安が新たな圧倒的な力を手にしてよみがえり、いっきに襲いかかってくるのを少しでも遅らせたいがためのことだった。

今夜は眠れないだろう。恐怖と記憶に悩まされる長い夜になりそうだ。暖炉の火、煙突内でうなりをあげる上昇気流、リンゴの木の丸太から立ち昇る煙の甘い香り、そういったものを強く求めるあまり、炎にも負けないほどの耳鳴りが聞こえるような気がした。

10

入国審査カウンターに並んだシェルシュネフは、ずいぶん長引いているとはいえ、怒りも苛立ちも感じてはいなかった。すでに四十分が経っている。こういった任務に就いた当初は、時間はたっぷりあるといつも思っていた。どれだけ遅れようと、どんな障害があろうと、それでも対象の一、二歩先を行っているのだ。

彼らが侵入地点として選んだのは、しっかりした防諜機関をもたない国だった。飛行機を降りた乗客たちが作る列の先頭から数十人後方に並び、パートナーとともに税関を抜けることにしていた。厳しくチェックされるのは、先頭の十数人なのだ。

だが降りるまえに、壊れたタラップを交換しなければならなかった。そのあと、バスはゆっくり時間をかけて空港をまわった。ようやく到着ロビーに着くと、彼らよりもあとに到着した便の乗客が何百人もいた。

国境警備員はのんびり構えていた。EU以外の国の旅行者のカウンターは二つしかない。

三列目のＥＵ市民用のカウンターにいる退屈そうな警備員は、それ以外のパスポートをもった人たちを追い払っていた。ダッフルバッグを抱えたアジア人の旅行者たちが騒ぎ立て、イモムシのような列はいっこうに進まなかった。それでもシェルシュネフは落ち着き払っていた。ヒジャブをまとった女性をいやらしい目で見るパートナーに何度か眉をしかめ、注意しなければならなかったが。

シェルシュネフは、監視班が撮った写真のことを考えた。ＥＵ内の国境を廃した隣国の大使館から、工作員たちが送り込まれたのだ。彼らは徹底的に調査した。彼らに気づいた者はおらず、防諜活動も見受けられず、ボディガードもおらず、リスクは最小だという報告だった。対象は目撃されなかった。だが家のなかで病院からの手紙を発見した――防犯装置は一般的なもので、簡単に解除できた。対象は病院で検査を受けていて、まもなく退院して帰宅するということがわかった。

ドローンによって撮られた写真を思い浮かべた。森の縁に建つ家。人気（ひとけ）のない道。理想的で、楽に任務が遂行できる場所。周囲に家はないので、誰にも見られず、気づかれない。人里離れたところに身を潜めた世捨て人が、自ら作ったトラップにかかったようなものだ。

カウンターの列は、何年もそこにあるジプシーのキャンプのような様相を呈してきた。人であふれかえる廊下の先にある、自らの運命が決まる閉ざされたドアの前で長いこと意味もなく待ちつづける放浪の習慣——その習慣により、四十分まえにははっきり区別がついた人々が、いまでは顔のない集合体、理不尽で神経質な一匹の生物へと変貌を遂げていた。

身じろぎする音や囁き声が聞こえた——二人の無愛想な国境警備員があくびをしながらやって来て、さらに二カ所のカウンターを開けた。粥状に溶け合っていた人の群れが分かれた。その一部が新たに開かれたカウンターの方へ流れていき、黄色いラインで立ち止まって順番を待った。シェルシュネフはその二人の警備員に誰よりも先に気づいていたが、列は移らなかった。一度決めたことを変えるのが好きではなかったのだ。軍の心理学者は、それを消極性と言っていた。だがシェルシュネフには、心理学者がまちがっているということがわかっていた。シェルシュネフには、ぎりぎりで列車に間に合ったり、どの列がいちばん早く進むか予想したりする、ちょっとした身のこなしや幸運というものがそなわっていなかった。走りまわったりすれば状況は悪化し、新しい列はちっとも動かなくなり、列車は別のホームから出てしまうのだ。

だからシェルシュネフは待った。

三十分もすると、人も減ってきた。若いカップルが左のカウンターへ行き、ブリーフケースを手にしたしゃれた格好の老人が右へ行った。グレベニュクと彼はその次だ。

シェルシュネフは、その老人とカップルはすぐに通されるだろうと思った——そういった人たちというのは、たいていは煩わされることはない。だが、カップルのほうは帰りのチケットのプリントアウトをもっておらず、眉をひそめた警備員はホテルの予約情報を見せるように要求した。老人のほうも手間取っていた。プラスティックのカバーに入った書類を指差すと瞬く間に顔から艶が消え、不安で怯えた表情で哀願しはじめた。

国境警備員は二人で話し合っていた。シェルシュネフはうしろから人の波に押され、スーツケースの角で足首を痛打された。一瞬、これは罠だと思った。背後から何者かに押さえつけられて腕をひねり上げられ、その間にスーツケースをもった間抜けがオートマティック拳銃を抜く。彼はその嫌な予感を抑え込んだ。

カチャッ、カチャッ、カチャッ——パスポートに印が押される魔法の音。

金属製のドアが開いた。すぐに老人が出ていき、グレベニュクが前に進んだ。カップルはもたついていた。バッグに書類を詰めなおしていた女がファイルを落とし、書類が散らばった。屈んで書類を拾っている。シェルシュネフはじっと待った。パートナーといっしょに国境を越えることになっていたのだが仕方がない。

明るい色のベストを着た空港職員が、二台の車椅子を押して列の先頭にやって来た。骨と皮ばかりの痩せ細った二人の黒人の少年が坐っていた。ブランケットにくるまれ、膝には書類が乱雑に載せられている。

シェルシュネフは一歩足を踏み出した。だが警備員が眉を上げ、待つように合図した。

グレベニュクは先に出ていった。二人の少年がカウンターに連れていかれる。

手前の少年の擦り切れたズボンから、できの悪い、おそらく手作りと思われる人工装具が突き出していた。どう見ても小さすぎる。少年は成長したが、義足だけはそのままなのだ。〝地雷だ〟シェルシュネフは思った。〝おれたちが埋めた地雷かもしれない。少年たちはどこから来たのだろう？ ソマリア？ リビア？ アンゴラ？ スーダン？〟 地雷が爆発したタイミングの悪さが悔やまれる。何年もまえに別の大陸で爆発したものによって、シェルシュネフは足止めを喰らっているのだ。もう片方の足は弱々しいが、ぶ厚いランニング・ソールを使用した新品のスニーカーを履いている。ペイントボールをした日にマキシムが履いていたのと同じような靴だ。つい昨日のようにも、遠いむかしのようにも思える、あの日に。

職員がカウンターを離れて少年を調べ、付添人といっしょに書類に目を通しはじめた。空港内でもっとも冷静なのは、シェルシュネフだった。二人の男はずっと話をしている。少年は長時間のフライトに疲れ果て、無関心といった様子だ。ようやく、警備員が書類に印を押した。ベストを着た男が車椅子を押していった。職員がシェルシュネフに手を振った。こちらへ。

シェルシュネフは偽装旅行の話をするつもりでいた。彼のパスポートは新しく、ビザも発給されたばかりだ。はじめての入国。いろいろ訊かれる可能性があるどころか、むしろ質問は避けられないだろう。だが警備員は、お詫びのしるしにとでもいうように——あるいはおとなしく待ってくれた旅行者への褒美として——パスポートをスキャナーに通し、ページをめくって隅にきれいに印を押した。

ドアが開いた。シェルシュネフは、陸軍士官学校に入学するために帰って以来何十年ぶりに、自分があとにした世界に足を踏み出した。

父親は通信小隊の指揮官だった。シェルシュネフが育ったのは、第一次世界大戦で全滅した騎兵連隊が使っていた、十九世紀の古い兵舎を改装した軍の駐屯地だった。卒業後はそこにいる両親のもとへ戻り、東ドイツ(GDR)軍の特殊部隊に入りたいと思っていた。そして〝悪魔の山〟にアメリカが設置したレーダー基地、その切子面のあるドームを頂く白い柱の見える最果ての地で、諜報部員になって敵とサシで対峙するのだ。

だが、そうはならなかった。両親がシェルシュネフのもとにやって来た。駐屯隊は兵舎を捨てたのだ。戦車やロケット弾、そのほかの軍需品は列車で輸送された。軍は敗れはしなかったものの、それでも東側に退却しつつあった。

ドナウ作戦によってプラハの春を鎮圧した功績を認められて一九六八年に勲章を授かった父親は、中隊の撤退を受け入れることができなかった。背信行為。弱体化した軍の崩壊。予備軍への強制的な降格。父親は国外での任務中に貯めていたカネで田舎に邸宅を買い、そこで酒を飲みすぎてからだを壊し、亡くなった。痩せた泥炭質の土地では実を付けないリンゴの木に囲まれて迎えた最期だった。シェルシュネフはいまの自分の姿を父親に見せてやりたかった。

彼は帰ってきたのだ。

モスクワを発つとき、彼らの荷物は検査を受けることなく、ほかの乗客の荷物とともにカートに載せられた。そのフライトの荷物は、ずいぶんまえに降ろされていた。いまひとつだけ動いている荷物受取りターンテーブルでまわっているのは、エジプトのフルガダからのスーツケースだった。

グレベニュクは、彼らのフライトの荷物が四番ターンテーブルに降ろされたことを突き止めた。そこにはスーツケースが山積みにされていた。だが、シェルシュネフの荷物はなかった。二人はもう一度、手荷物受取所を歩いてまわってみた。何もない。

遺失物取扱所のカウンターには、十数人の人たちが集まっていた。シェルシュネフと同じフライトの乗客がいるのが目に留まった。あの小生意気な少女とその両親や、入国審査カウンターで書類を落としたカップルもいた。

カウンターは閉まっていた。営業時間の予定表も告知の貼紙もない。清掃員の話では、スタッフが来るのは朝の五時ということだった。シェルシュネフとグレベニュクは顔を見合わせた。

基本的には、スーツケースには作戦に必要不可欠なものは入っていなかった。無難で質のいい、目立たない着替えだけだ。シェルシュネフは、ビールに女、土産目的の休暇を楽しむ旅行客というイメージにはそぐわないが、旅行鞄をもっていかないことを提案した。ほんの数日もあればかたが付き、国に帰るのだから。偽装旅行の詳細を気にする者などいないだろう。気にする者がいるとすれば、作戦が失敗したということだ。

プレッシャーをかけられ、急かされてもいたが、何カ月、あるいは何年ももつほど充分な装備が用意された。上官たちは作戦が失敗した場合に備え、どちらに転んでもいいように安全策を取ったのだろう。いまシェルシュネフは、スーツケースがなくなってよかったと思っていた。余計な追加や脚色、直前になって与えられた指示などもいっしょになくなったように感じたのだ。カウンターにテープでラゲージ・タグを貼り、そこにホテルの名前を書いた。スーツケースが見つかったら、そこへ届けさせればいい。そのころには、もうそこにはいないだろうが。

緑の回廊と呼ばれる通関システムに、二人の職員が立っていた。ひとりは太った男で、携帯電話を操作している。上司と思しきブロンドの細身の女性は、バッジの位置を直していた。シェルシュネフは自分がチェックを受けるように少し左前方を歩き、パートナーに注意が向けられないようにした。ブロンドの女性はシェルシュネフをやり過ごし、通り過ぎようとしたグレベニュクに声をかけた。

グレベニュクは立ち止まった。彼の英語はたどたどしく、なんとか試験に受かって昇給できる程度だった。シェルシュネフが通訳をしなければならない。

「お二人はごいっしょですか？」

シェルシュネフは頷いた。

「現金の手もちは？」

「四千ユーロです」シェルシュネフはへつらうように財布に手を伸ばした。

「開けてください」彼女はグレベニュクのバッグを指した。

グレベニュクは肩からバッグを下ろし、デスクに置いてジッパーを開いた。シェルシュネフは、視界の端に映る不透明で光沢のあるガラスのパネルに注意を向けた。戦闘服とマスクで身を包み、武器を構えた男たちの黒い影はないか？　彼らを取り押さえるには、いまが絶好の機会だ。通路には四人しかいないのだ。

太った男が携帯電話を見るのをやめて近づき、二人の行く手を阻むような格好になった。グレベニュックは税関職員に荷物を見せている。彼女が化粧品バッグを指差した。グレベニュックはためらうことなくそれを開けた。ボトルが光を反射した。

その女性はまじまじとボトルを見つめた。それからグレベニュックに視線を向ける。少佐は平均的な身長でがっしりしている。高級服を身に着けているとはいえ、それでもやはりヒマワリの種をかじってその殻をポケットに入れるような田舎者に見える。彼はおとなしく黙ってその場に立っていた。

シェルシュネフの心臓が縮み上がった。いまになってはじめて、グレベニュックの外見やバッグの中身が、高級オーデコロンと不釣り合いだということに気づいたのだ。

彼女がまわりの匂いを嗅ぎ、グレベニュックがそのコロンを着けているかどうか確かめているような気さえした。

魔女め。彼女は何かを感じたものの、どこがおかしいのかはわからない。気が収まらない彼女は、グレベニュックにそのコロンをまいてみるように言うかもしれない。こんなことは作戦の想定外だった。ボトルが注意を引くことなどない、誰もがそう確信していた。複製は寸分たがわず、製造業者でさえそのちがいには気づかないほどで、しかも重さまで本物と同じだと、技術者たちは豪語していた。

だが、それを作ったのは人間だ、シェルシュネフは思った。正確に同じ色ではなく、似たような色合いを使い、色が微妙にちがうかもしれない。装飾の字体をまちがえた可能性もある。女性職員は免税品の品目を心得ているうえに、訓練された目ももっている。ひょっとしたら、彼女の夫がそのコロンを使っているということも考えられる。あるいは、その鋭い感覚でボトルが放つ特殊なオーラを感じ取ったのかもしれない。なんといっても、そのガラスが作られたのは工場ではなく、軍の特殊工房なのだ。別の思惑、別の目的をもった者の手によって磨き上げられている。魔女め。

シェルシュネフは、どうやって彼女の気をそらそうか考えていた。バッグを落とす？声をかける？

「もういいですか？」グレベニュクがひどいアクセントの英語で訊いた。外国の税関で怯える混乱した外国人が簡潔に頼み込んでいる、そんな態度だ。

その職員は夢から覚めたかのように、反射的に頷いた。グレベニュクは、慌てずにバッグの中身を整理した。閉めるときにジッパーが布地に引っかかった。何度かジッパーを往復させ、それから嚙み込んだ裏地を引っ張ろうとした。女性職員が背を向けた。空港のサーヴィスについて大声で文句を言っているほかの旅行者が通路に入って来たのだ。グレベニュクは肩にバッグをかついだ。シェルシュネフは、鋭い針で手のひらを刺されているような感じがした。

「小便が洩れそうだ」グレベニュクが言った。「トイレはどこだ？」

二人は、名前が書かれたボードを手にした運転手たちの前を通り過ぎた。大気には馴染みのない食べ物の臭いのほかに、タバコや排気ガスの臭いなどが満ちていた。そのどれもが、母国のそれの臭いとはちがうような気がした。

トイレに入ったグレベニュクは大きな音をたてて長々と小便をしていたが、シェルシュネフは小便が出なかった。グレベニュクがシンクに向かうと、ようやくペニスから小便が出はじめた。清掃員が入ってきた。シェルシュネフは、そのカートを倒してモップをへし折り、壁にバケツの水をぶちまけてやりたい、そんな衝動に駆られた。

シンクの鏡で自分を見つめた。

その顔は、いつもと変わらなかった。

11

カリチンはお気に入りの革張りの肘掛け椅子に坐ったまま、暖炉のそばで居眠りをしていた。煙った部屋の暖かさとコニャックに誘われ、眠りに落ちていたのだ。

肉体も記憶も失い、暗い草原の上を飛んでいる夢を見た。大空を舞っているものの、どこへ向かっているのかはわからない。風にあおられ、逆さまの状態になった。上空には何もない空間が広がっている。悪意に満ちた空には星ひとつない。視覚化された風がはためいたり揺らめいたりし、巨大なトビウオにまき散らされた濃い精子のようだった。

下では波が砕けている。どんよりした川の流れが矢印になり、行き先を示している。彼は飛びつづけ、その風で水面が揺れた。夜は水底にいるひげのあるナマズと、まだら模様のカワメンタイが目を覚ました。イグサのなかにいるキンケイも目覚めた。

彼を支持する魚の群れがあとをついて泳いでくる。ノロジカ、ノウサギ、ジャッカル、キツネ、オオカミ、イノシシなどが、土手に沿って走っている——上へ上へと、川の流れや重力に逆らって。

星が瞬き、輝きが増していった。架空の星座の不思議な光――砂時計座、フクロウ座、王笏座、スフィンクス座、そしてネズミ座。旧世界では天の川が浮かぶところには、緑と赤にきらめくヘビ座がうねっている。そのヘビは天空の杯、宇宙の杯に絡みついていた。

帰るあてもなく飛びつづけているうちに、記憶が戻ってきた。遠い、大切な記憶。一面真っ白に輝く光に包まれ、透明な容器のなかで生まれたことを思い出した。彼の名前を呼ぶ声が聞こえる。白衣の神々の嬉しそうな声が、彼の誕生を祝っていた。

だがすぐに、彼はその神々によって暗い牢獄に隠された。誰かに解放してもらえる日が来るまで。彼は霧散し、融け去り、臭いのもとから切り離された死臭や過去の影のなかで自分を見失った。とはいえ、完全には消えなかった。彼はもともとこの世界のものではないので、世界は彼を完全に受け入れることも融かし切ることもできないのだ。

やがて、再び神々に呼ばれた。散り散りの状態から復活し、自分自身をいっぱいに満たした。地表に落ちる雨粒のように、遠くから呼ぶ声の方へ全速力で向かった。

川の上空を飛んだ。旅の終わりは近い。川の中央に、偉大なアイランドの巨大な姿がそびえている。サーチライトの光が、月から伸びてきた指のように闇を貫いている。魚が飛び跳ね、鱗からしぶきが舞う。森や草原の暗がりで、無数の動物たちの目が光っていた。

川が深みに沈み込み、アイランドの礎（いしずえ）である、水草に覆われた崖が露わになっていた。彼は下降し、小さく、濃くなっていった。煙突から滑り込み、柵やフィルターを抜け、照明の明かり、研究室の太陽のなかに飛び込んだ。その光に包まれ、彼にとって理想的な心地よい揺りかご、試験管の細い入り口へと吸い寄せられていく。試験管を満たし、そこに落ち着いた。

旅は終わった。家に帰ってきたのだ。

カリチンは目を覚ました。手はコニャックのボトルの首に添えられている。たくさん飲んだわけではないが、頭がぼうっとしていた。最後の炭が燃え尽きようとしている。薪を足し、炎をあおいだ。夢の詳細を覚えていることはほとんどなく、覚えているのは現実をそのまま反映したような夢だけだ。いま覚えているのは、広大な空間を舞うそよ風の名残りと、アイランドへつづくかすかな痕跡だけだった。

アイランドの空想にふけるのは、お気に入りの心の栄養補給だった。アイランドこそ、本当の意味でのカリチンの生まれ故郷だった。力と権力の源であるその場所を思うと、ぼんやりした心地よい眠気に襲われる。まるでそれが実体のないイメージなどではなく、からだに良くはないものの、コクがあって実に美味しい本物の食べ物でもあるかのようだった。たとえば、街はずれにある、古い水力製粉所のそばのレストランで出されるイノシシのハムのようなものだ。

いつかそんな空想も彼の心を満たしてくれなくなり、元気づけたり励ましたりもしてくれなくなるのではないか、カリチンはそんな心配をしていた。味気ない、役立たずのただの記憶、重荷になるのではないかと。そこで、彼は自制しようとした。医師の指示に従ってタバコはやめられたし、酒の量もある程度は控えられるようになったのだから、できないわけはない！

だが診断結果が出たいまとなっては、その楽しみを先送りしたりため込んだりしても意味がない。カリチンはこの検証済みの治療法をつづけ、大いに楽しみ、アイランドの思い出にどっぷり浸かるつもりだった。限られた命の先にある不死という強烈で麻薬のような感覚をもたらしてくれたものに思いを馳せることで、平凡で薄っぺらな死という概念を抑え込み、せめて一週間、いや一日だけでも時間を稼ぎ、運命を覆(くつがえ)して救済の望みを確実なものにするための力を呼び覚ましたかったのだ。

カリチンはさらにコニャックを注いだ。思い出す心の準備はできていた。火花という金糸で刺繍を施された炎の揺らめきのなかに、夕日に赤く染まった粘着質の川面(かわも)が見えた。そして炎の舌のあいだから覗く闇、その秘密の領域、隠されたもうひとつの本質のなかに、彼に与えられた科学の力がもつ二つの顔が見えたような気がした。

酒を飲みながら、シンフォニーを奏でるようにアイランドの謎めいた誕生の起源を思い出して悦に入った。それはアイランドとカリチンのつながりを、そして互いになくてはならない存在だという定められた運命を決定づけるものだった。

アイランドの歴史は古い。その石灰岩の隆起部は強大な川によって削られた。その内部には、サンゴの化石が眠っている。バラバラの輪状になった、節のある茎をもつウミユリ。漆(うるし)塗りの化粧用コンパクトのような腕足動物。川は石灰岩を侵食し、周囲の水の力に耐え抜いた稜線上の丘がひとつだけ残った。そこに木々が育ち、岩穴に動物たちが棲み着き、岩壁や斜面に鳥が巣を作った。

はじめにアイランドを見つけた人々は、暮らすのに適した深い洞窟があったものの、そこに住もうとはしなかった。急流に囲まれ、周囲から隔絶して閉ざされた、威圧的な土地。そこへ通じる細い道ができるのは、約十年周期で起こる大干ばつのときだけだった。アイランドは自然が創り出した、神に拝謁(はいえつ)するためのこの世ならざる孤独な場所だったのだ。

人々はアイランドに神殿を建てた。そこには旧石器時代のずんぐりした神の石像や、粘土や骨で作られた神、木彫りの像などが祀(まつ)られた。

そこへ修道士たちがやって来て、強制的に先住民に洗礼を施した。そして自身や信仰心を守る力のない木彫りの偶像を見つけ出しては、燃やしていった。

修道士たちは神聖な樹として崇められていたアイランドに生える唯一のオークを切り倒した。そのオークは樹齢が古く、ねじ曲がり、黄みがかった岩の奥深くまで根を張っていた。そして切り倒したその場所に礼拝堂を建てた。かつて崇拝されていたシナノキやトネリコで作られた神々を燃やし、その灰を川に捨てた。血が染みついた太古の祭壇の岩は、壊すことも動かすこともできなかった。それはその地域では見られない花崗岩の巨石で、北方からやって来た謎めいた人々によって——運搬船やそりを使った謎めいた手段で——運ばれてきたものだった。そこで、その巨石は死んだとはいえ不滅の神でもあるかのように、アイランドの中心に残された。

その礼拝堂が、要塞修道院のはじまりだった。それは遊牧民から国の周辺を守り、森とステップ地帯を分ける自然の境界線を監視した。そのアーチ型天井の下で、政府や軍隊に熱心な祈りが捧げられた。やがてステップ地帯は征服されたが、大きな反乱が一度ならず起こった。

足元にある岩を切り出し、それを使って修道院は大きくなっていった。地上には教会、鐘楼、集会場、壁、塔などがそびえ立った。地下にある石切り場の通路は増えつづけ、さらに奥深くへと掘られていった。そういったところは地下室や独房、貯蔵庫、あるいは修道院に名声をもたらしたいまは亡き隠修士たちの遺品を収める地下聖堂になった。

ゆっくりした岩の時間のみが流れるアイランドの最下層では、頭を剃られた囚人たちが暮らし、死んでいった。彼らは世俗の偽りの姿やかつての名前、行ない、運命を剝奪され、追放された人々だった。彼らにあるものといえば、年月だけだった。春には、水かさを増した川の水が独房に浸み込んできた。石には彼らの思いが刻み込まれていた。壁一面に見境なく書き殴られた文字が、闇や絶望、信念の記録を物語っていた。そうやって生きたまま葬られた名前のない男たちを土台にして、地上に君臨するアイランドは力を増大させていった。彼らのくすぶった、弱々しい、怒りにまみれた苦しみを種にして大きくなったのだ。

やがて、アイランドの地下部分は残らず空っぽになった。かつての独房は崩れ去り、過去を埋葬した。囚人たちは地上の砲廓に収監された。それは、帆を張った船が川を行き来し、盗賊たちが手漕ぎの船の上で酒盛りをしていた時代に、岬に造られたものだった。もはや、アイランドは帝国の国境の最前線ではなくなっていた。帝国は海まで国境線を押し返し、多くの言語を制圧した。そういった言語は独房で聞かれるようになった。反逆者のことば、自由を象徴することばは、いまや鎖の音と混ざり合っていた。

囚人たちは岬に埋められた。石灰岩で作られた異なる風習の十字架に、異なるアルファベットで名前が刻まれた。十字架は霜や雨、霧で風化し、文字や数字が消えていった。だが、独房の壁に刻まれた文字は残った。詩の一節、科学者の青写真、士官の誓いといったものだ。

そのころになると、川には穀物運搬船のほかにも、色とりどりの帽子や傘を手にした乗客を乗せた外輪汽船が行き交うようになっていた。

旅人、農民、貴族たちの祈禱やカネ、聖人の遺品などによって修道院は繁栄していった。嵐のときに川岸で修道士たちが見つけたということになっている、聖像が披露された。その聖像を祀るため、川沿い二十ベルスタ（約二十キロメートル）の距離からでも見える、五つの金色の小塔を備えた新たな教会が建てられた。ちょうどそのころに信者仲間たちとともに育った、若く才能のある修練士の画家が、その地域でしか採れない原料を使って塗料を作り、絵を描いてその聖像を飾り立てた。その絵は明るいものではなかった。だがそこには、神と人間を含めたありとあらゆる存在の密接なつながりを示す、不可思議な神秘性が明らかに宿っていた。修道院の漁師が網で捕らえたチョウザメを弟子が煮込み、魚膠（うおにかわ）を作った。その膠のおかげで塗料の接着力が増し、絵は粗い多孔質の石に馴染んだ。まるでその絵はもともと石の一部であり、石に秘められていたものが表面化したかのようだった。

修道院は創立記念祭の準備をしていた。教会の歴史学者が本を書いた。多くの古い秘密を取り込んだその草稿は、修道院の図書館に収められた。祝典用に記念ポストカードを作った写真家は、撮った写真のカタログを図書館に残した。そのなかには、あの有名な聖像、天使や聖人、地上の山々や神々しい山頂の写真などがあった。

そういった本や写真が、修道院の過去を物語る主な証だった。というのも、難攻不落のアイランドを呑み込む波がやって来たのだ。

初秋、土手沿いや低地の森の向こうでは、地主たちの土地が炎に包まれた。川が凍りつくと、黒いミリタリー・コートや羊の革の上着、手織りの服などを着込んだ者たちが真っ白い雪の上に姿を現わした。まだ薄い氷は歌い、うなり、吠えた——のこぎりの刃やトラス橋、ぴんと張ったワイア、嵐できしむ船体などが出すような音だ。ライフルや三つ叉を手にした男たちが、魂を打ち砕くような怖ろしい掛け声とともにアイランドを取り囲んだ。警戒を発する鐘楼の鐘の音は、その掛け声に呑み込まれてかき消されてしまった。

異教徒の時代を含めてはじめて、アイランドで公然と血が流され、死体がむき出しのまま川に投げ捨てられた。修道士や司祭は殺されたり、追放されたりした。

まもなくして、アイランドはかつての裏の姿に戻った。牢獄になったのだ。強制収容所に。そこからもっとも近い町で反乱が起こったが、鎮圧された。旧陸軍の士官たちがアイランドに連行されてきた。古い塀の隙間には有刺鉄線が巻かれ、監視塔が急造された。撃つと熱くなるために水で冷やさなければならないマキシム・マシンガンが、木製のマシンガン台に備え付けられた。

その後、囚人たちの同盟者である白軍が川の下流に到達すると、赤軍は穀物を運ぶのに使われていた運搬船を引っ張り出し、別の場所へ移送すると言って囚人たちを船倉に押し込んだ。運搬船の跳ね上げ戸に南京錠をかけてからタグボートで水深のいちばん深いところへ牽引していき、そこで船底弁を開けた。運搬船は、水面下で金属質の低く怖ろしいうめき声をあげた。やがて船は息が詰まり、沈んでいった。

その夏、かつて経験したことがないほどの大干ばつに襲われた。アイランド自身が岸に上がろうとしているかのようだった。手漕ぎボートで近づけば、川底で水草や魚に囲まれたあの運搬船が見える。あともう少しで、見張り台や傾いた船体の側面が水面から顔を出しそうだった。

日照りで作物が枯れた。なんとか育ったものや前年の残りは、街から派遣されてきた兵士たちに奪われた。飢饉に見舞われた人々は、人を食べざるを得なくなった。古くからある動物の埋葬地が掘り返された。もはや炭疽病など怖くはなかった。修道院の十字架や鐘、聖柵などが取り壊されたのは、そのころだった。教会に使われている金（きん）で飢えた人々にパンを買うため、ということだった。その地域は住人が死に絶え、無人になった。

教会の金を奪った委員会は、地下聖堂も開けた。遺体は腐り果てていて、聖人は不滅だというのは教会がでっちあげた嘘だということを証明した。彼らはいくつもの街をまわり、その骨を見せつけた。見よ、これこそが物質主義の真理だと言って、宗教に酔いしれる危険性をさらけ出した。すると、その骨が消えた。おそらく、遠く離れた深い渓谷にでも捨てられたのだろう。

その一年後、ある生活共同体（コミューン）がかつての修道院に移り住んできた。戦争孤児や家をなくした子どもたちを引き連れていた。彼らは教会の天井に描かれた有名なフレスコ画を削り落とした。教師たちは、そこを〝文化の家〟にしたかったのだ。だが、子どもたちは陸路や水路を使ってそのコミューンから逃げ出した。警察が列車の駅や地下室で子どもたちを捜したが、誰も見つからなかった。

それから数年のあいだ、修道院は放置されていた。漁師たちは、いまや鉄くずと化した運搬船や船倉で溺れ死んだ囚人たちのことを思い浮かべ、アイランドのまわりには近寄ろうとしなかった。

やがて、まったく別の種類の人たちがアイランドにやって来た。まさしく新たな所有者と言えた。彼らは土手沿いの土地に立入禁止の札を立てた。廃墟になった村や、低地の草原や林も自分たちのものにした。仮設小屋や貯水塔、飛行場、娯楽場、倉庫を建てた。かつての教会や古い独房を空っぽにし、石に組み込まれた鉄格子を補強し、頑丈な桟橋を造った。監視塔を修復し、さらに新たな監視塔も建てた。

ドイツは誰にも知られない場所を必要としていた。ヴェルサイユの戦勝者だけでなく、スパイや密告者の目からも遠く離れたところで化学兵器の研究をつづけ、敗れた戦争の再戦の準備をするためだ。ソヴィエトは製法や技術、使用方法、実験結果、図表、レポートなどを確保できるだけでなく、そういった研究は自国の科学者の向上にもつながる。その川沿いにあるヨーロッパの闇のクロゼットで、両国は互いに必要なものを見つけたのだ。豊かな地形に囲まれた辺境の土地、変わりやすい天候、夏には摂氏三十度後半まで上がり、冬には零下四十度にまで下がる大きな気温差。そこでなら、さまざまな季節におけるさまざまな戦域を想定した、化学物質を使ったシミュレーションができる。そこは飢饉によって人口が激減した地域で、かつての修道院は守りやすく管理もしやすい要塞でもあるのだ。

カリチンはその場にいなかったことをいつも悔やんでいた。その当時に生まれておらず、存在していなかったことを。

当時の実験のほとんどは、十年後には時代遅れになっていた。ガスでウマを動揺させたところで、そのウマに乗る肝心の騎兵隊がいない。飛行機の速度は三倍にまで上がり、もはや噴霧器は役に立たない。ガス・マスク用の新しいフィルターが開発され、新たな傷害性物質も生み出された。そして、最大の要因は世界大戦だ。彼の母国はアイランドが創り出したものに頼ることなく、火薬と鉄の力だけで勝ったのだ。

一九三三年に合同実験施設は閉鎖された。その後まもなく、川が堰き止められ、人造湖が造られた。周囲の街は水に沈んだ。家や教会、歩道、墓地など、街全体が消え、慰めようのない過去の亡霊がその湖にとりついた。アイランドもともに消え去るはずだった。だが、そのエリアのダムは青写真のなかにしか存在しない。戦争がはじまったため、造られなかったのだ。

カリチンは、記録保管所に収められているドイツ人が撮ったアイランドの写真を見たことがあった。その写真はヨーロッパへ渡ったが、その後に返還されたものだった。ガス・マスクを着けたウマ、草原の縁にたたずむ複葉機、格納庫、研究棟を背にした集合写真(その建物のことなら隅から隅まで知っている)、以前の教会。それらの写真を目にしたカリチンは、そこは楽園だと、時間と空間の概念を理想化したところだと、そう思った。

その世界では、ほとんどの人は科学の闇の一面、邪悪な双子の片割れをまだ目にしてはいなかった。科学は純粋なものだった。とはいえ、戦車や毒ガスといった最新兵器がはじめて使用されたソンムとイープルの戦いによって、すでに汚点を付けられていた。罪に問われたのは、政治家や将校たちだった。科学者たちは自由の身で、裁判にはかけられなかった。当時は倫理の重みにちがいがあり、知識人たちは特別扱いされていたのだ。カリチンは、自分では経験したことのないその重みを切望した。

カリチンが生まれたのは、何百万という人がガス室で殺されたあとのことだった。アイランドの集合写真に写っていた二人のドイツ人化学者が連合国に捕らえられ、まずは被告人席に、次に絞首台に送られたのも、彼が生まれるまえだった。科学というカリチンにとっての力への道は汚され、邪悪なものだとおおやけに宣言された――大衆の目には邪悪なものとして映ったのだ。

だからこそ、カリチンは隠れざるを得なくなった。故国で死刑が宣告されていないとしても、おおっぴらに自分の正体を明かすわけにはいかない。衝撃的なネタを追ってジャーナリストたちが駆けずりまわり、死のアイランド――ほかにもどんな呼び方をされるかわかったものではない――に関する記事が公表され、捜査や裁判が求められるだろう。そこでカリチンは、ときおり遠いむかしのアイランドに思いを馳せるのだった。理想的な隠れ家、誰にも近づくことのできない祝福された土地。だがいまは、自分の慣れ親しんだアイランドを思い返そうとしていた。

ポーランドとの戦争がはじまると、再びアイランドに捕虜収容所が造られ、ポーランド人の囚人たちが収容された。ドイツが侵攻してくると、スターリングラードで敗れた部隊のドイツ人とルーマニア人が収容された。しばらくのあいだ協力を拒んでいたのは、ドイツの士官と将校たちだけだった。その後、極東で日本人が捕虜になった。数年後、収容所には誰もいなくなった。囚人たちは鉱山や伐採場といったほかの場所へ移送されたのだ。

アイランドはすぐに復活した。そこはあまりにも素晴らしく、必要不可欠で、都合のいい場所だったのだ。鉄のカーテンが低くなって第三次世界大戦の危機が迫ると、かつての試験場は活動を再開した。

だがそのときは、互いをライバル視する部署同士のいざこざによって分裂していた。議論のせいで実験は遅れ、さらに失敗や目立たないサボタージュ、研究に関する罵り合いなどが起こった。

本当の意味でアイランドを復活させたのは、アンクル・イーゴリこと、イーゴリ・ザハリエフスキーだった。彼は古くなったシティを捨てて新たな都市を創りたいとずっと思っていた。シティよりもさらに閉ざされ、最先端のテクノロジーを完備し、科学の研究において自分ひとりの思いどおりになる都市を。それは、不死へと至るチケットであり、秘密のリストに名前を連ねる正式な科学アカデミーの会員に選ばれるチャンスでもあった。

まだカリチンが学生だったころ、ザハリエフスキーは支持者を集め、策略を企て、頂点に立つ者たちに自らの考えを主張した。その結果として生まれたのが、番号のみで呼ばれる新たな名前のない都市だった。官庁間のいさかいで分裂していた部署はひとつに統合された。アンクル・イーゴリは、未来の研究所が確実にトップ・シークレットの機密扱いを受けるように手を打った。それにより、アイランドは地元や各機関によるどんな監視も受けることのない、ほぼありとあらゆる管理の手から独立した科学の領域、ブラックホールへと変貌を遂げたのだった。のちに研究所を指揮することになったカリチンは、そのことをほかの誰よりもよく知っていた。

基本的に、ザハリエフスキーは何でも自分の好きな研究に取り組むことができた。彼のプログラムや方法、目的の質を問える資格や可能性をもつ者など、同僚のなかには誰もいなかった。あきれるほどの閑職や怠け者の科学者たちのコロニーが生まれ、そういった者たちが何十年ものあいだ——トップの後援者が失脚するまで——莫大な費用をかけて馬鹿げた研究に携わっていたことにカリチンは気づいていた。その研究がもっともらしいスローガンに包まれ、マルクス主義の思想に沿っているように見えさえすればいいのだ。彼らは工場や別荘、総合病院という殻で外側を覆ったが、ひとかけらの知識さえもたらさなかった。

カリチンもザハリエフスキーに尽くしていた。というのも、ザハリエフスキーがアイランドを創ったのは、見かけ倒しのまがいものを生み出すためではなかったからだ。二人とも、イデオロギーの風向きに左右されない真の知識に引きつけられていた。そういった知識だけが、永遠の力を与えてくれるのだ。

ザハリエフスキーをサポートしているのは国家保安委員会(KGB)だった。極秘の研究には、必要とされる隠蔽や新たな研究員、統制管理、特殊工作といったことに対してボーナスが支給された。アイランドの保安主任は現役予備軍として任に就いていたスターリン主義者の元将校だったが、彼もまたこの新たな不安定な時勢のなかで光の届かない穏やかな避難所を求めていたのではないか、カリチンはそう考えていた。その将校というよりも、むしろ彼の保守派の同僚たちが、ザハリエフスキーに力を貸していた。

カリチンには、アイランドが内側へ行くほど秘密を守る壁が強固になっていくマトリョーシカ人形のように思えることがあった。

いちばん外側の壁は、閉ざされた国境で守られた国そのものだ。アイランドは参考図書や新聞、ラジオでも触れられず、地図にも記されていない。その地域全体が、外国人には閉ざされていた。アメリカのスパイ衛星が上空を通過するときには屋外での作業や野外実験は禁止され、衛星から見えるのは厳重に警備された刑務所ということになっていた。

周辺の集落にはアイランドのために働く密告者たちがあふれているだけではなく、アイランドには目に見えない安全対策が施され、密かに衛兵たちによって警備されていることをカリチンは知っていた。何の邪魔もされずに通過できるのは、川の流れだけだった。とはいえ、その川こそが協力者、秘密を守る守護者だった。川はアイランドを守り、川に映る影からはその真の姿はわからない。観光客のボートが離れた岸辺を行き来するが、双眼鏡を使ってもそこからは何も見えない。カリチンは、予定やルートを変更できる力、時間と空間を曲げることのできる力の一端にいるということを満喫していた。その力があるからこそ、外部の人間から見ればアイランドはただの島(アイランド)にすぎないのだ。それは、すべてに行き届く、全能の力だった。

いまでは川の土手に沿って広がる街という地位を手にしたアイランドでは、当然のように、秘密の核を守るためにさまざまなレベルで対策が講じられていた。それらは柵、有刺鉄線、検問所、巡回、許可証、機密保持契約書、新たな候補者の念入りな身元調査といったものだった。アイランドの表面、その輪郭だけならそういったものを通さなくても目にでき、通信文書や金融書類からも推し量ることができた。

だが核へと近づくほど、アイランドの中枢そのものがぼやけてくる。その中枢を知るのは、契約書にサインをした創設者たちだけだ。研究所のことを知っているのはほんのひと握りにすぎず、それは機密を記したどんなリストにも存在しないほどだった。

アイランドのありとあらゆる過去が、研究所内で生まれ変わってひとつになったかのようだった。そこは聖域であり、監獄や祭壇であり、試験場でもあった。外界から切り離され、新たに合成された存在、抽象概念。それが研究所だった。

カリチンがはじめてアイランドを目にしたのは、フェリーに乗っているときだった。晩秋の夕陽が川に沈みかけているなか、霧に包まれたアイランドは異質で超然としていて、魔法でもかけられているかのようだった。これは啓示だ、カリチンはそう感じた。その瞬間、彼はアイランドを称賛し、理解し、そして恋に落ちた。アイランドがもつあらゆる特性、利点、明らかな恵みや密かな恵みを察し――アイランドを創造した力に自分の人生を捧げる覚悟を決めた。それが定められた運命であり、カリチンという存在のもっとも奥底に秘められた願望に応えてくれたのが、アイランドだったのだ。

カリチンは熱心な共産党員ではなかった。しかるべき考え方や振る舞い方はよく心得ていたし、党の会員証ももっている――それがなければ研究所のリーダーという地位の先には行けなかっただろう。カリチンが惹かれたのは、特定のイデオロギーに従って独断的に取り計らわれた科学の地でアイランドが提供する、監獄での自由という逆説的な考え方だった。

カリチンは知識の豊富な聡明な化学者だった。ほかの研究者たちと比べれば、天才ではない。カリチンが存在し、研究をするには、外部からの影響を受けない閉ざされた世界が必要だった。そこには倫理の重みなど存在せず、彼の創造物のなかでもっとも完璧なもの、ニーオファイトを創り出すことで、限定的な天才という高みへと昇ることができたのだ。

それまでのカリチンの人生のすべてが、アイランドという特異な存在とつながっていた。彼にとってアイランドは貝類が背負う殻のようなもので、それを奪われていたときでさえ常にともにあった。ほかにも閉ざされた街や隠された地域があることは知っていた。だが切っても切れない関係にあるのは、アイランドとカリチンだけだった。その切り離せない関係性に疑問の余地などない。山の斜面に建つ、愛着をもつようになったいまの家でさえ、押し付けられた代用の場所にすぎず、アイランドとは比べものにならなかった。

すると突然——暖炉の火は消え、炭は灰で覆われていた——もはやアイランドが唯一無二の存在ではなくなったような気がした。

はぐくまれる愛にはその終わりを告げるほろ苦い種が含まれているように、アイランドとの一体感のなかに異質で馴染みのない感情が生まれた。アイランドにあれほど尽くし、身をゆだねてきたというのに、すべてが無駄だったということに気づいてしまった。それを認めるしかなかった。安心感を与えてくれたとはいえ、しだいに弱まっていったあの忠誠心さえなければ、ずっとむかしに何かほかのものが人生にもたらされていたかもしれない。

たとえば、別のアイランドが。

冒瀆的とさえ言える考えだが、思わずそこに痛いほどの希望の炎が燃え上がるのを感じた。

アイランドを否定して裏切ることに同意するかのように、記憶のなかで現代の呼び名が浮かび上がってきた。ビキニ。ビキニ環礁（アトール）。環礁（アトール）。島（アイランド）。

カリチンは想像した。どこまでも広がる海に囲まれた、海底火山の上に位置するヤシで覆われた環状の砂州。礁湖の青い海。陽射しを遮る頑丈なシャッターを備えた、白い平屋の研究所——多くの物質は光に弱く、暗く涼しい場所が必要なのだ。本土からの輸送船のための、しっかりした桟橋。四本の柱の上に建つ屋根の付いた塔。ときに夜空に吸い込まれ、ときに波間を舞うサーチライトの銀色の光線……。やはり、世界有数の大富豪たちはカリチンを治せるだけではない。彼にアイランドを買い与えることだってできるのだ。

アイランド。

アイランド。

アイランド。

カリチンの手が震えた。ボトルがクリスタルのグラスにぶつかって音をたてた。二十年遅れの涙が流れた。もはや塩辛くはない。遅きに失した、温かく、見苦しい、切望の涙だった。

12

シェルシュネフは鉄道雑誌を広げた。気を紛らわせる必要があった。広告に目を通す。白い砂浜を走る幸せそうなカップル、ハンモック、ワインのボトル、ヤシの木。アジアへの直行便の値下げ。

上官たちに押し付けられた旅の行程や偽装の身分は、はじめから気に入らなかった。自分ならもっと速やかに、一日で終わらせる。飛行機で現地に飛び、作戦を遂行し、飛行機で戻ってくる。別の部署の工作員は、そうやってヴィリンを始末したのだ。

だが彼らに用意されたのは、いわゆる観光ルートに沿った計画だった。おそらく、ヴィリンの死がスキャンダルになり、防諜機関の監視の目が厳しくなったためだろう。まずは裏口から忍び込むように別の国へ入り、そこからさらに別の国へと移動し、レンタカーを借り……。目的を隠すにはいいかもしれないが、行程はあまりにも長く、乗り換えを逃すというような旅には付きものの厄介ごとをはらんでいる。

　さっそくこのありさまだ。列車の紙の乗車券には、二号車、座席番号49、47と書かれている。駅に列車が入ってきたが、二号車というのはなかった。二二、二三、二四、二五、二六、二七号車。

　グレベニュクとともに機関車の方へ走っていった。その前に別の列車が入ってきていて、そのあとで二〇番台からはじまるこの列車がやって来たのだろうか？　いや、この列車は二二号車からはじまっている。

　これは罠ではない。策略でもない。ただのよくある愚かなまちがい、予約システムの機械的ミスだ。列車はほぼ満席で、まちがった乗車券でも乗せてもらえるかどうかわからなかった。国ではＩＤを見せるだけで、ビジネスクラスに案内される。だがここでは？　乗車券を買いなおさなければならないとしたら？

　もちろん、何もかもうまくいった。車掌が謝罪し、どこでも空いている席に座るように言った。だがシェルシュネフは、この任務を妨げようとする何らかの力がわずかだが明らかに働いている、そんな感覚を拭い去ることができなかった。誰が指示しているわけでも、どこかから生じているわけでもない。そういったことは、春にはときおり起こる。朝、スキーへ出かけると、陽射しで雪がべたつきはじめる。スピードが落ちるほどではないが、滑らかな滑りができなくなり、ふだん以上に集中しなければならなくなるのだ。

何年も前に対象が同じルートを通ったということはわかっていた。表向きには、器材の買い付けの交渉のための出張ということになっていた。その十数人の代表団のひとりだったのだ。当時の緩んだ時勢でさえ、アメリカへ行くことは許されなかっただろう。だが対象が向かったのは、ほんの一、二年まえまでは社会主義だった国だ。友好的なセキュリティ・サーヴィスがいまだに整い、最近までソヴィエトの大使館に諜報機関が常駐していただけでなく、諜報機関が全面的に、さらに言えば合法的にその存在を認められていた国だ。対象はほかのメンバーとともにホテルに入った。製造施設を訪れ、その夜はグループで食事をした。そして、その夜のうちに姿を消した。

対象が列車の乗車券を手に入れたということは確認されている。その当時は、対象が利用したルートはひとつの国内だけに収まっていた。いまでは、国は二つに分かれている。一九九三年に分離したのだ。対象が途中で降りたのか、終点まで行ったのか知る者はいない。

彼らはその跡を追っていた。亡命者の冷たく、臭いのしない跡を。シェルシュネフは、ハンターと獲物のつながりをどうやって支え、広げればいいのか心得ていた。アスファルト沿いでノウサギを撃ったり、キツネを追いまわしたりするのが好きだった。だがいまは、そのつながりが現われることを望んではいなかった。ほかの任務とはちがい、この任務が二面性を帯びてきたように感じたのだ。

対象を憐れんでなどいなかったし、命令を実行する心構えもできていた。とはいえ、対象を理解しはじめていた。シェルシュネフもまた、あの漠然とした時代を生き、自ら志願した組織がいつ解体されてもおかしくはないという同じ恐怖を味わったのだ。彼の父親は退却することも、制帽から鎌と槌のバッジを外すことも、軍の誓いを変更することも拒もうとしたが、そのときの父親の絶望感をシェルシュネフは覚えている。密告することを怖れる密告者、部下から切り離される将校、結局は牢獄に入れられるクーデターの首謀者、そういった者たちが抱いた恐怖を覚えていた。だが、そんなものは何でもない。番犬に対してさえ恐怖を感じたのだから。

シェルシュネフには、対象が亡命した理由がはっきりわかっていた。だが、それがわかったところで無駄だった。対象が亡命した口実にしか思えないからだ。グレベニュクは年下で、五歳しかちがわない。とはいえ、絶対的な軍が垣間見せた弱さを目にしていないグレベニュクは、そんな疑念などもたないだろう。

最終的には、シェルシュネフにも疑念はなかった。たんにもの思いにふけっていただけとはいえ、そういった考えは危険に感じた。自分の思考をコントロールすることに慣れているはずなのだ。グレベニュクがパートナーを監視するよう指示されているのはまちがいなく、あとで報告書を書くことになっているのだろう――シェルシュネフ自身もそういった報告書を書くつもりだった。彼は余計な考えを締め出し、その思いが一瞬たりとも顔をよぎらないようにした。

対象が亡命した状況が書かれた報告書を読んだシェルシュネフは、いくつか削除されているところがあるのに気づいた。削除されたのは秘密が洩れないようにするためではなく、アリバイのように思える部分があるからだ。シェルシュネフはたやすく行間を読み取り、削られた事実を察して補った。当時は国全体が同じような経験をしていたので、閉ざされた街で何が起こったのか想像するのは難しいことではなかった。

停電が頻発するようになる。食糧の特別配給がなくなり、店の棚は空っぽになった。給料の支払いが遅れたが、そのころにはすでにカネはおもちゃになっていた。閉ざされた街という地位がまもなく剝奪されるという噂が流れる。楽園の喪失。国中が列に並ばなければならなかった時代に、そこでは至れり尽くせりの暮らしをしてきたのだ。

街を囲む壁に広がる裂け目。もはや修復されなくなって久しい。作業場や研究所で相次ぐ盗難。ペレストロイカを受け入れて私腹を肥やす上司たちによって作られた新たな企業や協同組合。冬でも冷たいラジエーター。

資料によれば、対象は新しい生活に慣れようとしたようだ。外国の軍備縮小委員会がはじめてアイランドの視察を許可されたが、彼らは何も目にすることはなかった。研究所や倉庫への立ち入りは禁止されていたのだ。だが重要なのは、許可が下りたという事実そのものだった。信用できる人物の報告によると、対象は調査官のうちの二人と接触を試みたという。その二人とも身元は確認済みで、二人に関する報告書もあった。

ひとりは現役の科学者で、スカウトでもあった。関心のある西側の企業の要請で、査察のほかに、相応しい候補者を見つけ出して貴重な頭脳を買収するように依頼されていた。対象は実際にどんな研究をしていたのかは話さず、スカウトもそれ以上は興味を示さなかった。

もうひとりは、自国の諜報機関に協力する本物のスカウトだった。彼が目を付けたのは、トップ・シークレットの研究に関わる科学者たちだった。対象は彼を信頼し、二人は話をした。話はまとまりかけていた。だが保安部門が介入し、対象の調査をはじめた。

ここからが面白くなる。国家機密の漏洩、〝国家への反逆〟の罪で正式に起訴するには充分な証拠がそろっていた。当時でさえ、それは死刑に値した。だが、調査はすぐに終了した。対象は懲戒処分を受けただけだった——いくら妙な時勢だったとはいえ、軽すぎる。

シェルシュネフには察しがついた。その数ヵ月後、新たな富を生み出す密かな金脈を知る有名な銀行家が殺された。その銀行家は、急性多臓器不全であっという間に死亡した。

司法解剖では毒物の痕跡は見つからず、すぐに埋葬されることになった。が、死亡した前日にエアコンの修理が行なわれたということが判明した。捜査官は、エアコンのなかでパーツとはちがう小さなガラス瓶を発見した。

その事件は三度も再調査されたが、裁判には至らなかった。分析結果はすべて機密扱いになった。その瓶が作られたのは対象が率いていた研究所で、極めて毒性の強い物質を遠隔使用するためのものだった。しかしながら、どんな物質の痕跡も発見されなかった。痕跡がないこと自体が痕跡なのだ。

それは、ニーオファイトを示唆している。

痕跡を残さず、検出もできない。ガラス瓶の中身について、彼らは簡単な説明を受けていた。

国からの指示ではなかったのは明らかだ。国の指示なら、捜査そのものが行なわれなかったはずだ。

何者かによってその物質が研究所から闇市場に流され、アマチュアの手に渡った。アマチュアというよりは中途半端なプロだろう。その物質の正しい使用方法は知っているが、証拠を消すのを怠るようなプロだ。

暗殺の数カ月後、対象は言われるがままに厳重に管理された生活を送り、接触できるのは対象の部屋のドアステップを見張るはめになった二人の監察官だけだった。そんな彼が、巧妙に効率よく脱出した。保安主任が休暇でいない隙に、新人の副主任に偽の旅の予定表を渡して逃げたのだ。

三つの点がつながった。対象は例の物質を引き渡すよう強制され、その後、機密漏洩で強請られた。おそらくカネも受け取っていただろう、しかも大金を——対象が創ったものの価値は計り知れない。そして殺人事件の内部調査がはじまり、対象はうろたえた。自分が身代わりとして差し出されるかもしれないということに気づいたのだ。あるいは、証拠を提出できないように、密かに始末されるかもしれないということに。そこでカネと薬物をもって姿をくらましたというわけだ。

対象を強請ることができたのは誰だ？　例の保安主任にちがいない。現役予備軍の将校でもある大佐は、共産党の選出を受けて製造部門から国家安全保障部門へ加わった。科学技術系の学位ももっている。その新たな環境に適応し、自分が何を警備しているのか探り出し、対象を罠にはめ、密売を計画する、そんなこともたやすくできるような人物だ。カリチンが亡命すれば、保安主任は都合よく彼に窃盗の罪を着せることができる。だからこそ、あえてカリチンを逃がしたのだろう。

したたかなシェルシュネフは、その保安主任への関心はいっさい表に出さなかった。その名前には見覚えがあるような気がした。自分たちの偽造パスポートに書かれているような、シンプルな名前だ。どこかの秘密機関の資料に、ほかの名前とともに署名されているのを見たことがあった。

そのかつての保安主任が現役予備軍から正規の軍に復帰したのだとすれば、対象の抹殺指令を出した人物のひとりがその男だという可能性もある。

だからといって、シェルシュネフから見て、命令は違法だということにはならない。軍の利益とは関係がない、上官の個人的な命令でも遂行するだろう。たとえば、あの銀行家の抹殺のような命令でも実行する。だがいまは、対象に余計な共感を抱いていた。二人は音とその反響のように、二種混合毒を構成する二つの物質のようにつながっていた。科学者が物質を創り、シェルシュネフがそれを使用する。実際に作業を行なうのは二人で、リスクを負うのも二人だ。ここでまた否応なく結び付けられるのは、まちがっているような気がした。

シェルシュネフはグレベニュクに目をやった。少佐は眠っている。もしくは眠ったふりをしている。窓の外を、趣味のいい小さな家々が流れていく。車掌が食堂車から運んできたコーヒーを注いでまわっている。シェルシュネフは立ち上がって伸びをし、両肩をまわした。すると、通路の向かい側に坐る女性が同感するような笑みを向けてきた——いい体型をしているので、鍛えているのだろう。シェルシュネフは視界の隅で窓に映る自分の姿をとらえた。その女性が笑いかけた男の姿を。不意に、シェルシュネフはその男のままでいたくなった。A地点からB地点へと向かう見知らぬ乗客。そして、郊外で彼女といっしょに列車を降りるのだ。そんな考えを抱いた自分を、全力でぶちのめした。自分をたぶらかして同情心などというものを抱かせた対象に、怒りが込み上げてきた。

車掌が次の停車駅の名前をぼそりと言った。グレベニュクが目を開けた。あとひと駅で終点だ。目的地、プラハ。

13

アイランドにまつわる美しい叙事詩には、もうひとつだけ話がある。カリチンにしてみれば未完になっている、喜んで除外する話だ。最後の数年間。崩壊と裏切りの章。どす黒い、望まれないページ。カリチンはそれを思い出さないようにしていた。だが今日は、そのうちのひとつ、発端となった出来事がよみがえってきた。

アイランドが以前とはちがうものになってしまうという兆しはあった。だがカリチンにはそれが見えず、それが何を意味するのかも理解できなかった。おそらく、最初に地下のそのどよめきを感じたのが人間ではなく、動物たちだったということもあるだろう。人間には感じられない、地震の前触れの振動のようなものを。

それはアイランドの黄金期、潜在能力を最大限に発揮しているころだった。残念ながら、創設者のザハリエフスキーは急死していた。その後まもなく、忠実な飼いイヌのように、保安部のかつての主任も息を引き取った。

カリチンは、アイランドの中核、中央研究所のリーダーになっていた。ザハリエフスキーのポジションを狙うには、若さと管理上の〝影響力〟という点において無理があった。名目上の責任者はザハリエフスキーの補佐官のひとりで、官僚的なやり取りに長けた平凡な男だった。棺桶に片足を入れていたにもかかわらず、死亡した主君の玉座に一年間就いていた、アンドロポフ書記長の腰ぎんちゃくのような男だ。次に玉座に就くのはカリチンだと、誰もが思っていた。これは必要な差し替え、中継ぎ的な人事だと。

新しい保安主任、ケルベロスの長は、はじめはカリチンの面倒をよく見ているように思えた。カリチンは先任者とは親しくしていたが、先任者は時代遅れの恐竜、人食い時代の遺物のような人物で、科学についてはまるで無知だった。ところが、この新任者は別の世代の人間で、化学の学位ももっていた。さらにカリチンを理解してサポートするということを示し、ことがスムーズに運ぶように手をまわすと請け合い、そのうえ友人にもなりたがった。

それはアイランドの黄金期、栄光を収穫する旬だった。閉ざされた街は成長を遂げた。ザハリエフスキーの努力のかいもあり、研究所も増えた。新たな住居棟も急ピッチで建設されていた。

研究も大規模に行なわれていた。ザハリエフスキーは、アイランドの当初の構想には厳密にはそぐわないが、いくつかの見込みのありそうな分野も引き受けていた。だから何だというのだ？　誰もが取れるだけ取っていたし、カリチンもそんなことは気にもしていなかった。

もう何年目になるかはわからないが、軍は東側で戦い、ますますゲリラ戦の泥沼にはまり込んでいた。科学者たちは、アメリカから奪った朝鮮とヴェトナムに関する諜報関連の資料を読んでいた。アフガニスタンの遠い山々にはジャングルがないので枯葉剤は無意味だが、煙で人々をいぶり出した経験が役に立ちそうだ。イスラム教の戦士ムジャーヒディーンが隠れ家や供給ラインとして使っている洞窟やトンネル、下水溝からいぶり出すのだ。

アイランドには、空気や大気、換気の専門家がいた。建築技師や技術者、洞窟学者たちは、複雑な形状の密閉空間に何をどうやって送り込めばいいか研究していた。自然な、もしくは人工的な空気の流れを利用し、上か下にだけガスがたまらないようにしつつ、簡単にその空間中に広がる方法を。

カリチンはひとつ提案をしてみた。それは効果的だが、予算がかかった。軍はもっと安くすむ方法を求めた。生物兵器の専門家グループを呼び寄せて案を出させ、実地テストをして二つの方法を比較することになった。それは明らかにアイランドの方針に反していた。アイランドの試験場では、そういった実験は想定されていなかったのだ。

ザハリエフスキーなら拒否できただろう。だが、軍はかつての補佐官をねじ伏せて押し通した。

試験場の端の川沿いには、石灰洞や陥没穴があった。その地形を利用し、戦場とまったく同じ条件下でテストをするという素晴らしいアイディアを思いついた者がいた。独立した洞窟を二つ見つけ、出口をすべてふさぎ、容積を計算し、入り口にコンプレッサーを設置してホースを伸ばした。自分たちが創った物質の効率と効果を知る外部の専門家は、成功はまちがいないと確信していた。その計画は、ガスを注入したあとで洞窟をふさぎ、翌日に入り口を開いて防護服を着たチームを送り込んで結果を確認する、というものだった。

サルが連れてこられた。通常は、檻を警備する経験を積んだ兵士が、凶暴なものと弱っているものを選別して撃ち殺す。だが今回は、すべてのサルを使った。軍は大規模な実験を望んでいたのだ。それに、研究所は自分たちのプロジェクトに支障をきたすかもしれない実験などで、最高の素材を無駄にしたくはなかった。

サルを洞窟に押し込み、一時間待った。サルたちが岩棚や穴に落ち着くのに時間が必要だと考えたのだ。そして、ガスを送り込んだ。将校や教授を含めた一行は、その場を離れようとしていた。アイランドのホテルにはテーブルが用意され、コテージではスチーム・バスが温められていた。アイランド特製のビールが入った黄色いタンクが特別室で冷やされ、保安部が連れてきたウェイトレスやパーティを盛り上げる女性たちも待機していた。

警告を発したのはカリムリン中尉だった。アイランドに古くからいるベテランで、警備隊の班長をしている。代々ステップで暮らす血筋の野性的な男で、アイランドを超自然的なものだと考えていた。理由はわからないが、一度だけカリチンに罠にかかったコサックギツネをもってきたことがあった。血を流し、毛が抜け、凶暴で、檻の柵に嚙みついていた。

カリムリンは肩からマシンガンを下ろして威嚇射撃をし、遠くの何かに狙いを定めた。のちに中尉が語ったところによると、はじめは試験場に誰かが入り込み、鉄条網の方へ向かっていると思ったそうだ。近くの監視塔にいた冷静な衛兵が投光器をつけ、陥没穴のあたりにスポットライトを向けた。技術者たちがコンプレッサーをつないだり洞窟を完全に密封したりするのに時間がかかり、すでに暗くなっていたのだ。すると揺れ動くライトによって、フェンスへ向かう五頭のサルが照らし出された。ふらついてはいるが、降伏しようとしない負傷兵さながらに互いを支え合っているようにカリチンには見えた。そう思ったのは彼だけではなかった。

カリチンにはすぐにわかった。兵士たち――間抜けな愚か者――はしっかり洞窟をチェックせず、割れ目を見逃したのだ。あるいは、サルが穴を掘って抜け出したのかもしれない。侵食された石灰岩の土地はもろく軟らかくなっている。

誰も地下の構造を図面に起こしていなかった。何もかも目測だった。そしていま、サルがどこから逃げ出したのか突き止めようとしていた。伝染性のないカリチンのガスをテストした洞窟から逃げ出したのか、それとも軍の毒ガスで満たされた洞窟から逃げ出したのか。もし後者の場合、サルは歩く生物兵器ということになる。まだ死んではいないが、それだけでは何もわからない。ウィルスは血液中に潜んでいるかもしれないのだ。

単純で男らしいカリムリンは、すでにバースト射撃をはじめていた。一頭が倒れ、また一頭倒れた。監視塔の衛兵たちのマシンガンに問題が発生したようだ。弾詰まりでも起こしたにちがいない。銃を携帯している男たちが、ホルスターから銃を抜いた。

フェンスがサルを食い止めてくれるはずだった。有刺鉄線には高圧電流が流されている。だがカリチンはうまくいかない気がし、何かとんでもないことが起こる予感がした。陥没穴の縁に沿って張られた鉄線の前で、一頭のサルがもう一頭のサルを押した。押されたサルは倒れて紫色の炎に包まれた。ショートした状態では有刺鉄線の下の方は安全だということを知っているかのように、残った二頭はフェンスをすり抜けた。

カリチンの記憶では、驚いたことに誰もパニックにはならなかった。軍人や民間人としての地位だけでなく、命まで失う可能性があるということは誰もが理解していた。上級曹長としてケーニヒスベルクを落とし、一九五六年にはハンガリーで連隊を指揮した老将校が、近くにいる駐屯隊を動かした。表向きは、抜き打ちの訓練ということにした。極秘通信回線でモスクワにいる霊長類の権威の動物学者に電話をした。その学者は、はじめは質問の意味がわからなかった。中央ロシアのような環境では、サルはどこに身を隠すか？　将校が役に立ちそうな現場の情報を手短にまとめてがなりたてると、その学者は予想外の場所を指摘した。森ではなく、湿地や沼地だというのだ。

狩りがはじまった。彼らは荒々しい復讐心にとりつかれていた。モーターボートが猛スピードで川を行き交った。サーチライトが入江を照らし、お気に入りの場所で漁をしていた漁師を驚かせた。土手沿いを走る車のヘッドライトが上下に揺れ、上空にはヘリコプターが飛んでいる。軍用トラックが大きな弧の形に展開し、分かれ道で数人ずつ降ろしていく。彼らは班ごとに分かれ、住人たちに何か変わったものを見ていないかどうか訊いてまわるように指示された。兵士たちのなかには冗談を言う者もいれば黙って行動する者もいたが、とにかく奇妙な命令に従った。サルを見つけ出して抹殺せよ。褒美はメダルと十日間の休暇、そして二等兵には曹長への昇進。

トランシーバーから割れた声や雑音が聞こえてくる。すでに二人の漁師が追い払われていた。コルホーズの干し草を盗もうとしていた泥棒が負傷させられた。トラック二台がぶつかり合い、六人が負傷した。

通信を邪魔する声が割って入ってきた。警察、州の党委員会の二等書記官、さらには漁業管理オフィスの酔っ払いまでもが、どういうわけか専用回線に割り込んできて訊いてくる——何の騒ぎだ？

将校たちは階級章の大きな星を見せつけてプレッシャーをかけ、秘密が外部に洩れないように釘を刺し、情報を求めて地区の司令官(オクルグ)のもとに使いを出した。ヘリコプターが揺れ、カリチンは吐きそうになった。運命共同体だと言わんばかりに、カリチンはミル・ヘリコプターに押し込まれていたのだ。そのパイロットたちはアフガニスタンから戻ったばかりだった。まさに軍が一掃しようとしていた洞窟がある山脈で任務に当たっていたのだが、いまは操縦の腕前をひけらかしている。プロペラで樹冠を刈り、暗い川沿いを進み、岩だらけの土手すれすれを飛び、ほったらかしにされているヒツジの群れを夜の闇に追い払った——丸々と太った白いヒツジたちがあちこち逃げ惑っている。副パイロットが笑い声をあげた——シャシリク用に一頭捕まえればよかったのに、と。だが、着陸している暇などなかった。

午前零時をまわったころ、放送電波が音をたてた。〝捕まえた〟ヘリコプターは高度を下げてUターンし、うなりをあげて加速した。岩だらけの岬に着陸して水面に波紋が広がる。兵士たちが暗闇のなかへ走っていった。防水シートを使い――これまた賢明な指示だ――真っ白い雪のような塩素パウダーで覆われたよじれた死体を運んできた。塩素のところどころが、イチゴのようなピンク色に染まっている。ガス・マスクや防護服は身に着けていない。そんな時間などなかったのだ。カリチンのガスが使われた洞窟にいたサルだということを願うしかなかった。鼻を突く強烈な薬物の臭いに気づいて奥の隅に身を寄せ、たまたま地上へと抜ける隙間を見つけた、ということを。

カリチン自ら血液サンプルを採った。Ｍｉ‐２ヘリコプターはサンプルを載せて研究所へ飛んだ。

もう一度、ヘリコプターに乗ることになった。カリチンは、まわっているのがヘリコプターなのか自分なのか、もはやわからなくなっていた。三十キロ離れた別の地点から連絡があったのだ。ヘリコプターが最後の燃料を燃やして加速する。重々しい着陸。弱々しい、みじめな夜明け。カリムリン中尉の勝ち誇った捕食者のような顔つき。湿地を分けるようにして細長いぬかるみがあり、その臭う淀みの先の折れたアシの上に、マシンガンの連射によってずたずたに引き裂かれたサルの死体があった。ほかのサルの先頭に立ち、電流の流れるフェンスに仲間を押しやった、あのサルだ。最後の輪まであと一歩のところまで来ていた。だが崖の上にいたカリムリンが湿地で動くものを見つけ、距離はあったものの発砲した。当たるかどうかは、ほぼ運頼みだった。

カリチンは吐き気を堪(こら)えるので精一杯だった。一瞬、殺されたのは人類の祖先のように思えた。カリムリンは当てずっぽうに撃ち、湿地にいるのが何なのか、サルか人間かはわからなかった。ひょっとしたら、身動きが取れなくなった密漁者ということもあり得たのだ。

ハンターたちは疲れ果て、無言で立ち尽くしていた。火のついたタバコを両手で覆い、冷え切った指を温めていた。

カリムリンはそのサルに見覚えがあった。攻撃的な大きなオスで、左耳が欠けている。そのオスがいた洞窟は、カリチンのガスが注入されたほうだった。このサルはガスを多少吸い込み、それが効いていたようだ。そして、銃弾でとどめを刺されたのだ。

回収が成功しても誰も喜ばず、大声で悪態をつく者もいなかった。何十人もの武装した男たちは、夜の捜索に憔悴(しょうすい)していた。

ヘリコプターは土手に残されることになり、パイロットたちは大型輸送船が迎えに来ると言われた。カリチンたちは、カリムリンのオープントップ・タイプのジープで戻った。死体は防水シートで包まれてトランクに放り込まれていた。

疲れ果てていた運転手は気をつけてはいたものの、それでも何度か窪みにはまった。カリムリンは眉をひそめたが何も言わなかった。中尉が首尾よく獲物をしとめられたのは、この曹長が車で丘を登り、バックし、ブレーキを踏んだおかげなのだ。後部座席のカリチンの隣では、研究所の主任研究員のカザルノフスキーが居眠りをしていた。

しばらくまえに、カザルノフスキーはカリチンと組むようにザハリエフスキーに指名されたのだが、期待外れだった。言われたことをするだけで、それ以上のことはしなかった。二度ほど異動を願い出たこともある。研究所図書館の特別区画に保管された、彼の研究とはそれほど関連のない本の閲覧を申請するという疑わしい行為を二度している、そんな報告をカリチンは保安主任から受けていた。たとえば、カザルノフスキーが構造モデルの研究という名目で閲覧の申請をした外国の科学百科事典には、反体制運動家のアンドレイ・サハロフの論文も記載されていた。

実を言うと、カリチンはカザルノフスキーの消極的な姿勢は気になったものの、彼の中途半端な反体制的な振る舞いはそれほど気にならず、保安主任にも彼の弁護をしておいた。なんといっても、いまは亡き擁護者のザハリエフスキーは、極めてあいまいな観念的な共産主義者だったのだ。おそらく部屋が監視されているということがわかっていながら、あからさまに背信的なことを言ったこともある。だが、ザハリエフスキーの仕事ぶりときたら！　おかげでどんなことでも許された。だからこそ、カリチンはザハリエフスキーをあれほど尊敬していたのだ。カザルノフスキーはただの腰抜けだ。

ずいぶん長いこと、田舎の荒れた道を車でさまよった。カリチンは思いがけず興味を引かれ、周囲を見まわしていた。アイランドの周辺のエリアや、守られた領土の外にいるふつうの人々の暮らしを目にするのは、実質的にそのときがはじめてだった。収穫は終わり、畑には何もなかった。残っている粒を鳥がついばんでいる。村の煙突からは煙が上がっている。カリチンが忘れてしまった、日常の悲しげな無数の音が聞こえてくる。そういった音に心が和み、彼は白日夢にふけった。自分たちは敵の脅威からこの魅力的で平和な暮らしを守ったのだ、そんなことを想像した。自分たちが奮闘したおかげで、ストーブに火がつき、イヌが吠え、井戸水が空のバケツに注がれ、眠そうな子どもたちは明日の学校の準備ができる、そんなふうに考えた。

村の雑貨店のあたりで目を覚ました。カリムリンが、朝食を買うために車を停めさせたのだ。店は開いたばかりだが、外には人が並び、パンを積んだトラックが荷降ろしをするのを待っていた。

中尉と運転手が、猛然と怒りの声をあげる女性たちを押しのけて店に入っていった。さんざん枝で擦られたうえに埃まみれになったジープは、興味津々といった様子の少年たちに取り囲まれた。この時間には学校に行っているはずだが、母親にお使いでも頼まれたのだろう。あるいは二人分のパンと穀物を手に入れるために、母親に連れてこられたのかもしれない。

カリチンは落ち着かなくなった。厚かましい女性たち、不平をこぼす騒がしい人の列、不愉快な子どもたちが気に障った。不意に少年たちが大人たちの方へ駆けていき、何か囁きながら車を指差した。振り返ったカリチンは、激しく揺られたせいで防水シートがずれてしまっていることに気づいた。死んだサルの顔が太陽に照らされている。ピンク色の口から黄色の歯がむき出しになり、黒い毛にはクロムグリーンのハエがたかっている。

保安部の定期報告によると、地元住民たちは多くのことを覚えているということだった。たとえば、戦前にここで研究をしていたドイツ人のこと。村の老人たちのなかには、彼らのために水を運んだ者もいれば、兵舎を建てた者もいる。新たな建物を建てるために基礎抗を掘っていたブルドーザーが、動物と人間の骨が埋められた穴を掘り起こした、そんな噂もこの地域にはある。死亡した囚人たちを使ってゾンビ兵を造っているという噂まであった。そうした噂は、密告者たちによって忠実に報告された。

そういったことはむかしの農民たちの考え方の名残りだろうと思い、カリチンは楽しんでいた。ブルドーザーが骨を掘り返したこともなければ、研究所でスーパーソルジャーが造られたこともない、それは確かだ。秘密が洩れないように万全の対策が取られているにもかかわらず、それでも少しずつ情報が洩れているということには、もちろん驚いた。まるで、この未開の人々にも独自のスパイ――動物、鳥、水滴、木、草――がいるかのようだった。だが、それは保安部の問題だ。この地域に影響力を及ぼす謎の怖ろしい城砦というイメージが、カリチンは気に入っていた。地元の住人が何も知らないというのはもったいない。もし知らないとしたら、カリチンの人生からちょっとした刺激が奪われていただろう。

だがいま、カリチンは警戒していた。住人たちが集まり、囁き合っている。彼らの態度、色あせた服、疲れた表情、男女の特徴を失い、重労働の跡だけを残す中性的なからだつき、そのすべてからトラブルの臭いが漂ってくる。

顔、顔――突然、カリチンの眼前に顔が迫ってきた。からだに隠された痛みを訴えて叫ぶ顔、引き伸ばされ、押し潰され、左右に歪んだ顔。いぼには毛が生え、濃い眉の下の目には生気がない。そういった顔がカリチンをあざ笑い、車を取り囲むようにして踊り、彼の瞳を覗き込み、あのサルのように尖った黄色い歯をむき出しにしている。

「あれは私たちのせいだ」カザルノフスキーが静かに言った。その口調は冷ややかだった。

彼の指しているものが、カリチンの目に留まった。

列の最後尾に、母親と娘が並んでいた。少女の上半身は異様に肥大し、くすんだ目は白目の部分が極めて大きく、髪は細く灰色がかっている。大きなからだを支えるのは鳥のように細い脚で、破れたサンダルからのぞく爪先には爪がない。

「ただの病気だ」無関心を装って、カリチンは言った。「きみは疲れているんだよ」

「ただの病気だって？」カザルノフスキーが声を荒らげた。声が大きすぎる。「あの女の子は四歳くらいだ。四年まえ、排気装置のフィルター部分を修理した、覚えているだろう？　古いフィルターを外したけど、新しいものに付け替えなかった。業者の納品書にミスがあったんだ。でも、ザハリエフスキーはテストを続行させた。よくこのあたりで吹く風のせいで、何もかも川の上空にまき散らされる。私たちは建物のなかにいた。排気ファンは、なかのものをすべて外に吹き飛ばした。それが二週間もつづいた。ほら、いまいましいその風が吹いてきた。見ろ、まわりを見てみろよ！」

夜の捜索に力を使い果たしていなければ、カリチンはその場で部下を黙らせていただろう。だが、カリチンは布袋のようにただ坐っているだけだった。どういうわけか、カザルノフスキーには元気が残っている。列に並ぶ人々や死んだサル、日の出から力をもらってでもいるかのようだ。

カザルノフスキーのことばで世界が裏返しにされ、隠されていた面が露わになった。もはや田園風景や燦然と輝く人生の光、宇宙に命を授かった健康的な肉体などは見えなかった。カリチンの目に映るのは葉のあちこちに浮き出ている病に侵された黒い斑点、いずれは死に至らしめる病根だった。それが人々のからだや顔だけでなく、看板に書かれた〝雑貨店〟というねじ曲がった文字、穴だらけのアスファルト、傾いた家の窓ガラスなどに浮き出ているように見えた。

「敵がどうなっているのかはよく知らないが、私たちは見事に自分の国を滅ぼそうとしているようだな」カザルノフスキーの声は震えていた。

カザルノフスキーは背を向け、からだを強張らせて動かなくなった。できることなら、カリチンは彼を殺してやりたかった。だがカリチンの視界は、死の黒い斑点でまだぼやけていた。世界中が、黒いアブラムシに食われたかのようにまだら模様になっていた。

カリムリンと運転手が店から出てきた。軍服を目にしたとたん、人々はおとなしくなった。自分の前に並ぶ人の頭しか見ていない。中尉は焼きたてのパン半斤とミルクのボトルをカリチンに手渡した。カリチンはその香り立つ塊にかぶりつき、噛まずに呑み込んでミルクで流し込んだ。濃いミルクの筋が、チェックのシャツの襟元に垂れていった。

「あの男はどうしたんだ?」カリムリンが直接、訊いてきた。立場のちがいなど、狩りによって消え失せていた。

「疲れているんだ」カリチンは答えた。「神経がまいっているのさ」

カリムリンが思いのほか気安くカザルノフスキーのからだを揺すった。きっと大家族で育ち、弟たちの面倒を見てきたのだろう、そう思うとカリチンは羨ましくなった。カリムリンはパンの残り半分とボトルを渡した。カザルノフスキーはミルクを飲み、パンを食べはじめた。いまだに消えない憎しみの感情のままに、カリチンはまだ温かいパンを道路に投げ捨てた。敵とはパンを分け合いたくなかった。裏切り者などとは。

カリチンは密告したりはしなかった。そんなことをするのは利口ではない。一度でも自ら進んで密告すれば、また頼まれるようになる。そんな従属的な立場になるのはごめんだった。

カリチンはほかの者の望みを聞くことで、速やかに、しかも見事にカザルノフスキーを排除した。チェルノブイリ原子力発電所が爆発し、アイランドに暗号メッセージが届いた。汚染エリアで作業をする専門家を送れ、というものだった。研究所の誰もが放射能を用いた実験をしたことがあるので、そのリスクは理解していた。カリチンの提案で施設の代表がカザルノフスキーを指名したのは、そのときだった。代表は暗号メッセージを読み上げた。共産党に忠誠を誓うもっとも相応しい専門家が必要とされている。出発はすぐで、空港でAN24ターボプロップ旅客機が待機している。その目的と行き先を家族に明かしてはならない。カザルノフスキーが立ち上がった。背中を丸め、疲れてはいたが、集まった人たちに自分を信頼してくれたことを穏やかに感謝した。いくつもの目に見つめられながら、長いカウンターを歩いていった。カリチンと視線が合うとほとんど気づかないほど小さく頷き、そしてドアを出ていった。

のちに労働組合の委員長が、カザルノフスキーを見舞うために放射線科病院に人をやり、花や果物、食べ物を届けようとした。だが見舞いの許可を取って準備をしている最中に、カザルノフスキーは息を引き取った。

致死量の放射線に身をさらすべきではなかった。基準値や予測値などは心得ていたはずだ。だがカザルノフスキーは他人の命を救うために自ら志願し、〝危険区域〟に長時間とどまりすぎた。医師に診てもらうために病院へ搬送されるまで、時間がかかった。

カザルノフスキーは密閉された鉛の棺に入れられて埋葬された。カリチンは追悼のスピーチまでした。いろいろあったとはいえ、カザルノフスキーは優秀な科学者だった。

カザルノフスキーの死後、何もかもがおかしくなった。研究所の火災で、研究が少なくとも一年は中断した。実験用マウスの配送で問題が起こった――国内でマウスを見つけられないというのだ！　そして、ヴェラが死んだ。

そう、ヴェラの死――カリチンは頭のなかでお決まりの哀悼のことばのリストを挙げていった。一度も感じたことのない悲しみを、手っ取り早く文章という形にしたのだ。

愛していなかった妻のことなど、とうのむかしに忘れていてもおかしくはなかった。妻が死んだときの状況を記憶から消し去っていても。だが、できなかった。妻の死は、カリチンの人生でいちばん重要な出来事と永遠に結び付いているのだ。ニーオファイトの誕生。それは、カリチンの負債をヴェラがその命で払ってくれたようにも思えた。

14

対象は自分の妻が密告者だということを知っていたのだろうか、シェルシュネフは思った。

彼はグレベニュクとともにビア・ホールで豚足のザワークラウト添えを食べていた。二人の前には、ジョッキが二杯ずつ置かれている。ビールは軽めで飲みやすく、何杯でもいけそうだった。五、六杯飲めれば最高だろうが、明日は運転が控えている。

シェルシュネフひとりなら、それくらい飲んだだろう。飲んだからといって、どうなるというのだ？　観光客向けとはいえ、いい店だった。値段も法外ではないし、それほど混み合ってもいない。グレベニュクもひとりだったら、まちがいなくそれくらい飲むだろう。だが二人は行動をともにしていて、お互いに相手のことを報告書にまとめなければならない。シェルシュネフがもっと飲もうと言えば、グレベニュクも反対はしないだろう。グレベニュクは気のいい男なので、あとで汚いまねをするようなことはないはずだ。だが、ときにはことがうまく運ばないこともあれば、何かおかしいと感じることもある。そこで、ただ坐ってグラスを愛(め)でるしかないのだ。

対象はそんなことなど思いもしなかったにちがいない、シェルシュネフは心のなかでつづけた。そう考えると楽しくなった。対象は身のほどをわきまえていればいいのだ。浮かれたようなけち臭い感情が湧き上がり、中佐の慢心がくすぐられた。愛想がよく、頭が切れ、自由奔放な研究助手があの間抜けのもとへ送り込まれ、対象は見事にその罠にはまったのだ。その研究助手は、大学生のころから保安組織のために働いていた。

シェルシュネフが懸念し、怒りさえ感じていたのは、彼女の報告書が信用できるかどうかわからないということだった。表向きには――信用できる。彼女はありのままを報告し、夫を守ろうとはしなかった。多少は手心を加えたかもしれない。たとえそうだとしても、何十年ものちに当時とはちがう時代から見てみると、嘘は書かれていないが削除された箇所がある、念入りに編集された清書を読んでいるような気がするのだった。〝主婦(ハウスワイフ)〟というコードネームのヴェラが、本当に彼を傷つけることができる人にこの役を任せるくらいなら、自分でやったほうがいいとでも考えたかのように思える。そして、まんまと彼らをだましたというわけだ。ある意味では、彼女は自分を犠牲にしたと言える。本当に夫を愛していたのだろうか？　それとも、たんにそう見えるだけだろうか？

そんな印象を受けたシェルシュネフは、苛立ちを覚えた。どんな相手でも手なずけ、屈服させ、見抜くことができるという軍の力を信じて疑わなかった。必要とあらば、力ずくでも絶対的な真実にたどり着くことができるという力を。それがいま、むかしのずさんな仕事ぶりを、ハウスワイフに指示を出していた男のだらけぶり、あるいは間抜けぶりを目にする羽目になっていた。

二人はビア・ホールを出た。通りの先には広場があった。

炭火焼ソーセージの屋台――絶品のソーセージだ！　角にたむろする売春婦。通り過ぎる警察車両。食事を終えた人々がバーへ向かう、夜のいちばん活気に満ちた時間帯だった。

「確かこのあたりですよ」グレベニュクがそう言って見まわした。「おれたちの戦車が来たときに、男がガソリンをかぶって火をつけた。ソヴィエトの侵攻に対する抗議って呼ばれているそうです。何だってそんなことを？　戦車にとっては痛くも痒くもないのに。せめて手榴弾でも投げないと……列車のなかで読んだんです」シェルシュネフの当惑した顔を見て、そう説明した。「それがいまや国民的ヒーロー。女と遊んでいきませんか？」グレベニュクは間を空けず、何の接続詞も使わずにつづけてそう言った。

「そんな気分じゃない」シェルシュネフは答えた。本当にそういう気分ではなかったのだ。

グレベニュクは頷いた。とはいえ、中佐も娯楽を求めているがひとりで楽しみたいということだろう、そう考えたにちがいない。

シェルシュネフは内心、顔をしかめていた。夕食のときにその話題が出なくてよかった。これはちょっとした発見だった。グレベニュクは技術者で、彼とは教わってきたことがちがう。その焼身自殺の件は、軍事学校で実例として取り上げられた。敵のプロパガンダの影響下で行なわれた挑発的行為。リトアニアのカウナスでもそういったことが起こった。驚いたことに、その明確な説明まで覚えていた。焼身自殺というのは、たとえ意図的ではなく事故のように思えたとしても、徹底的に調査してその本質を探り出さなければならない、そう教官は解説していた。

妙なことに、シェルシュネフはそれが起こったのがここだということをすっかり忘れていた。

上官に注意されないことがわかって安心したグレベニュクは、キオスクの裏の角を曲がってあっという間に人ごみのなかに消えていった。シェルシュネフは歩きつづけた。この余計な中間日が一刻も早く終わってほしいと思っていた。朝になったらレンタカーを借りる。すべてが決着するのは明日だ。

明日。

遅くまでやっている店に入った。ウィンドウを眺め、ジャケットを手に取って試着室に入り、いきなりカーテンを開いた。誰もいない。

どちらにせよ、尾けられていないという確信はあった。何の心配もいらない。それでも、グレベニュクと別れてから高まっていく、ぼんやりとした奇妙な緊張感、かすかな危険を感じていた。どうしてあの間抜けは自殺の話などしたんだ？　不吉だ。悪魔に囁かれたにちがいない。

店を出た。浮浪者が二人、ゴミ箱のそばで喧嘩をしている。シェルシュネフはうんざりして二人を避けて通った——すると不意に気が張り詰めてわれに返ったが、その理由はわからなかった。

女がいた。

通りの先に女がいる。アイスクリームの屋台のそばに。

シェルシュネフにはその女のうしろ姿が見えた。

危険。

その女のからだからは危険な臭いがした。このあたりの高齢者はたいてい身なりがよく、ほっそりしている。太っているとしても愛嬌のある大食漢といった感じなので、その女のからだつきには違和感があった。

太めだが力強さを感じる。そのからだを押しのけることも、避けてまわり込むこともきるが、彼女はそこに立ちつづけ、嫌でもその存在をアピールしてくる、そんな雰囲気だ。

こんな女が十人も集まれば、シェルシュネフの故郷の女性には感じたことのないような大きな集団の力が生まれる。ロシアの女性から感じられるものといえば、屈辱と悲しみ、そして祈りの力くらいだ。だが山に住むこの女性たちには個を超えた結束力、蔑みから生まれた怖れ知らずの心、武装した男さえも怯ませる力があった。ジプシーのヒステリックで催眠術的な力などではなく、魔女や不吉なワタリガラスがもつような力だ。ふだんから着ている黒いドレス、足先まで届く厚手のスカート、剝げかかったボタンの付いたかぎ編みのセーター、黒か灰色のベスト、ウールのスカーフ。シェルシュネフから見れば同じ血筋のよそ者——みな同じ顔で、同じ声をしている。のこぎりのように切り込んでくる、耳をつんざく金切り声。ことばとは無縁の、感情の叫び。防ぎようのない純粋な音。その叫び声は鉄の盾を手にして非常線を張った男たちを退かせ、兵士を子どもに戻すことさえできる。

シェルシュネフは、そんな叫び声が聞こえたような気がした。

あのチェチェンの基地の輸送コンテナで少年を尋問した翌朝にも、同じような感覚を味わった。朝食をとり、恐怖に怯える者が発するすえた臭いと拷問の痕跡を氷のように冷たい屋外シャワーで洗い流したあとのことだった。基地を出ると、ゲートのところで親族たちが待ち構えていた。たいていはああいった女たちで、トラックの下に横たわる覚悟で車に駆け寄ってきては真実を聞き出そうとし、生死にかかわらず男を取り戻そうとしていた。

ここには移住者の大きなコミュニティがあり、多くの政治難民がいることは知っていた。だがいまここに——その女がいるのはおかしい。シェルシュネフは怖れてはいなかったし、パニックにもならなかったが、渦に呑み込まれていくような感じがした。女、ただの女、どこにでもいる難民、ここにはそんな女など無数にいる。たんなる確率の問題だ。それならどうして、これが卑劣な策略、何者かのゲーム、謎の敵による罠のように感じるのだろうか？

女が振り返り、まっすぐシェルシュネフの方へやって来た。とたんにほっとした。やはりちがう、彼女の顔に見覚えはない。

次の瞬間、シェルシュネフの心臓が凍りついた。

はじめは、女の腰から下は屋台のそばに坐っている人たちの陰になって見えなかった。歩行器でも使っているのかと思ったが、彼女が握っているのは車椅子のハンドルだった。

あのときのシェルシュネフとエフスティフェエフの行為により、あの少年は永遠に思春期の少年になった。誇り高き男性の美しさの気配が感じられたのは、その顔だけだった。シェルシュネフにはあの少年だということがわかった。メイクをしていたとしてもわかっただろう。あの尋問コンテナのなかで、心が折れる兆しや感情の亀裂を探してひと晩中あの顔を観察していたのだ。双子の兄弟？　遺体？　車椅子に載せられた人形、蠟で作られたマネキン？　それとも自分の頭がおかしくなってしまったのだろうか？　そんなはずはない！　あの少年は死んだ、死んだはずだ！

シェルシュネフは悟った。

ミシュスティンのクソ野郎だ。やつにだまされた。あの腹黒い男に一杯喰わされたのだ。少年を始末すると約束しておきながら、家族に売り渡したにちがいない。そしてミシュスティンは殺された。おそらく、少年を買い戻した者たち自身の手によって。

コンテナでは、自分たちはマスクをかぶらなかった。汗まみれだったし、暑かったし、それに目撃者は残さないのだからマスクをする意味がない。しかも戦争はその後も長引くと思われたので、あらゆる痕跡を消してくれるはずだった。

シェルシュネフは、世界中の人々に顔を見つめられているような気がした。冷たい炎にでも焼かれているかのように、肌が赤くはならずに熱くなった。少年の傷だらけの全裸の姿を思い出した。汗と血で濡れた肉体と、顔にかぶせられた乾いたゴムのガス・マスクが奇妙でぞくぞくするようなコントラストを生み出し、まるで顔のない案山子のようだった。シェルシュネフはいま、ガス・マスクかカーニバルの仮面をかぶりたかった。あるいはチラシを配る男が着るライオンの着ぐるみのような馬鹿げた衣装でもいい。包帯でも、女性用の黒のベールでも、何でもいいから顔を隠すものを着けたかった。

警察がやって来た。パトロールカーから降り、タバコに火をつけた。あたりを見まわす。何気なく見まわしているようだが、目は光らせている。組みはじめたばかりのコンビだろう。もしかしたら、緊急の通報でも受けたのかもしれない。

少年は、シェルシュネフの少し先に目を向けていた。シェルシュネフが動けば、気づかれるだろう。

シェルシュネフはゆっくり下を向き、財布かタバコでも探しているかのようにポケットに手を突っ込んだ。車椅子が近づいてくる。車椅子を目にした警察官たちが、通り過ぎるのを見つめている。

少年に気づかれて大声をあげられれば、もみ合いにならずにこの場から逃げることはできない。あるいは、しらを切って押し通せば、なんとか切り抜けられるかもしれない。

こんな偶然が起こることはない。あり得ない。馬鹿げているし、何かのまちがいに決まっている。どうして少年はあのときすぐに本当のことを言わなかったのだろう？　なぜだ？　言っていればいまでも生きていられたというのに。だが少年は死んだ！　まちがいなく死んだ！　あの何とかという村の住人たちと同じように死んだのだ。耕された畑に裸の男たちが立っている、雪のなかで立っている、初雪が舞い降りている、毛深い男たちが彼らを立たせている、夜が更けてくる、村の向こうで火を噴く旋回砲架、毛皮の帽子をかぶった老人、耕された畑で裸の男たちがおかしな姿勢で倒れている、帽子の男が転ぶが、帽子は落ちない、畑を耕したのはどこの馬鹿だ、戦時中だというのにどうしようというのだ、何が育つというのだ、帽子を脱ぎ捨てたい、糊でも付いているのか、どうしても脱げない、ヘリコプターがうなって雪が舞う、軍旗に描かれたオオカミ、白い旗竿、先発兵の銀の進軍ラッパ、苦痛が和らぐ、小便まみれのマットレスを剝がす、破れたシーツ、サイドテーブルのなかのチョコレート、母親がもって来たものだ、あと二週間、息子のマキシムに電話をする、マシンガンのように、母親には冗談が通じない、マキシム、胸から血を流して床に横たわるマキシム、殺したのは誰だ、撃針がカチッと音をたてる、弾倉は空っぽ――

少年が二フィート横を通り過ぎた。店のウィンドウに飾られている、サテンの箱に入った金の腕時計に目を奪われている。

車椅子は高価なものだが、服は質素だ。シェルシュネフは心のなかでまくし立てた――ロレックスに釘付けの少年を見てみろ、根っからの山の住人で、先祖代々、金や光りもの、銃といったものに目がないのだ。

ほぼ完全に自制心を取り戻した。少年は振り返ろうとはせず、女は少年を押して行き、警察はタバコを吸い終えるところだ。一、二秒もすれば、みんないなくなる。ニーオファイトをもっているのがグレベニュクでよかった。余計なことを考えずにすむ。少年は勝手に消え去り、戻ってくることはない。

少年が生きていることなど、どうでもよかった。いまさら誰が気にするというのだ？　神か？　この馬鹿げたショウは、神の意思なのか？

虚勢の裏側、その震える薄いカーテンの背後には、別の思いがあった。どうやって少年は生き延びたのだ？　ミシュスティンが売り渡したときには、半分死んでいた。まさに生きた屍（しかばね）だった。誰が少年をかくまい、隠れる場所も食料も薬もなく、医者もいないところで看病したのだ？　誰が、どうやって？　死にかけていて、指は潰れ、肋骨も折れている。トラップやバリケード、地雷、襲撃をどうやって免れた？　少年が負傷兵だということは、兵士なら誰でも察しがつく。バリケードが張られた検問所で捕まるはずだ。誰も助からない場所からあの若造を連れ出したのは誰の意思、誰の力、誰の超人的な幸運、誰のカネだ？　監視の目をくぐり抜けて山道を運んだのは誰だ？　どうやって？　書類はないし、怪我もしている――どうやって？　仮に書類があったとしても、あんな名前だ――どうやったのだ？　ミシュスティンがとどめを刺さなかったとしても、戦争で命を失ったはずだ。どうやって生き延びた？　どうやってパスポートを手に入れた？　パスポートがないとしたら、列車や車のトランクを利用して歩けない少年を密かに脱出させたのは誰だ？

シェルシュネフの経験が悲鳴をあげた。幸運というのは滅多に訪れないということ、努力には代償が付きものだということ、可能なことと不可能なことがあるということ、そういった知識のすべてが悲鳴をあげていた。どうやって？　それにどうして？　ただシェルシュネフに少年を見せるためだけに？　外国の街で再び巡り合わせるために？　考えてみれば、少年の救出は大がかりな作戦になったはずだ。軍でさえうまく切り抜けるには苦労するだろう。それなら、なおさら誰の仕業だ？　少年はシェルシュネフに気づかず、この先も気づくことはない。振り返らず、復讐を求めることもない。

ある考えが浮かんだが、すぐさま否定した。調子のいい甘い考えを恥じた。

だが、頭から離れなかった。

成功、粘り強さ、弱さ、希望、恐怖、打算、絶望といったものをひとつにまとめあげ、すべてを救う運命を紡ぎ出せる感情は、この世界にひとつしかない。

この奇跡を生み出すことができる感情は、ひとつだけだ。

軍人であり、冗談で互いを呼び合う同僚たちのことばを借りれば地獄のブルーカラーとも言えるシェルシュネフだが、彼には確信があった。

シェルシュネフは抵抗し、それを貶め、そんなものは存在しないと言い張りたかった。だが彼のそんな断固とした冷酷無比な戦争の経験に対し、理性が立ちふさがった。

だが、誰の愛だというのだ？　新たな生を授かった少年の車椅子を押す女性の背中を見ながら、この煩わしい考えを打ち砕き、自分を否定しようとした。あの太った女の愛だとでも？　あそこには、こんな女など数えきれないほどいた。不吉なワタリガラスの一族。その一族の誰もがこんな力をもっているとでもいうのか？　それなら、なぜ効果がない？　こんなもの、効きやしない！

雪のなかの裸の男たち。誇りにかけて震えようともしない。前日、村からバリケードに向かって銃撃があった。そこに立たせて凍えさせればいい。彼らの処遇を決めるのは指揮官だ。老人が毛皮の帽子をかぶったが、好きにさせておけ、高齢者は敬わなければ……。こんなもの、効果はない。撃たれた男たちが横たわり、死体の上で雪が融けていく。こんなもの、効くものか！

シェルシュネフは叫びたくなった。窓でも何でもいいからぶち壊し、何もかも打ち消したかった。そして、あの少年を這い出してきたところに引きずり戻したかった。呼び出されて指示を受けるとき、将校のひとりが訊いた。ほかにはいないのか？　彼の経歴を考えると……連中に捕らえられ、口を割らされたら……。シェルシュネフはそこに立ったまま動かなかった。自分がベストだということ、その慎重な将校がどう思おうと、自分が派遣されるということがわかっていた。

いまシェルシュネフは陰鬱な虚しさを感じながら、どうしてあの捕虜を自分で始末しなかったのだろうかと考えていた。もし自分たちが捕まれば、新聞という新聞にシェルシュネフの写真が載ることになる。少年は彼に気づくだろう。やはり最後には、運命の輪は閉じるというわけだ。

シェルシュネフが失敗するかもしれないと思ったのは、これがはじめてだった。この一件のせいでハンターとしてのリズムが狂い、自分以外の人々が生活する通常のゆったりした時間の流れに放り込まれてしまったように感じた。獲物を追い越して一歩先を行くという能力が奪われた、そう考えて怖じ気づいた。途方もなく強大な何者かによって、彼らの時間がシンクロさせられてしまったのだ。

シェルシュネフは、ひとりでいることに耐えられないことを自覚した。グレベニュクに電話をかけた。すぐに出たということは、かかってくるのを待っていたにちがいない。シェルシュネフは女が欲しかった。力ずくで抱き、自分の弱さや怖れを女に注ぎ込みたかった。かつて、マリーナにしたように。それが終わったら、任務に出発だ。

15

トラヴニチェク神父は祈っていた。もう何日も祈っている。いま起こっていることに関わっている人々、巻き込まれている人々を導いてくださるようにという願いを込めて。悪の道から彼らをお救いください、そう神に祈っていた。

遠いむかしのかつての自分なら、神に答えを求め、どう振る舞うべきかという方向性を指し示してくれるように願っただろう。そして、こう考えたはずだ。警察に通報するべきだろうか？　司祭としてではなく、いち市民として行動するべきだろうか？　そして首をひねる。自分は余計にものごとをややこしくしているのだろうか？　もしかしたら、いま起こっていることは信仰や教会、宗教の問題ではないのだろうか？　神とは関係がないのだろうか？

トラヴニチェクの二度目の人生が終わりに近づくいま、教えを求める必要がないということを悟っていた。彼自身が結論なのだ。そして行為そのものであり、鍵でもある。自ら行動しなくても、彼を通して何かが起こる。目が見えなくても、それでも見ることができる。空っぽでも、満たされている。疎外されていても、つながっている。

トラヴニチェクは、丘に住む男に長いこと目を配っていた。怒りも情熱もなく（シネ・イーラ・エト・ストゥディオ）。彼のことを訊いたりはしなかった。教会に呼んでお喋りをしようともしなかった。それでも、あの古い家の住人を、心のなかで油断することなく注視していた。かつての人生で、自分には明らかだがおおやけにはなっていない秘密こそとくに気をつけて守るべきだ、ということを学んでいた。

何年ものあいだ、密告者になるように迫られてきた！　懺悔（ざんげ）で聞いたことを明かし、彼の教区民、同胞たちを密告しろと！　彼の隠れた才能を気づかれ、圧力をかけられた。鋭い洞察力、ほんの些細なことから相手を見抜く能力だ。彼の判断を信用しているだけでなく、公平かつ誠実に対応するためにも報告してもらいたい、そう言って説得しようとしてきた。トラヴニチェクは恥ずべきことに、その話に乗るふりをして彼らを欺き、実際には誰にも害が及ばないような偽の情報を流そうと考えたこともあった。だが、そういった考えは捨て去った。とはいえ、その考えは頭に残り、自分を許すことができなかった。いまでは、自分の感覚を当てにしなくなっていた。いま起こっていることに気づいているのが、ほかの誰でもなく自分だということだけで充分だった。それはつまり、彼の経験が必要とされているということだ。極端な体験や狭量な振る舞い、袋小路の状況、怪我による傷痕、救済の知識、そういった過去の経験が必要とされている。だがその経験がどう役に立つのか、何が起こり、何が起こらないのかということに関しては、トラヴニチェクは自問しなかった。彼の役割は、いまこの場所にいるということなのだ。

そして人間の在り方について祈り、待つということ。

はじめて丘に住む男に何か特別なものを感じたのがいつなのかは、正確にはわからない。はっきり察したわけでも、強い疑念を抱いたわけでもない。そういった概念は、いまのトラヴニチェクにはなかった。

孤独を好み、かつての志（こころざし）に思いを馳せて生きる干からびた科学者や年老いた独身男性というのは、たくさんいるのではないか？　この地域にいるそんな人たちを、数人は知っている。ブナの森に建つ家が暗い影で覆われているように感じたことがあるだろうか？

いや、ない。

そつのない司祭としての感覚は影を潜めていた。丘に住む男は、超自然的なバリアで守られているように思えた。日常生活から切り離され、ときの流れや影響からも隔絶されているかのように。司祭というものには突き破ることのできないカプセルに隠れている。それは、トラヴニチェクのような司祭でも破ることのできないカプセルだった。

それ自体が荒々しいバリアなど、お目にかかったことがなかった。息が詰まるくらいに他者を拒絶する、それほど極端な魂ははじめてだ。生きることを怖れる男が、自ら棺桶に入っているかのようだ。

だからこそ、二人が近くにいるのは偶然ではないということがトラヴニチェクにはわかった。彼がここにいるのは、見張り役として目を光らせるためだ。ほかの場所では、ほかの者が目を光らせている。だが彼はこの運命を、このドアを与えられたのだ。

主よ、この役割をきちんと果たしてみせます。

彼のことばを真剣に受け止める人などほとんどいないということは、自覚していた。心の一部では、顔を覆うこの仮面を喜んで受け入れていた。この醜い鼻面が、内に秘められた悲劇を隠してくれる。だがいま、運命の力が動きだしたように感じた。真実の顔を明らかにするときが来たのだ。

この地域に派遣された——あるいは追放された——のは、何十年もまえのことだった。丘に住む男と出会うずっと以前、はじめは意味など見いだそうとはしなかった。どうしてこんなところへ？　これが父なる神に与えられた、質素な日常生活という罰だということは認識していた。

〝わたしはあなたの行ないを知っている。あなたは、冷たくもなく、熱くもない。わたしはむしろ、あなたが冷たいか、熱いかであってほしい。このように、あなたはなまぬるく、熱くも冷たくもないので、わたしの口からあなたを吐き出そう〟トラヴニチェクは馴染みのある、それでいて馴染みのないヨハネの黙示録のことばを繰り返した。繰り返すたびに、彼に向けられた真実には色あせない新しい何かが感じられた。

だが、トラヴニチェクの過去には別の真実もあった。

使徒に向けてこうおっしゃっている。〝信じる人々には次のようなしるしがともないます。すなわち、わたしの名によって悪霊を追い出し、新しいことばを語り、ヘビをもつかみ、たとい毒を飲んでも決して害を受けず〟トラヴニチェクはこのことばを暗記しているだけでなく、実際に魂と肉体で経験していた。そしていま、そのことばを言うことで、もう一度それを感じたのだった。

奇跡について語ることば。

トラヴニチェクは奇跡という考えを胸に抱き、若いころに教会の扉を叩いた。だが、実は自分が奇跡を怖れているということに気づいたのは、それから何年もあとのことだった。神を怖れ、天啓の真実を怖れ、むしろ聖典の神、教会や聖書の神、聖人の神のほうを好んだ。真実にはちがいないが、とりなされ、解釈され、説明され、解明され、詳しく解説されている神を。彼が信じているのは、文化や人工物、伝統といったものに対する信仰だった。

邪悪なものを敏感に感じ取り、認識できるトラヴニチェクは、邪悪なものから逃れようと教会へ駆け込み、正しさのなかに救済を見いだそうとした。だが、儀式的な正しさ、融通の利かない正しさというのは、保険のようなものになっていった。神が彼に気づき、彼の弱さや怖れを許し、邪悪なものと面と向き合わずにすむよう彼を守る、そう保証してくれるものになっていた。

それもずいぶんむかしの話だ！

戦後間もなくのころを覚えている。混乱と希望が入り混じり、新たな民政によって教会は制限を受けることになるが、解体はされないように思えた短い期間。改宗の話題。あからさまな対立の否定。人道的立場における共産主義との類似性の否定。

それはあっという間に終わってしまった！

現実に迫害がはじまり、青年団の活動は違法で犯罪だという烙印を押され、教会での集会も禁止され、潜入捜査官が送り込まれるようになった。だがそれによって信仰が改められて生まれ変わり、かつてローマによって迫害されていたころに存在したような高みにもう一度到達できるのではないか、トラヴニチェクは世間知らずにもそんな希望をもったのだった。教会は国とたもとを分かつときだと思った。ナチの下で生き延びてきた、妥協にまみれた恥ずべき半従属的な立場から脱却するときだと。当局のほうから関わりを断つように強制してくるようなら、なおさらいい。

そんなものは夢にすぎなかった！

悲しいかな、別の妥協への道が開かれつつあったということは、そのときはまだ気づいていなかった。トラヴニチェクは西側へ逃げることはできなかった。信徒たちを見捨てることなどできない。とはいえ、いまの時代の人々には、もっと繊細で優しく、世俗的で理解のある別の司祭のほうが合っているだろうと思うことがたびたびあった。「私たちは弱き者のための教会です。弱き者、疑う者に手を差し伸べなければなりません」名高い神父ならそんなことを言ったはずだ。

トラヴニチェクには断固とした精神がそなわっていた。彼の心の弱さから、別の種が生まれた。それは抵抗という種だった。そんな考えをもつのは人間的すぎるのではないかとも思った。それは信仰と関係があるのだろうか？ 聖書における真実との関係は？ 〝ですから、神に従いなさい。そして、悪魔に立ち向かいなさい。そうすれば、悪魔はあなたがたから逃げ去ります〟ヤコブの手紙の一節を読み上げた。そして自問した。正しく解釈しているのだろうか？ 民政を悪魔の手先と見なすのはまちがいではないだろうか？ 明確な答えは見つけられなかった。

ずっと何かを感じていたが、それが何なのかわからなかった。渇き？　切望？　不満？　聖人らしさを求める情熱的な憧れ（ゼーンズフト）？

そんな状態が何年もつづいた。トラヴニチェクの原動力は不満というエネルギーと圧迫感だった。やがて、反体制的なキリスト教のパンフレットを配るようになった。東側では地下出版（サミズダート）と呼ばれたものだ。偽名で記事を書き、迫害された人々を助けるために信頼できる教区民から寄付を募った。

そのうち、灰色の建物（グレイ・ハウス）にいる人たちに目を付けられた。目を付けるのが彼らの仕事なのだ。彼らに近寄られ、監視されるのは不安だったが、喜んでもいた。自分のやり方がまちがっていないという証のように思えたからだ。もちろん、彼の切望は形をとることも、はけ口を見つけることもなかった。

彼らとともに、その影につきまとわれながら何年過ごしたことだろう！　取り返すことのできない、かけがえのない年月！　教会の庭に生えるネズの実が熟すように、ゆっくりと流れた年月。

彼らの存在にも慣れてきた。近くの家から監視する男たち。夜に無人のハイウェイを尾けてくる車。巧みに近づいてきて信頼を得ようとする見知らぬ人々。密かに自宅や教会を調べられ、汚らわしい手で私物に触れられたという感覚。電話での会話を盗聴する耳。彼の郵便物を読み、通りであとを追う目。しるしの付けられた手紙。警告するような新聞記事。教区民の話にもっと耳を傾けてくれる神父に替えてほしいという偽の〝要望〟。些細で間接的な嫌がらせ。

自分を迫害し、苦しめている人々のために祈った。そのうち、策略や監視、盗聴などを見破る、かりそめの鋭い感覚を身に付けた。その感覚は、ギフトとして送られてきたり、偶然を装って現われたりする危険で曖昧なものにも敏感に反応した。何もかも承知のうえで、疑念という毒に冒されないようにして暮らそうとした。疑う心にはそれなりの理由があるとはいえ、疑ったところで意味がない。その奥では、悪魔が勝利の笑みを浮かべているのだから。渦のなかにあっても目は閉じず、だからといって輪になって踊るいくつもの顔をいたずらに見ようとはしない。そういった顔は、どれが偽りであってもおかしくはないのだ。

トラヴニチェクは面倒な存在になった。教会の位階制の上位にいる一部の人たちにとっても。そこで異動させられた――大きな街から慎ましい村の教区へ。目立ちすぎ、当局を刺激しすぎたトラヴニチェクを心配する声もあれば、不安視する声もあった。仲間の神父のなかには、彼は野心という罪に導かれ、教会よりも個人の栄光を求めた、そんなことを言う者もいた。

思いだった。

だがトラヴニチェクを導いたのは切なる思い、聖人の域に達したいというはけ口のない思いだった。

悪魔は忍び寄り、触診し、試してきた。女性に誘惑されたことが三度ほどある。ひとりは彼女自身の意思だったということはまちがいないが、ほかの二人は……。へんぴな田舎に派遣されたとき、友人に協力してもらって車を買った。だがすぐに、運転免許証を失った。路上で車を停められて血液検査をされ、飲酒運転だと言われたのだ。警察はキリストの奇跡を再現することに成功し、水をワインに変えたのだ、トラヴニチェクは裁判でそう主張した。次に免許証のいらない原動機付き自転車を買ったが、盗まれてしまった。いずれは彼らも本気で対処する日が来るだろうと思っていた。そんな日が来るのを待ち望んでさえいた——くだらない攻撃や子どもじみたいたずらなどではなく、本当の意味での殉教や贖罪の荊(いばら)の冠がもたらされる日を。トラヴニチェクのまわりには人々が集まった。何かを期待し、彼には語る資格があると考える人々が。

だが目の前に神が現われ、御(み)ことばをくださったが、トラヴニチェクには心の準備ができていなかった。そのことばを理解せず、受け入れず、認識もしなかった。神を拒絶した。うぬぼれていた彼は、神がどう振る舞うかわかると思っていた。神の意思を見極めることができ、世俗の声によって誤った道に誘い込まれることなどないと思っていたのだ。

なんと盲目だったことか!

人生が終わりを迎えようとするいまでさえ、司教になっていなければ説教師にもなっていない。生まれながらの才能を磨くこともなく、かりそめの能力も奪われてしまった。主によってうぬぼれた心は打ち砕かれ、信仰心を与えられた。だからこそ、屋根の修理、帳簿の精算、出生と死亡の手続きといった教会の雑事に集中できるのだ。

予期せぬ期待に生きがいを感じた。

トラヴニチェクは裁かれ、排除された。

事態は動きだした。仮面が剝がれ、封印が解かれようとしている。トラヴニチェクには、丘に住む男に関わるとただではすまないということがわかっていた。ああいった人というのは、極めて価値が高いものなのだ。あの男はかくまわれ、安全な場所とカネを提供された。ということは、喜んでそういったことをする者たちが、ほかにもいるということだ。自分以外の人たちは怖れを抱き、誘惑に駆られ、責任やルール、命令に縛られるかもしれない。それなら、あの男は自分が引き受けよう。他人の魂という鍵のかかった器のなかに、何が隠されていようとも。

誰も危険にさらすことなくこれをやり遂げられるのは、自分しかいない。

トラヴニチェクは祈りはじめた——丘に住む男のために。悪事を行ない、いまその罰を受けている者たちのために。そして心が死んでしまった、追う側の人たちのために。

神に与えられた、理解を超えた特別な力のために。

16

ふだん眠れないときには、カリチンは実験に失敗した物質の化学式を挙げるようにしていた。そういった物質が合成されることは二度となかった。この世界から消え去り、研究ノートのなかにのみ存在する。その名前は虚空へと、そして無へとつながっていた。

だが、長い夢の時間は終わってしまった。頭の切れる眠りの神ヒュプノスはこの家を去った。代わりに眠ることのないその弟が戸口に立ち、眠りというギフトが入ってくるのを遮っている。

カリチンは死や記憶と向き合い、孤独を感じていた。覚えておきたいことだけでなく、忘れてしまいたいこともほとんど覚えていた。回想するのをやめ、そろそろ眠ってもいいだろうと思っていた。だが望まれない、拒絶された記憶がよみがえり、長いこと幽閉してきたことに対する罰を要求してきた。

カリチンはベッドを出ると炎に風を送り、焚きつけ用の薪を足した。昨日は、この時間には東の稜線上の空は明るくなっていた。だが今日は、山の向こう側は厚い雲で覆われて雨が降っていて、夜明けを隠している。

ほんの数時間でいいので睡眠が必要だった。そのあとでここを発つ。捜査に加わるよう、依頼されたのではなかったか？　そのとおりだ。だから出ていく。考えずとも行き先は決まっていた。アラビア海沿岸だ。軍と諜報機関に支配された国。そこなら、ニーオファイトとその創造主を正当に評価してくれるだろう。

ネットで大使館の住所を調べようとはしなかった。一度その前を歩いたことがあり、その見るからに特徴のない建物をなんとなく覚えていた。大使館は監視されているのだろうか？　おそらくされているだろう。近くのアパートメントには監視専用の部屋があり、顔認識システムの付いたカメラも設置されているにちがいない。とはいえ、ようは手紙を渡せばいいのだ。そうすれば、大使館のほうで彼を見つけてくれる。通りのキオスクで新しいＳＩＭカードを買う。もちものはすべて置いていかなければならない。前回と同じように。新たな人生では、何もかもが新しくなるのだ。

過去からもっていくものといえば、ニーオファイトと自分自身だけだ。

ニーオファイト。本格的な研究施設が手に入ったあかつきには、移送用の容器から固定された保管容器へと移し替えることができる。時間の経過によってどんな影響を受けたか調べることができるだろう。それが、過活性で不安定なその類の薬物の、避けては通れない最大の問題だった。そこでひとつの疑問が浮かんでくる――容器に入っているのはニーオファィトなのだろうか？　それともただの炭酸水、あるいは子ども用シャンプーと変わらないくらい安全な泡立った液体にすぎないのだろうか？　そう考えると胸が痛んだ。ニーオファイトの死など、想像することさえできなかった。物質。存在。かけがえのない存在。

ヴェラは子どもを欲しがっていた。息子を。カリチンは子どもをひとりしかもてないということが、彼女にはわかっていたにちがいない。試験管で生み出される子どももしかもてないということが。カリチンは、自分には子どもができないだろうと感じていた。科学者にとってはそれが幸運なことだと。だが、ヴェラは……

カリチンは結婚はまちがいだったと何度も自分を責め、離婚するつもりだった。とはいえ、結婚した理由はよくわかっていた。それは共産党に入り、党大会へ行き、スボートニクの勤労奉仕活動に参加したのと同じ理由だった。

アイランドはそこで働く者たちを守ってくれるが、忠誠を要求した。その境界の向こう側には科学のテラリウムがあった。そこにはさまざまな時代の肉食の怪物たちが混在し、まるで時間の狂った庭のようだった。

まずは長老たち。学界に血みどろの破壊をもたらし、最終的には処刑や流刑に至らしめた扇動者。批判的な論文を利用して抹殺に加担した共謀者。あらゆる科学をつかさどる巨人スターリンの気を引こうとし、マルクス主義に毒された学術用語を駆使する危険な論争術の大物。観念的な信条のもとに学説を捏造し、知識全体を腐らせるようにして破壊する提唱者。

カリチンは研究施設や省庁の建物の廊下で、そういった者たちとすれちがったことがある。かつての特権、薬品、病院、鉱泉、マッサージ、移植などによって命を引き延ばしてきた、影響力のある高齢の不死者たちだ。彼らはいまだに危険な存在だった。かつてボーナスや勲章、科学アカデミーの肩書をもたらしてくれた、四十年まえの彼らの研究を否定する新たな説が提唱されようものなら——以前のように生きたままとは言わないまでも——その提唱した相手を貪り食うこともできる。

そして若手たち。科学の分野で一目置かれる名家の子孫というだけで、自ら論文を書くこともない、したたかな共産党の活動家。そうしたずる賢い連中は、老いた連中に負けず劣らず血に飢えている。とはいえ、彼らには牙も爪もない。そういった遺伝子は退化してしまったのだ。彼らが得意とするのは、噂を広め、陰謀をめぐらせ、研究テーマをくすね、アイディアを盗み、共同執筆者になり、資金の供給を止めることだった。

アイランドでは、ザハリエフスキーに近いカリチンは事実上、無敵と言えた。だがアイランドでは、物質が生み出されるだけだった。生み出された物質はたとえ極秘のものであっても売り込まれ、世に出されなければならない。そして外の世界では、カリチンのみならず、その生成物も危険にさらされることになる。

カリチンは、何度もチェックされてきた自分の経歴の強みと弱みを心得ていた。共産党内での立場を上げるためにも家庭をもったほうがいい、そうザハリエフスキーに気軽にアドヴァイスされたときには、すでにカリチンのなかでは相手は決まっていた。

ヴェラ。

いまや忘れ去られた名前。

以前、ヴェラとテレビで『アニマル・ワールド』の一話を見たことがある。それは、浜辺で生まれるイグアナの子どもについての話だった。何千匹も生まれ、何百匹が死に、海にたどり着けるのは数十匹で、生き残れるのは三、四匹、さらに成熟できるのはたった一匹だけだった。

そのころ、カリチンはニーオファイトの構想を真剣に考えていた。テレビに自分の考えが映し出されているように思えた。何千という新たな試作品（ニーオファイト）、番号を付けられた名前のない物質が試験管で生み出される。そのほとんどは使いものにならない。見込みがありそうなものも数十はあるが、その長所を上まわる欠点がある。リストに記載され、仮の名前を与えられるのは二つか三つだけだ。それらは生き延びるために、具現化するために、そして登録されて製造計画に組み込まれるために戦うことになる。

正式名称としてニーオファイトという名を与えられるのは、ひとつだけだ。

カリチンは孤独を痛感し、無意味な結婚を重荷に感じた。ヴェラにもこの気持ちがわかるだろうか？　彼自身もまた初学者（ニーオファイト）であり、目的を成就することを何よりも切望する数少ない学者のひとりだということが？

ヴェラ、その名前は真実を意味する。カリチンは、彼女を思い浮かべずにそのことばを口にできた。

やがて、二人の結婚には意味があったということが明らかになった。ヴェラはカリチンを救い、発見をもたらしたのだ。

カリチンは、ニーオファイトの試作品第一号をテストするように求められた。あの物質の前身だ。彼はそのできに不満だった。計算にミスがまぎれ込み、その混合物では毒の強さが不充分だと感じていた。

ヴェラが志願した。彼女にはその資格があった。

バルブにひびが入っていたが、見落とされた。バルブが破裂し、金属の欠片がプラスティックのボックスと絶対安全と言われた防護服に穴を開けた。排気装置がその役割を充分に果たし、防護服の内部に侵入したのは極微量だった。ほんの分子数個分と言っても過言ではない。だがそれはニーオファイト、本物のニーオファイトだった。カリチンはその塩基組成を見事に突き止めていたのだ。

ヴェラは即死だった。

ニーオファイトがはじめてしたことが、それだった。

生み出された代償を受け取ったのだ。

ニーオファイトは、まさにカリチンが夢に描いていたとおりのものだった。

ただの物質などではない。

カリチンがショックを受けたのは、妻の死ではなく、その事実だった。自分が怖れているということを認めることができなかった。

その怖れは、自らが生み出した物質が悪魔のごとく効果的だということを目の当たりにした化学者としてのそれではない。忠実なしもべ、あるいは誠実な兵士として造られたはずのものが想像をはるかに超える存在として生を享け、服従を拒み、主に反旗を翻してきた。そんなものを造ってしまった創造主の怖れだった。

ニーオファイトは手に負えない。記憶から消し去り、失敗作として抹消されるべきだった。躾けることができない狂った闘犬を処分するのと同じように。

だが、カリチンはあきらめきれなかった。

この研究にすべてを注ぎ込んできた。もう二度とこんなひらめきが生まれることはないということを自覚していた。

ニーオファイトは極秘中の極秘のため、ヴェラの遺体を病院の死体安置所に送ることさえできなかった。ニーオファイトに触れられた彼女のからだは、秘密を宿す器になったのだ。

検死解剖では、その物質の痕跡は見つからなかった。カリチンの仮説が裏付けられた。ニーオファイトは痕跡を一切残さない。

上層部は哀悼の意を表し、カリチンに休暇を与え、南部の療養所に送ろうと考えた。だが、カリチンは研究に戻りたいと言った。研究所にいるほうが気が楽だったし、それがヴェラのためでもあった。

研究の続行が認められた。

自分の創造物を手なずけ、保存方法や安定性の問題を解決しようとした――それができなければ、この物質が承認されて製造される望みはない。

だがニーオファイトは極めてデリケートなうえに、血気盛んだということがわかった。

本来の組成をほんの一ヵ所変えただけで、全体が不安定になった。ニーオファイトは生まれたままの姿でしか存在できない。気性が荒く、解き放たれた瞬間に人を殺すということから、使用方法は限られる。

何年ものあいだ、カリチンは少しでも改善しようと苦心を重ねた。運命に懇願しつづけ、あともう少しで成功するというところまで来ていた。だが国が崩壊し、アイランドも消滅した。ニーオファイトが正式に生まれることはなかった。その名のとおり未熟なものという立場を永遠に運命づけられてしまったかのように、存在することも記録に残されることもなかった。

ニーオファイト。

カリチンがその名称を提案したのは、ずいぶんむかしのことだった。何の意味もない暗号めいた名称は避けたかった。暗号めいた名はその物質から何かを奪ってしまうような気がした。ものに相応しい名前が付けられたり、ペットが完璧な愛称で呼ばれたりすることで現われる、魂に込められた秘密、運命に描かれた図面といったものが奪われてしまうような気がしたのだ。

いくつもの名前を検討し、辞書で調べてもみたが、どれもしっくりこなかった。

ある日、カリチンは試験場の縁を散歩していた。アンゼリカの花で覆われた小さな谷間があり、ぬめりけのある石壁から水が注いでいた。谷間の向こうにはうち捨てられた墓地があり、崩れて荒れ果てた墓石が並んでいた。村の木造の家屋はずいぶんむかしに朽ちてしまったが、石灰岩の墓石は前年の枯れた草のなかで立っていた。その谷間にいるときに、カリチンは気の利いた、品のある、生き生きとした名前を思いついた。ニーオファイト。まるで、舌の上にその名前を載せられたかのようだった。

そのときはまだ、その物質そのものも、化学式も、そこへ至る道筋もなく、ただ彼の大胆な考えがあるだけだった。

ザハリエフスキーの研究所のメンバーになるとき、化学兵器の研究をするということは知らなかった。洩らせるような機密に触れるまえに、機密保持契約書にサインをしたのだ。もちろん、研究所ではほかの研究も行なわれていた。とはいえ、カリチンがそのことを知ったのは、ザハリエフスキーからはじめて独自の課題を与えられたあとのことだった。

カリチンには、何ひとつ後悔などなかった。研究者として直面した死というものの存在にまつわる課題は、信じられないほど広範囲で奥深い科学的な疑問を提示した。

いままでは、厳密な意味では自分が無神論者ではないと認めることができる。とはいえ、信者というわけでもない。この世のなかには大いなる力が存在するということは認識していた。それは、理屈では説明できないひらめきを経験したことのある専門的な職人が、その力を認識しているような感覚だ。そうした洞察力に頼り、直観的な道筋の見つけ方を知る、探鉱者や鉱山労働者が感じるような力だ。

そういったひらめきや直観が神や悪魔によるもの、あるいは人間の本質、知識の深さによるものだとは思っていなかった。

おそらく心の奥底では、自分がその力の源や遺物を求めて異世界を旅する太古の存在、シャーマンででもあるかのように感じていたのかもしれない。カリチンがコレクターだというのも偶然ではない。試験場はあちこち掘り返された。そのあたりは太古の遊牧民が川沿いを移動しながら生活していた地域だったため、常にさまざまなものが出土した。いびつな人形（ひとがた）をした、旧石器時代の独特で神聖なシンボルや、火打石の石斧や矢じりなどだ。

カリチンは、自分はほかの創造主たちと同類だと思っていた。汚（けが）れた井戸から水を汲むようなことも、血や苦痛からインスピレーションを得るようなこともなかったからだ。アイランドの上空には、よく巨大なワシが飛んでいた。カリチンは鳥や風、何ものにも縛られない夕焼け、雄大な自然が好きだった。そういったものから、想像力やインスピレーション、自分の人生の意味などを見いだしていた。カリチンにとってはその事実こそが、自分がほかの才能ある人たちと変わらないという証だった。自分だけを別扱いするのは偽善だ。カリチンを非難する人々は、ほかの才能ある人たちの血に流れる風や夕焼けが、自分の血にも流れているということを知らないだけだ。サモトラケのニケやメンデレーエフの元素周期表と同じく、ニーオファァイトはインスピレーションやリスク、芸術の産物なのだ。はじめて理解の光が見え、導きとなる流星を感じたときのことをいまでも覚えているし、もう一度そのときのことを心のなかで実感することもできた。

ザハリエフスキーの指示で、即効性のある安定した植物性物質を使って研究をしていた。だがそれは、安定しているがゆえに痕跡が残ってしまった。その痕跡を見えにくくし、ぼかし、分解し、透明なベールに変えようとしていた。

だが、その頑固な物質は言うことを聞こうとしなかった。頭にきたカリチンは床に鉛筆を投げ捨て、研究室の天井を見上げた。それはかつての教会の丸天井で、排気口が垂れ下がっていた。もともと天井にあった絵で残っているのは、隅に描かれている腰から下を削られた天使ひとりだけだった。ほかの場所なら塗り潰されていただろうが、党委員会は研究室に入ることを許されなかった。カリチンは、金の花冠をかぶった情け深い顔や、唇に押し当てられた細い金色の管楽器を眺めるのが好きだった。いまやその天使はカリチンの手の内にあった。それは革命以前の世界から生き延びてきた別の時代の霊であるとともに、開かれなかった審判の先触れでもあった。革命以前の世界においては、その天使の肖像には感覚や大いなる直接的な力が宿っていたのだ。

最後のひと欠片になっても意地でも消えようとしない天使を見上げ、その全身が存在することを否が応でも感じながら、死というものはその本質からして卑劣だということ、そしてそれが比喩的な意味ではないということに気づいた。死は常に手がかりを残す。鋭い捜査官なら認識できる、多角的な自然の痕跡だ。世界はそうやってできているものであり、それが世界の法則なのだ。

痕跡を残さずにあらゆる防御を突破することで、そういった法則を回避し、欺き、誰にも気づかれないように死をもたらす。それは究極の力、存在そのものを直接コントロールする能力を意味していた。

その瞬間、カリチンは、まだ若いカリチンはためらった。

死という体裁、そして死が痕跡を残して知らしめるという不変の定めは、自然が創り出した利点、世界という布地に織り込まれて縫い付けられた警告の赤い糸なのだ。もともと物質のなかには、報復の法則というものが暗号化され、具体化されている。それはつまり、報復を前提にしているという可能性を示している。犯罪、罪悪感、復讐、報復、後悔という概念が存在するという可能性を、そして本質的に倫理がそなわっているという可能性を示唆しているのだ。

カリチンはためらったが、怖れてはいなかった。彼はある境界線に触れた。その感覚は明白で、現実のものだった。その境界を越えたかった。

ニーオファイトを創り出したとき、死の防御メカニズムを回避するのは不可能だと思った。死の法則というのは、考えていたよりもずっと複雑だった。

ニーオファイトはその強さゆえに弱かった。痕跡を残さず、死に至らしめる猛毒ではあるが、化学物質としてはあまりにも不安定だった。ほかのすべての特徴を打ち消してしまうほど、絶対的な二つの特徴。確実に死をもたらす並外れた力をもつが、それゆえに生きつづけられないのだ。

ニーオファイトは従わせることができない。痕跡を残さないとはいえ、容器が不可欠だ。専門家たちが直面した当座の問題は、その使用方法だった。標的だけでなく、それを使う本人さえ殺してしまう物質をどうやって使用すればいいのだろうか？　彼らは、標的がひとりになる場所にニーオファイトを置き、その後に容器を回収するという粗雑な計画を思いついた。あの銀行家は、そうやって殺されたのだ。作戦は成功したが、ニーオファイトの最大の利点が損なわれてしまった。気づかれないという利点が。

研究をはじめた当初、まだニーオファイトの構想がはっきりとした形になるまえ、カリチンは希望に満ちあふれていた。

彼は死に魅了された。人はどのようにして死ぬのか、化学的、生理学的には何が起こるのかということを調べた。研究所に招かれた専門家たちから話を聞いた。そういった医師たちは、中央委員会のために極秘に薬品を開発している化学者に知識を託していると思い込んでいた。シティの遺体公示所で、科学捜査の専門家の説明も受けた。伝染病の歴史に関する資料を読み、ありとあらゆる生物の死について研究した。植物、キノコ、昆虫、プランクトン、生態系。

はじめての、もっともシンプルな実験の過程において、対になる物質が誕生した。すべての物質は攻撃性、効果の継続時間、弱点、強みといった点においてそれぞれちがいがあるが、人間界にその対となる物質が存在するとずっと思っていた。人間でいえば、自分とは関連のない無作為なもうひとりの自分といったところだ。そこでカリチンは、民間で使われる物質の闇の双子を創り出した。それは、誰の目にも殺人の証拠とは映らない、もとの物質とまったく同じ痕跡を残した。

とはいえ、それは部分的で不完全な解決策にすぎなかった。痕跡は残り、状況によっては怪しまれる可能性もある。

以前、ザハリエフスキーの旧友の保安主任と夜釣りに行ったことがあった。現役予備軍の立場に戻ったその将校は彼なりの荒っぽいやり方でカリチンに敬意を払い、彼を鍛え上げた。とはいえ、ときにはコイ釣りといった農家時代の趣味を満喫したくなることもあった。カリチンも、その保安主任に興味があった。教養がなく、どうしようもないほど時代遅れの保安主任は、過ぎ去った時代の化石、カリチンが関わりたくないと思っている罪や腐敗、血の時代の化石だった。銃弾による単純で無意味な死に支配され、何百万という命が無差別に奪われた時代。カリチンが創ろうとしているのは別の死——合理的で的を絞った死だ。その倫理と正当性はその特異性にある。とはいえ、保安主任に興味をもったのはそれが理由だった。保安主任から野生的な血の臭いがし、その経歴と対比することで、カリチンの本質がいっそう際立ったのだ。しかも二人の仕事にははた目にはわからない大きな類似点があり、それが科学者とKGB幹部としての二人の運命を結び付け、祝福していた。保安主任は利己主義を信条とするプロだった。相手の心を開き、真実へたどり着く最短の道を見つける方法を心得ている。それは、カリチンの科学に対するアプローチと同じだった。

二人は砂浜に長い影を作る石油ランプの明かりのなかで釣りをした。一匹も釣れない。保安主任は臭いのきついベロモールのタバコをくわえ、長いこと無心で釣り竿の先の鈴を見つめていた。ときおり、シラカバの樹液を使った酒の入った瓶に口をつける。それはまさにテレビン油のようで、一度カリチンも飲んだことがあるが、喉を火傷するかと思うほどだった。アイランドには三人の新人が入ってきていた。カリチンと同じように、特殊な学校を卒業したばかりの者たちだ。カリチンは、実験助手にと考えているそのうちのひとりについて、何気なく訊ける機会をうかがっていた。

「おれならやめておくな」老いた保安主任は気軽に言った。カリチンがその新人に興味をもった理由をすぐに理解したようだ。「あれは間抜けだ。喋りすぎる。あの調子でべらべら喋りつづけるようなら、あいつのアクセス権を取り上げることになるだろう」

「何をべらべら喋っているんですか？」カリチンは当たり障りのない訊き方をした。

「幽霊だよ」ゆっくりことばを発した。「まったく、亡霊ときたもんだ。地下室で見たんだとさ」

「ばかばかしい」カリチンは本気で驚いていた。

「ばかばかしいが、ばかばかしいわけでもない」諭すような口調だった。「ここは特殊な場所だ。歴史も長い。過去にいろいろあった。そういった話をやたらとするもんじゃない」

カリチンは、保安主任が遠いむかしの個人的なことを言っているような気がした。彼の人生について、多少は知っていた。ザハリエフスキーから保安主任への対応の仕方を教わったときに、聞かされていたのだ。

その保安主任のことを考えるとき、一度ならずこう思ったことがある。どうして彼らは人々を駆り集めて撃ち殺し、埋めてしまわなかったのだろう？　何もかも嘘だということがわかっていながら、どうして捜査をし、書類を作り、形式的な手続きを踏んだのだろう？　どうしてわざわざそんな手順を？　いま保安主任を目の前にし、カリチンは理解した。死刑執行人のためだ。そういった手順はガードレールの役割を果たし、死刑執行人たちの気が触れて言うことを聞かなくなるのを防いでいたのだ。

保安主任は黙り込んでいた。幽霊の話で落ち着かなくなったのだろうと思った。死は覆すことができ、どこからともなく証人たちがよみがえるという考えに動揺したのだろうと。カリチンは幽霊など信じていなかった。とはいえ、完全無欠の保安主任が迷信めいた、子どもじみた恐怖に怯えるのを眺めるのは楽しかった。

鈴が鳴った。水の奥底で、コイが餌に食いついたのだ。保安主任は釣竿を引いたが、がっかりして悪態をついた。「逃げられた、クソッ」

突然、ランプのドーム状の明かりのなかで、白い薄片が雪のように渦を巻いた。八月に発生するカゲロウが、広大な川から風に流されて飛んできたのだ。夜明けまえには死んでしまう、夜をさまよう生き物。

カゲロウは一心不乱に光を求め、熱くなったガラスに体当たりして焼け焦げた。そのランプは、暗闇からカゲロウを呼び寄せる魔法の器ででもあるかのようだった。

砂浜や水際を埋め尽くしたカゲロウは、地上に落ちてきた星座のようにも思えた。カリチンは歓喜に貫かれた。ニーオファイトのあるべき姿が見えたのだ。短命で、この世の闇のなかに消え去り、消滅するまえにたったひとつだけ望みをかなえることができる。死という望みを。

カゲロウ。素晴らしきカゲロウ。石油ランプの色あせた明かり。夏の終わりに発生する、命をもった白いブリザード。旅立ちのダンス。次のブリザードの前触れ。冬に訪れる白い眠りの恍惚。

カリチンは眠りに落ちた。閉じたまぶたの下に、軽やかに揺れる羽の影を感じながら。

17

予定より遅れて出発した。レンタカー会社の店長がシェルシュネフ／イヴァノフの運転免許証の情報を入力すると、パソコンがクラッシュした。リロードしてやりなおしてみたが――またもやクラッシュした。

店長は謝罪したが、シェルシュネフは思った。これはトラップか？ 運転免許証は正式に発行され、データベースにも登録されている。

「おれのでやってみてくれ、別にいいだろ？」グレベニュクが言った。「ちょっと魔法でもかけてみましょう」シェルシュネフに向かってそう付け加えた。

難なくパソコンへの入力が完了し、車を借りられた。V6ターボエンジンを搭載しているが、そこまで派手ではない。人気の家族向けセダンをアップグレードしたものだ。地元で製造され、同じような車が何千台も走っている。

グレベニュクが運転席に坐り、しばらく車を走らせてから口を開いた。「大丈夫ですか？」

「大丈夫だ」シェルシュネフは答えた。

「妙な感じですね」グレベニュクが言った。「誰かがおれたちを足止めしようとしているみたいだ。税関のやつら。列車。そして今度はパソコン」

シェルシュネフはさも驚いたようにグレベニュクに目をやった。

「どうしたっていうんだ？ あまり寝てないのか？」

「いや、そんなことはありません。すみません。ちょっと思っただけです」

「そんなこともあるさ」

技術系の男がこんな考え方をするとは思ってもいなかった。パートナーについてあまり知らないほうが都合がよかった。友人になるわけでもないのだから、知ったところで意味がない。彼はプロだと聞かされ、それで充分だった。いまシェルシュネフは、グレベニュクに探りを入れなかったこと、彼の経歴を訊かなかったことを後悔していた。いまさらそんなことはできない。不自然だ。しかるべきタイミングを待たなければならない。

シェルシュネフは街を離れ、ドイツに向かっていることでほっとしていた。ようやく目的地を目指し、昨日のことを忘れられる。過去からよみがえったあの少年は信じられないような偶然、彼の人生に送り返されてきた土産のようなものにすぎない、そう納得していた。それなのに、グレベニュクがあんなことを言ってくるとは！

天気も悪くなっていた。空は雲で覆われ、小雨が降っている。グレベニュクがワイパーのスイッチを入れ、ウィンドウ・ウォッシャーのボタンを押した——二筋の液体が弱々しく噴き出して途切れた。二人は車を駐め、水を買い、GPSをオンにした。GPSが情報を読み込み、コースが表示された。三時間強ということは距離は正しいようだ、疑り深いシェルシュネフは思った。そして出発した。女性の声が英語で指示を出してくる。左折、右折、ロータリー、二つ目の出口。

しまいには、実体のない女性の声に導かれ、道路工事の渋滞に巻き込まれた。曲がれと指示された道路は、通行止めになっていた。

「アプリケーションがアップデートされてないみたいですね」グレベニュクが言った。シェルシュネフは、彼がまた妙な馬鹿げた妨害の話でもするのではないかと思った。だが少佐はそれ以上は何も言わず、渋滞の列に車を戻した。

いままでは土砂降りになっていた。ワイパーは高速で動き、右側のワイパーがきしんでいる。ハイウェイに乗ったが、ここでも車はほとんど動いていなかった。遠くの丘で、青い光がリズミカルに点滅している。

九十分の遅れ。

ようやく、事故現場までやって来た。警察が対向車線の車を誘導していた。ひっくり返ったトラックが道路の一部をふさいでいる。アスファルトには木箱や瓶の破片が散乱していた。濃い色をしたワインの水たまりが雨で薄まり、開いた窓の外から酸っぱい香りが漂ってくる。道路脇では、潰れた車のまわりに救急隊員が集まっていた。雨に濡れたエア・バッグは血まみれだった。

「ワインがあってさいわいだな」グレベニュクが冗談を言った。「これだけあれば通夜には充分だ」

運転中にギアを替えたのは一度だけだった——本物のテクニシャンだ。グレベニュクの運転は確実で無駄がなく、シェルシュネフはこの車から感じられる優越感に浸っていた。確かな腕に応える、二百四十馬力の車。

二時間半の遅れ。

「時計を見るのはやめてください。ちゃんと着きますから」グレベニュクはきっぱり言った。

彼はスポーツ・モードに切り替え、左車線を飛ばしていった。渋滞を越えると道は空いていた。雨はいっそう激しさを増し、ワイパーもあまり役に立たない。グレベニュクはスピードを保ち、カーブでも速度を落とさなかった。シェルシュネフは自信に満ちあふれ、風にたなびくトラックの布地のカバーや、流れていく木々やマイル標を眺めていた。

　前方に赤い車が走っていた。小型のタウンユースの車だ。グレベニュクはヘッドライトを点滅させたが、相手は先を譲ろうとはしなかった。次の左出口で降りるのかもしれない。カーブにさしかかり、グレベニュクが右側から追い越そうとすると、赤い車もウィンカーを出さずに右に車線を変更した。

　なんとか切り抜けた。かろうじて横滑りせずに、縁石にかする程度ですんだ。

　後部座席にイヌが乗っていた。ジャイアント・シュナウザーだ。ウィンドウは内側が曇り、運転手には何も見えないにちがいない。

　三時間半が経過していた。

　本来なら、いまごろ作戦現場に接近し、様子を窺っているはずだった。まもなく暗くなる。この天気ではなおさらだ。

「十キロ先を右折」ナヴィゲーターの声がした。

　シェルシュネフは神経を尖らせた。「早すぎる」

「行けばわかりますよ」グレベニュクが言った。「でも、確かに早すぎるとは思いますが」

　丘の頂上までやって来た。斜めに降りつけてくる雨でかすんだハイウェイの先に、青灰色の霧に包まれた暗い丘陵地帯が見えた。

車が道路からそれた。

それは、サイレンサーを付けた銃声のような音だった。

グレベニュクはステアリングを握りしめた。右前輪のタイアがパンクし、路上でゴムがはためいている。柵のすぐ手前で停まった。その先は、大きな岩がごろごろした急な崖だった。

タイアを外すと、ガラス瓶の欠片が刺さっていた。

「まったく信じられない」グレベニュクは首を振った。「昨夜、女たちと遊んだのがまちがいだったのかもしれない。あいつらときたら、気に食わない相手にはやりたい放題、何だってやるからな。チップをやればよかった」

パートナーが冗談を言っているのかどうか、シェルシュネフにはわからなかった。何もかも終わるのが待ちきれなかった。標的は死に、災難も終わる。標的のところまでたどり着けさえすればいいのだ。

スペア・タイアが標準サイズだったのはさいわいだが、ジャッキはおもちゃのようだった。タイアの交換で二人は泥だらけになり、店に行ってジーンズを買うはめになった。シェルシュネフの着替え、つまりイヴァノフの着替えは、空港でなくなったスーツケースに入っている。

「まえにも一度、こんなことがありました」グレベニュクは言った。「ドッキリ・カメラみたいなものですよ。あれは任務中のことでした。肝心なのは、心配したり、あがいたり、パニックになったりしないことです。沼や流砂で溺れかけているときと同じですよ。そうすれば抜け出せます」

「わかった」シェルシュネフは言った。「行くぞ」

分かれ道が近づいてきた。GPSは右を示している。右折、三キロ先、一キロ先、五百メートル先。シェルシュネフはタッチパネルに触れ、地図を拡大した。どういうわけか、電子案内は次の谷を抜ける脇道に誘導しようとしている。

「それで、曲がりますか?」グレベニュクが訊いた。

「まっすぐだ」シェルシュネフは指示した。

前方で、二つのハイウェイが合流していた。大きくカーブしたランプにさしかかったところで、あの赤い車に追いついた。ハザードランプをつけている。運転手は道に迷い、目的の出口を探しているにちがいない。グレベニュクは速度を落とし、左車線に移った。すると、突然その小さな赤い車がバックしてきた。グレベニュクは急ブレーキを踏んでバックしたが、赤い車にフェンダーをぶつけられた。

二人は車から飛び降りた。フェンダーがへこみ、塗装が剥げている。たいしたことはない。だがこれで、この車は目立つようになってしまった。

赤い車のバンパーとリア・ランプも破損していた。

急にグレベニュクが笑いだし、フードに拳を叩きつけた。「ふざけるな。待ち伏せでもしてたのか、このクソ野郎？」

シェルシュネフは肩の力を抜いた。これは喜劇だ。何かの冗談だ。あとで誰かにこの話をしたとしても、誰も信じないだろう。二人がタイアを交換しているあいだ、この男は昼飯でも食べていたようだ。そして、ちょうどこっちがうしろに来たときに車を出した。とんだカミカゼ野郎だ。

「さっさとずらかったほうがいいのでは？」グレベニュクが言った。

「あいつが警察を呼んだらどうする？　悪いのはおれたちだと言ったら？　追突されたと。道を開けるようにあおられて、そのせいで事故になったとかいう話をでっちあげられたらどうする？」

運転手が車を降りてきた。眼鏡をかけた、太った白髪の男だ。怯えて吠えていたイヌをなだめていたのだ。とはいえ、その男自身はうろたえてはいないようだった。トランクのうしろで屈み込み、車の下を覗いて現地のことばで何か言った。シェルシュネフはことばがわからないことを身振りで伝え、英語で応えたが無駄だった。男は母国語でわめきつづけている。男は電話を取り出して誰かにかけ、早口でまくし立てた。それから二人に手のひらを向けて待つように合図し、車に戻った。

お祭り気分は消え失せた。シェルシュネフとグレベニュクは視線を交わした。雨はやみ、最後の数滴がフロントガラスではじけている。

「待つしかないな。適当にごまかして切り抜けるぞ」シェルシュネフは言った。

内心では、はらわたが煮えくり返っていた。笑い声はたちまち怒りに取って代わられたが、その怒りに屈するわけにはいかなかった。だが怒りを抑えることもできず、先延ばしにするのが精一杯だった。シェルシュネフは自分に言い聞かせた。もう少し、もう少ししたら解放してやるから、と。

約二十分後に警察が来たが、一時間も待たされたように感じた。警察官は赤い車の運転手と手短にことばを交わしてから、二人の方へやって来た。

「向こうがハイウェイでバックしてきたんです。悪いのは私たちじゃありません」シェルシュネフは英語で言った。

「ええ、わかっています」警察官は、彼の強気な態度に少し驚いたように対応した。「通報してきたのは過失のある運転手のほうです。レンタカー会社に出す事故報告書を書いてほしいと」

グレベニュクはウィンクをした。

報告書の作成はすぐに終わった。iPhoneでへこんだフェンダーの写真を数枚撮った。きれいな学校英語を話す地方警察の若い警察官が退屈そうに書類を返し、仕事を忘れてひと息つきたいかのように訊いてきた。「どこへ行くんですか?」

二人はこの偽装に相応しい受け答えを用意していた。対象の家の近くに一般的な観光名所はない。城もなければ、温泉もなく、見晴らし台のある渓谷もない。名所と呼べそうなのはひとつだけだ。毎年、大使館の関係者がそこを訪れて花輪を手向けていた。二人はそこへ行くということにしたのだった。

「博物館です」シェルシュネフは言った。「ほら、あの記念博物館……」

「通り過ぎてしまいましたよ」警察官は元気よく言った。「ご案内しましょう。どうせそっちへ向かうので」

すでに博物館には行ってきた、と言うのはリスクがあるのでやめておいた。あの運転手が警察に、ハイウェイを走っているときに彼らを見かけたと話していたとしたら? 走行距離計の数字も合わない。過剰な親切心、力になりたいという間抜けなほどの人の良さに身動きが取れなくなり、どう応えればいいのかわからなかった。ひとりの馬鹿が、彼らのために警察を呼んだ。今度は別の馬鹿が、彼らに同行すると言う。どうして放っておいてくれないのだ？　それに、どうして自分はあんなことを言ってしまったのだろう？　答えずに適当に受け流すこともできたというのに。何もかもうまくいっているように思えた。だが一度口にしたことばというのは瞬間接着剤のように貼り付き、剝がせなくなる。

「ありがとうございます」シェルシュネフは言った。「助かります」

「どうしたっていうんですか？」車のなかでグレベニュクが声を潜めて言った。「なんだってこんな面倒なことを？」

「断われるわけがないだろう」シェルシュネフは苛立ち、自分のミスに腹を立てていた。「気が変わったとでも言うのか？　もう帰りましょうとでも？　記憶に残るわけにはいかないんだ。やつらの考えているとおりに振る舞わないと。地図は覚えている。そんなに遠くはない。さっと行って戻ってくればいい。すぐにすむ」

「あいつら、わけがわからない」グレベニュクは言い張った。「ロシアの警察がこんなことをすると思いますか？」

「ここはヨーロッパだ」シェルシュネフは言った。「慣れるんだな」

18

カリチンが目を覚ましたときには、とっくに正午をまわっていた。コニャックのボトルを半分以上空けたが、頭ははっきりしていた。シャワーを浴びながら、発つのは今日ではなく明日にしようと思った。パソコンのデータを消去し、夜になったら書類を燃やす。ニーオファイトの容器が移動に耐えられることを念入りに確かめる。道路で跳ねたり、不意に落ちたり、揺れたり、ぶつかったりしても大丈夫だということを確認しなければならない。

その香水のボトルは、何十年も金庫で保管されていた。研究室を失ったカリチンは、ニーオファイトをもっとしっかりした容器に移し替えることができなかった。いまの容器をチェックすることすらできない。バルブは破損していないか？　アイランドの技術者たちは、ボトルの中身は永久に密封されたままだと保証していた。とはいえ、カリチンは妻の運命を思い出し、用心に用心を重ねていた。

冷蔵庫は空っぽだったし、昨日、家に帰ってくるときも食欲がなかった。そこで、村でランチをとることにした。ソーセージと豚皮のカリカリ炒めを添えたオムレツ、元気の出るジンジャー・ティー。それから家に戻って二時間ほど昼寝をし、熱いシャワーと冷たいシャワーを浴びる。そのあとコーヒーを飲む。そうすれば指先にも力が入るようになって頭もすっきりし、あの気まぐれで危険な子ども、ニーオファイトを慎重に輸送用ボックスに詰めることができる。

いつものように、車で教会を通り過ぎて川の方へ曲がった。このあたりの人々は早めに食事をとるので、レストランに客はひとりもいなかった。カリチンは製粉所がある川の深みを見下ろす奥のテラスへ行った。ゆったりと渦を巻くその流れのなかで、銀色のマスが水面に落ちたハエなどの虫を狙っている。彼は常連客なので、好みどおりにオムレツを作ってくれた。ベーコンは焼きすぎず、アマトウガラシを加える。この素晴らしい食事に別れを告げなければならないのが残念だった。

背後から、プロのように洗練された足音が聞こえてきた。店の女主人にちがいない。彼女はよく菓子のシュトルーデルやジャムを塗ったクレープなどをくれるのだ。

だが、やって来たのはトラヴニチェクだった。黒い司祭平服を着て、顔は無表情だ。カリチンは身震いした。

「おじゃまして申し訳ありません」神父が口を開いた。「おはようございます。ちょっとお話しできませんか？」

また教会の屋根かステンドグラスの窓のことだろう、カリチンは出会ってしまったことを後悔しながら思った。補修のこととなると、トラヴニチェクはしつこいのだ。「なんだってそんなにむきになるんだ？」かつて誰かが神父にそう言ったことがある。「教会は六百年まえからここにあるんだ。六百年後にもちゃんとあるさ」

「教会は神の家です」トラヴニチェクは、あの石造りの大きな建物に神が住んでいると本気で思っているかのような高尚な口調で応えた。

「もちろんです。紅茶でもいかがですか？」カリチンはここを発つまえに、少しばかり楽しむことにした。カネを寄付してやって、このこっけいな司祭に予想もしていなかった勝利の喜びでも味わわせてやってもいい。

「ありがとうございます」神父は腰を下ろし、神経質で女性的な仕草で司祭平服を整えた。「昨日、車で通り過ぎましたね。手を振ったのですが、停まっていただけませんでした」

はじまった、カリチンは思った。今度は何が壊れたのか、はたまたどこが洩れているのか？

「これから家に伺おうと思っていたのですが、ここで会えるとは、運がよかった」

いつもとはちがう、カリチンは心のなかで呟いた。いままで、この恐喝屋が一軒一軒家を訪ねたことなどない。

「実は、あなたが留守のあいだに……お宅に誰かが来ていました。工作員です。対外監視チームの」

「工作員？　私の家に？」カリチンには、神父の言ったことがよくわからなかった。

このぶざまな神父に目を向けた。珍しい色素のない毛の生えた丸々とした手、司祭平服の下のたるんだ胸——ホルモンのせいにちがいない。自然の奇跡だ！

「ええ、あなたの家に」神父は簡潔に答えた。

「神父さん、気のせいですよ」カリチンは誠実な口調で言った。「工作員ですって？　私を何だと思っているんですか、スパイか何かだとでも？　きっと道に迷った観光客でしょう。テレビの見すぎですよ」

だが内心は、試薬を混ぜるのに使うガラス棒が折れたかのような気分だった。

「私が見たのがどんな人たちだったのか、訊かないのですね」トラヴニチェクは小さな笑みを浮かべた。「いいでしょう。それならそれで構いません。ですが、あなたのためにも、どうして私の勘ちがいなどではないと言い切れるのか、その理由をご説明します。話したくはないのですが……私は十九年間、監視されていました。ありがたいことに、もはやその国はこの世には存在しません。毎日のように監視されていました。教会でも、通りでも、お店でも。それがどういう連中なのか、嫌というほどよくわかっています。彼らの見た目、態度、やり方。だからまちがいありません、あれは工作員です。私の過去から来たような人たちです。ですが、あなたの家に来たのはスラブ系の顔をした人たちでした」

　カリチンには、岩に打ち寄せる波の音が聞こえた。神父のことばはかき消され、不意に大きくなった怖ろしい轟きに呑み込まれてしまった。

家。ニーオファイトの入った容器。食べかけのオムレツ。明日の計画――何もかもが崩れ去った。唯一残されたものといえば、老いて弱った彼のからだ、いともたやすく銃弾で撃ち抜くことができるこのからだだけだった。

　いや、ちがう、銃弾ではない、カリチンはどうすることもできない恐怖を感じながらそう思った。ニーオファイトをもたせた者を差し向けてくるだろう。まさに、連中のやりそうなことだ。

　ニーオファイトがどこか近くにあり、しかも誰か別の者が手にしていると考えただけで、カリチンは目眩（めまい）がした。とても人間とは思えない青くなったヴェラの顔を思い出した。亡命するまえに、どうしてほかのサンプルをすべて処分してしまわなかったのだろう？　研究室にいたが、そんなまねはできなかった。そのことを後悔した。

「どのくらいまえのことですか？」感情を抑えてカリチンは訊いた。昨日か一昨日であってほしいと願った。それなら、時間はたっぷりある。

「九日まえです」トラヴニチェクは答えた。「残念ながら、あなたに電話をしようにも、どこにいるのかわからなかったので。おそらく工作員たちは、誰にも見られなかったと報告したでしょう。不思議なことに、司祭というのは気づかれにくいものなのです。ふつうの人たちからしてみれば、われわれは時代錯誤だからでしょう。どこか行く当てはありますか？」

「どうしてそんなことを？」カリチンは反射的に訊いた。九日まえと聞かされ、希望をほとんど失っていた。

「あなたはここで暮らしています。教会には来ませんが、それでも私の教区民ですから」トラヴニチェクは厳粛に答えた。

神父のことばを聞き、奇妙な信頼感が生まれた。まるで自分を救ってくれる賢い動物を授けられたかのようだった。たとえば岩場の秘密の抜け道を知っている、頭の切れるトカゲのような動物を。

可能性を考えはじめた。

居場所が見つかったのは、捜査の協力を依頼されたあとだ。ということは、そこから情報が洩れたにちがいない。助けを求めることはできない。二重スパイにも筒抜けになるかもしれないからだ。それこそが連中の狙いなのかもしれない。カリチンを不安にさせ、逃げるために助けを求めるように仕向けることが。

来るのは何人だ？　おそらく二人だろう。マニュアルを書いた人たちに意見を聞いたことがある。二人は車でやって来る。すでに来ている可能性が高い。家の近くに。森のなかに。丘のどこかに。双眼鏡を手にして。カリチンが家に帰ってくるのを待ち構えているのだ。

逃げる場所などない。助けを求められる人もいない。だが、家に戻らなければ。彼のチケット、ニーオファイトは家にあるのだ。その恐るべき物質がなければ、死を宣告された男など誰も必要としない。ただのごみ扱いされる。まずはこちらの商品を見せないかぎり、病気を治療してはくれないだろう。

「駐車場からあなたの車を出しましょう」トラヴニチェクが穏やかに言った。「車のナンバーは知られているはずです。警察は呼びたくないのですよね？」

カリチンは首を振った。

「では、行きましょう。お勘定を忘れないように」

「どこへ？」立ち上がって財布に手を伸ばしながら訊いた。

「教会です。ほかにありますか？　教会には捜しに来ない、そうは思いませんか？」

カリチンにはわからなかった。

「どうして助けてくれるんですか？」教会の入り口を跨ぐやいなや問い詰めた。車は、ごみ捨て場の藪の裏に隠してある。そこに車があることを知らないかぎり、見つけられないだろう。

「私の務めだからです」司祭はそう言い、ドアに鍵をかけた。

「なるほど。では、訊き方を変えよう。どうして――私を――助けてくれるんですか？」恐怖のあまり、ヒステリックな笑いを抑えることができなかった。

「私の務めだからです」トラヴニチェクは繰り返した。

「いいですか、神父さんは私のことを知らない」カリチンは忍び笑いをした。「私が警察を呼ばないということが、気にならないんですか？」

「ちょっと待っていてください、ワインをもってくるので」トラヴニチェクはあくまでも物腰が柔らかい。「聖餐式用のものですが」申し訳なさそうに付け加えた。「ですが、あなたにはお酒が必要だと思います。気を静めるために」

カリチンは混乱したまま立ち尽くしていた。

この教会は何千回となく外から見ていたが、なかに入るのはこれがはじめてだった。

アーチ型の天井を見て、カリチンは自分の研究室を思い出した。そうだ。研究所の建物は、かつては教会だった。同じような細い窓、異様にぶ厚い壁、同じような造り。

カリチンはハードウッドのベンチの列に沿ってゆっくり歩き、じっくりと壁を眺めた。暗かった。そのせいでよく見えない。とはいえ、明るかったとしても壁画はつまらなく、無意味に思えただろう。後光に包まれた、ひげの生えた男たちは誰だ——使徒、聖人？彼らは何をしているのだ？　その配置にはどんな意味があるというのだ？

祭壇までやって来た。アーチ型天井のカーブはさらにきつくなり、頭上から壁画が迫ってくる。〝最後の審判〟、それはわかった。説明がなくても理解できるのは、教会でそれだけだった。

もう一度、建物の造りや空間の形に目をやった。トランペットを吹く下半身のない天使を思い出して考えた——主題を決定づけるのはその形だ。深く考える力、そして頭の回転の速さが戻ってきたことが嬉しかった。

その下の目線の位置では、角の生えた悪魔が青い舌を突き出し、三つ叉で罪人を襲っていた。多くの目をもつ怪物が、床下の紫色の深淵に遺体を引きずり込んでいる。

上に広がる光輪のなかでは、上空の禁断の領域にまで飛んできた生き物たちを、天の軍団が打ち負かしている。中央では、キリストが雲の上に立っている。アーチのくさび形をした側面では、天使たちが長いトランペットを吹いていた。

右側の天使は、アイランドの天使にどことなく似ていた。二人の画家によって描かれた同じ天使といったところだ。

アイランドの壁画はこれだったのかもしれない、全体を見ながらカリチンは思った。まさにこれだ！　最後の審判！　自分たちはその下で研究をしていたのだ。壁から消し去られた見えない悪魔や怪物たちに囲まれて。

カリチンは身震いした。教会のなかは寒かった。多孔質の石灰岩が川の湿気を吸収し、その湿気を教会のなかに放出しているかのようだった。

トラヴニチェクがワインをもって戻ってきた。カリチンはいっきに飲んだ――甘く、芳醇な香りがした。

カリチンは日が暮れるまで教会にいることにした。確かに、彼を捜しに教会へ来る者などいるはずがない。

暗くなったら、森を抜けて家の裏口へ向かう。連中は気づかれていることを知らない。殺し屋が来ているなら、カリチンが正面玄関の前で車を停めると考えているはずだ。トラヴニチェクの気が変わってカリチンを突き出そうとしたりしないかぎり危険はない。家に行ってくれないかとトラヴニチェクに頼むべきだろうか？　容器のことは、どう説明する？

「力になります」不意にトラヴニチェクが口を開いた。「ですがそのまえに、私の話を聞いてください」真剣で重々しい口調だった。

「わかりました」カリチンは慎重に応えた。夜までここにいられるなら、言いたいことを言わせておけばいい。不思議なことに、教会にいると安心した。外から見た様子——近づきがたく、暗く、誰のものでもない雰囲気——を思い浮かべ、かつてアイランドで感じたような自信が湧いてきた。

「ただし、気を悪くなさらないでください」トラヴニチェクは付け加えた。「私は立派な神父ではないので。ヘスマンを覚えていますか？　あの家を売った、不動産業者の？」

「ええ」そう言いつつも、戸惑っていた。「あの人がどうかしたんですか？」

「なんとかわかるようにご説明します」トラヴニチェクは腕組みをしてつづけた。「彼の葬儀に参列していましたね。かつてヘスマンは、国の治安に携わる役人をしていました。宗教を監視する部署で働いていたのです」

「あの不動産業者から私のことを？」カリチンは焦って訊いた。勘の鋭い不動産業者が彼の正体を察したことを思い出したのだ。

「まさか、とんでもありません。ヘスマンとはほとんど話したこともありません。彼の過去を知っていたのは私だけです。ヘスマンは——ご存じのとおり——素晴らしい不動産業者になりました。彼の取引は非の打ち所がありません。若いころに軍に入っていなければ、誠実な生き方ができたはずです。不動産業者として。それに、彼が悪に手を染めたといっても、指示をされたからにすぎません。命令に従った、ただそれだけなのです」

「なぜ私にそんな話を？」カリチンは落ち着かなくなった。

「まわりくどい言い方をしているように感じるかもしれません。先ほど申し上げたように、私はだめな神父なのです」トラヴニチェクは急かされるように先をつづけた。「そのヘスマンですが……実を言うと、私は彼の部署のほかの人たちと何度か揉めたことがあるのです。彼らの仕事に対する姿勢は、ヘスマンのそれとはちがいました」

「どうちがったんですか？」カリチンは楽しんでいた。待っているあいだ、この馬鹿に喋らせておこう。

「悪という名のもとの創造性、私はそう言っていました」トラヴニチェクは声を抑えて言った。「悪という名のもとの創造性の問題、とも」

あまりにも自由で、まじめで、世間知らずな神父に、当てこすりを言ってやろうと思った。カリチンが何を言おうと、何をしようと、ここから追い出されることはないということはわかっていた。カリチンはアイランドのことを思い出し、トラヴニチェクが自分の正体を知らないことを楽しみながら、さも興味ありげに訊いた。「悪の何を知っているというんですか？　何を見てきたと？　神父さんが経験したという監視こそが、悪だとでも？」

「おっしゃるとおりです」トラヴニチェクは素直に認めた。「ほとんど知りません。本当はもっと知らなければならないのですが。ですが、あなたはまちがってもいます」口調が変わり、低く落ち着いた声になった。「悪を目にしたことはあります。その母斑（ぼはん）を。私たちの教会は、人道的な活動を行なっています。なので、各地をまわりました。ユーゴスラビア、コーカサス、シリア。強制収容所を目の前にして、その扉を開けることができませんでした。銃弾を浴びせられた遺体で埋め尽くされた谷間を見たこともあります。戦場で兵士に殺され、雪のなかに裸で捨てられた人たち。化学兵器の攻撃を受けた村。地下に身を隠したものの、ガスからは逃れられなかった人たち。そこの子どもたちはオリーヴ色の肌をしているのですが、地下室から運び出された子どもたちの肌は白くなっていました。蠟のように。悪の母斑。それを私は目にしたことがあります」

「もう充分です。よくわかりました」カリチンは司祭を黙らせたかった。そのガスがどこで創られたのか見当がついた。トラヴニチェクの思考の流れを止め、戸惑わせようと、こう訊いた。「ところで、その顔はどうしたんですか？　旅のあいだに病気になったんですか？　東側には怖ろしい伝染病がありますから」

「訊かれると思っていました」トラヴニチェクは冷静に対応した。「では、お話ししましょう。これを聞けば、もっと私のことを理解していただけると思います」

19

シェルシュネフは本物の強制収容所を見たことがあった。もちろんチェチェンでは、ロシア人たちには選別収容所と呼ばれていた。半ば廃墟と化していたとはいえ高いフェンスがあるということで、どこかの工場の敷地内などに急造されたものだ。ただの平原に造られたものもある。四棟の塔と、ポールのあいだに張り巡らされた有刺鉄線があるだけだった。

だが、かつて強制収容所だったところに建てられた博物館というものは見たことがなかった。古い要塞、土でできた城壁、頑丈なレンガの砦。独房として使われた砲廓。

小雨が降っていた。どこへ行けばいいかわからずにぶらぶら歩きまわり、解説のパネルを読むふりをしていた。

これほど間抜けなことはない。シェルシュネフはペテンにかけられたような気分だった。グレベニュクは何と言っていた？　彼らを足止めしようとする粘着力は、超自然的なまでに強くなっている。それとも、それは少佐が言ったのではなく、シェルシュネフが自分で思ったことだろうか？　どうしてこんなところにいるのだ？　森の精霊に惑わされて木々のあいだをさまよっているようだ。そう認めるほうが理にかなっている。現実を無視することはできない。

とはいえ、シェルシュネフはどうすればいいのかわからなかった。いままでの経験を思い返してみても、この状況を説明してくれそうなヒントなどひとつもなかった。

記憶から探り出せるものといえば、子どものころにチャーリー・チャップリンの映画を見たときに抱いた驚くほどの憂鬱感だけだった。とくに、あのボクシングの映画。シェルシュネフは、ライト級の元陸軍チャンピオンで国家賞も受賞したシェレデガが指導するボクシング・クラブに入っていた。シェルシュネフは落ちこぼれなどではなかった。のちにシェレデガは、特殊士官学校への推薦状を書いてくれた。

その映画では、対戦相手は最初の一撃でチャップリンを倒せるほど格がちがった。そんな強敵をからかうちっぽけなチャップリンを見たシェルシュネフは、歯がゆい思いで両拳を握りしめ、どうしてそのリングに立っているのが自分ではないのかと悔しくなった。その対戦相手に手本を見せてやりたい、と。

その道化がスリッピング・アウェーで魔法のようにパンチをかわして勝つところしか覚

えていなかった。というのも、からだをひねったり屈めたりすると、常に道化の都合のいいような展開になるのだ。喜劇のコツというのは、毎日の生活やあたりまえのこと、正しいことから逸脱しつづけるところにある。それはいまの状況と似てはいるが、説明にはならない。

道案内をした警察官たちは、わざわざ博物館の駐車場までついてきた。彼らは手を振って別れを告げたが、立ち去るどころかカフェに行き、パラソルの下のテーブルに着いてウェイトレスに何か注文をした。その席からは、駐車場全体が見渡せる。どちらにせよ、身を隠せる場所などなかった。まわりには何もない土地が広がっているだけだった。グレベニュクがタバコのパックを取り出した。二人はタバコに火をつけ、警察がコーヒーを一杯飲んで出ていくことを願った。ところが、ウェイトレスは大きなハンバーガーを二つとフライドポテトを載せたトレイをもって戻ってきた。かなりの量だ。ウェイトレスはテーブルにプレートを置き、彼らといっしょに坐ってタバコを吸いはじめた。彼女が何か言うと、警察官たちは笑い声をあげた。風向きは逆だが、笑い声は二人の耳にも届いた。

「しばらく動きそうにないですね」グレベニュクが顔をしかめて言った。

警察官たちが二人に目を向けた。上司がゲートの方へ手を振った――そこから入れということだ。

「行くぞ」シェルシュネフはあきらめたように指示を出した。「さっさと行って、さっさと終わらせる」

二人は城壁の内側を歩いてまわり、ときおりほかの来館者とすれちがった。どこかに坐っていたかったのだが、防犯カメラが目に留まった——誰に見られているかわかったものではない。具合でも悪いのかと思われて、人を寄こされるかもしれない。

上官たちと直接、連絡を取っていないのはさいわいだった、シェルシュネフは思った。何と報告すればいい？　この遅れをどう説明する？　博物館の見学？　この馬鹿げた失態が明るみに出れば、二人は部署から叩き出されるだろう。クビにならずにすめば、運がいいほうだ。だが、それはあとで考えればいい。うまく話を取り繕えるだろう。車が故障したとか、何でもいいからでっちあげる。肝心なのは、ここを出て目的地へ向かうということだ。

シェルシュネフは、グレベニュクのことも気がかりだった。口数が少ない。報告書のことでも考えているのだろう、このクソ野郎め。少佐を味方につけ、口裏を合わせるように説得しなければならない。

大使館に常駐しているスパイに協力を求めることもできる。カネや衛星データ、武器をまわしてもらうことも可能だ。国の権力の一部であるということに慣れていた。だが、いまやその権力が無駄に使われ、砂のなかに吸い込まれている。それに、協力を求めたところでどうにもならない——何に対抗するための協力を求めるというのだ？　チャーリー・チャップリン？　それともミスタ・ビーンか？

息が詰まりそうだった。博物館で三十分潰すことにしていた。それだけあれば、警察もいなくなるだろう。いまは十九分経ったところだった。

グレベニュクが角をまわってきた。冷静で、落ち着いている。二歩手前で立ち止まり、天井を見上げた。手の届かない高さの位置に、シンプルな灰色のシャワーヘッドが並んでいる。シェルシュネフは、ここがかつてのガス室だということに気づいた。下に車輪の付いた重い鉄の扉がある。出ていきたくなったが、グレベニュクが彼の胸に手を置き、そっと押しとどめた。

「聞いてください、中佐」

とっさにシェルシュネフはドアに目を向けた。さいわい、カメラは音声までは記録しない。いま、グレベニュクの命運は彼が握っている。グレベニュクは自ら正体をばらした。公共の場所で少佐が階級で呼んだということを報告すれば、グレベニュクは逮捕される。

頭がおかしくなったのか？

だが、グレベニュクは完全に正気に見える。

「聞いてください、中佐」小声で繰り返した。「静かに話をするには、ここはちょうどいい」

シェルシュネフは彼よりも大きく、力も強い。しかも、受けてきた訓練もちがう。からだを寄せ、耳元で指示を出した。

「黙れ！　行くぞ！」

「待ってください」グレベニュクはなだめるように両手を挙げた。「お互いに感じているはずです、何かがおかしいと。おれは技術者です。技術者には厳密なルールがあります。何かがうまくいかないときには、その理由を突き止めなければならないんです」

「それが役目だ、技術屋なんだからな」シェルシュネフは技術屋ということばを強調した。

「だがいまは、馬鹿げたことを言っている」

「テクノロジーというのは、いろいろなことを教えてくれます」グレベニュクはつづけた。

「こんな経験はありませんか？　どこもおかしくはないのに、車が動かない。それが突然、動くようになる。まるで何かを待ってでもいたかのように」

シェルシュネフは渋々頷いた。

「おれが言っているのは、そういうことです」グレベニュクは指を組んでマッサージをした。「うまくいくはずのことがうまくいかないとき、問題は入り口か出口にあると考えるものなんです。まえにも一度、こんな経験があります。アドヴァイスが欲しいと呼ばれました。二度試して、二度とも失敗したということで。起爆装置が作動しないんです。もちろん、彼らは何もかもチェックしました。よくある、ずさんな仕事だったわけではありません。おれは、その原因を調べるために派遣されました。どうにもわけがわからない。チェックしてみましたが、自分で作ったものに負けないくらい完璧でした。ところが、試験場ではうまくいくのに、現場では作動しない。おれはいろいろ考えて、こう言いました。別のチームを送ってみてはどうかと。技術的には問題はない。問題があるのは人のほうだ、と。正式な意見かと訊かれました。そこでおれは、正式な報告書を書くと答えました。技術的には問題はなく、失敗の理由は不明だが、別のチームを送るべきだ、という報告書を。それで別のチームが送られたんですが、どうなったと思いますか？　見事に起爆しました。でも、標的は死ななかった。ボディガードたちが盾になったんです。標的は生き延びた。そいつのひげの生えた神様は、そうとう力があるということです」

グレベニュクは目をそむけ、含み笑いを洩らした。

「その半年後、その標的は徴集兵に撃ち殺された。まだほんの十八歳で、訓練所を出たばかりの青二才に。ライフルと自分のケツのちがいもわからないようなやつにです。その徴集兵は、森でクルミを拾ってくるようにと軍曹に言われたそうです。頭のまわる二等兵なら、スーパーでクルミを買ってきて、森で拾ってきたと言うでしょう。でもこの脳なしの間抜けは、本当に森へ行った。ふつうならそういった使い走りがどんな結末を迎えるかは、知っていますよね」

シェルシュネフは知っていた。兵士たちがまわしていたビデオ・テープを見たことがある。のちに、それはインターネットにもアップされた。グレベニュクもそうした山間部に行ったことがあるというのは知らなかった。酒を酌み交わして友情でも誓ったかのように、グレベニュクに親近感を覚えた。

「そういうわけで、その男はカメラの前で始末されるはずだった。もしくは奴隷として売り飛ばされるはずだった。徴集兵なんかに身代金を払うやつなんて、いるわけがないですから」グレベニュクはことばを切った。「ところが、そいつはたった一発で三人を殺した。どうなったのかは自分でもわからない、そう言ったらしい。相手が誰かも知らなかった。怖くなって撃っただけだと」

「つまり、原因はおれたちにあるとでも言うのか？」シェルシュネフは単刀直入に訊いた。

「あるいは、やつに」グレベニュクは山の向こうを指した。「または、おれたちとやつに。ひとつ訊いてもいいですか？」グレベニュクはつづけた。「中佐に通じる特別なつながりか何かはありませんか？　言っている意味はわかりますよね？」

「そんなものはない、少佐」シェルシュネフは断言した。「ここを出るぞ。やつを始末する」

二人は収容所のブロックや砲廓、銃殺場の壁を通り過ぎ、ゲートへ向かった。色とりどりの上着を着た子どもたちが入ってきた。学校の遠足のようだ。教師のまわりに集まる子もいれば、お喋りをしたりくすくす笑ったりしている子、独房の前で自撮り写真を撮っている子もいる。

シェルシュネフはざっと目を通した内容を思い出した。西側から来る列車、東側へ向かう列車。飢え。火葬場。川に投げ捨てられた、何千という捕虜たちの遺体。

ときおり太陽のまわりに暈（かさ）が二重に見えるように、いま二つの不条理な状況が重なり合っているように感じた。

ここで行なわれたことは、シェルシュネフが子どものころに倒すのを夢見た悪党によってなされたことだった。

だがいま、修復された木造の塔や色あせた白黒の写真に写る顔を見ていると、自分が実際に目にしてきたことを思い出さずにはいられなかった。同じ監視塔、捕虜であふれかえる監房、同じく白黒で、汚らしい、ひげが伸び放題になった顔。

そこではほかのことも行なわれたということはわかっていた。不快だが、必要なことが。

そこでは、有刺鉄線の内側にいたのは犠牲者ではなく、敵だった。

それでも、見た目があまりにも酷似していることを痛烈に感じ、シェルシュネフは壁際に押しやられた。

インスタグラムに投稿している子どもたちの様子は、この不合理な感覚を増長させるだけだった。子どもたちは、過去のことなど自分たちには関係ないとでも言わんばかりに振る舞っている。この場所の遠い過去も、シェルシュネフのそれほど遠くはない過去も関係ないのだ。シェルシュネフは、いくら子どもたちが無頓着に振る舞おうと無駄だということを示したくて仕方がなかった。勢いに任せて苦痛に満ちた告白をし、子どもたちを呆然とさせ、打ちのめしたかった。子どもたちに本物の汚れを塗りたくりたかった。が、説明を終えた教師が不意に二人の男に気づいた。教師は二人を冷静に見つめている。シェルシュネフには、その女教師が雌鶏のように思えた。彼女の視界にぼんやりとでも入っている子どもたちはみな、彼女のヒナなのだ。子どもたちと結び付いている。死の影に覆われたこの場所でのんきに過ごし、不謹慎に笑う子どもたちを愛している。そして、シェルシュネフが決して知ることのない子どもたちの一面を知っている。子どもたちを理解し、守っているのだ。マリーナもかつてはそうだった。

警察官たちは駐車場からいなくなっていた。グレベニュクが道路に車を出した。雲は薄くなり、うっすらした明かりが丘の上を照らして道を示していた。

20

あれから三時間近く経っていた。

神父が話をし、カリチンは半ば聞き流しながら、しかるべきところで適当に相づちを打っていた。トラヴニチェクは神学上の馬鹿げた話を延々としている。どうしてそんな顔になったかという質問には答えていない。だが、カリチンはそんなことはどうでもよくなっていた。

神父をからかいたいという気持ちはとっくに失せていた。激しい不安と、もしかしたら助かるかもしれないという高揚感は、気力を奪う、陰鬱で理性的な恐怖に取って代わられていた。

亡命してしばらくのあいだは、ときおりそんな恐怖に襲われた。この世には隠れる場所がないのではないかと不安になり、眠れないことがあった。そんなときは車に乗って曲がりくねった森のなかの道を走りながら、猟犬の群れに追われているところを想像した。ときとともにその恐怖は薄まり、やがて消え去った。もはや悩まされることはない、呪いを出し抜いた、そう思っていた。これほど弱っているいまになって、どうしてその恐怖がよみがえったのかはわからなかった。これほど運命的で正確なタイミングで、どうして？

「若いころの私は、なぜ神はよこしまな人間を助けることをお許しになるのか理解できませんでした」トラヴニチェクは言った。カリチンは、ことばの流れに埋もれてしまいたいと思いながら聞いていた。外は暗くなってきた。あと五時間もすれば、家に戻れる。まだ殺し屋たちが来ていないことを願った。だがカリチンが家までの道を思い浮かべたとたん、頭のなかに殺し屋たちが現われた。藪や木の陰に隠れ、曲がり角の向こうで待ち構えている。灰色で、顔のない殺し屋たち。

「父はナチでした」トラヴニチェクがつづけ、カリチンはうんざりして頷いた。「たんなる支持者などではなく、正真正銘のナチです。終戦後に逮捕されましたが、すぐに釈放されました。父の友人たちが手をまわしたのです。死ぬまで父の信条は変わりませんでした。私が司祭になると言うと、父はこう応えました。少なくとも、ユダヤ女と結婚することはないというわけだな、と。この教会の首席司祭も」トラヴニチェクはアーチ型天井の方を指した。「犯罪者たちを助けたのです」

カリチンは、トラヴニチェクが丘の家について何か言うのではないかと思った。言われたら、何も知らないと答えるつもりだった。

トラヴニチェクはため息をついた。

「私の顔のことを訊きましたね」彼が言った。神は悪党を助ける一方で、忠実なしもべは治さない、そんな哀れな話を聞かされるのだろうとカリチンは覚悟した。そんな話は薄っぺらで見え透いている、そう思うとカリチンは安心した。

「話せば長くなります。結末だけをお話ししましょう。ひと晩中、話したとしても終わらないでしょうから。先ほども言いましたが、私は長いこと彼らに監視されていました」カリチンは、〝彼ら〟という司祭の言い方に背筋が冷たくなった。「そもそもの理由は、若者たちと話をするために、教会を集会場として使わせたことにあるのです。それがきっかけで、目を付けられるようになりました。彼らはのんびり構え、さまざまな手段を使ってきました。何年もそんなことがつづいて、基本的には彼らに慣れてしまいました。ですが、あるとき何もかもが変わったのです」

トラヴニチェクはしばらく間を空けた。カリチンは自分が聴き入っていることに気づいた。

「ある教区民が私の説教を録音するようになりました。何の断わりもなしに。その教区民は友人たちにカセットをコピーさせ、友人たちはそれをほかの人たちにも配りました。あっという間にカセットの数が何倍にも膨れ上がって、勝手に人の手に渡っていったのです。伝染病のように。燃え広がる炎のように。信者も、信者ではない人もそのカセットを聴きました。家や、教会のグループや、クラブなどで。警察が捜査中にそのカセットを見つけ、税関職員も小包やバッグのなかでそれを見つけました。そういったカセットは、ベルリンの壁の向こう側にも渡りました。西側のラジオで流されたのです。毎日のように。ラジオで自分の声を聞くのは妙な感じでした。どうしてそんなことになったのか、見当もつきません。たいした演説家でもないのに。いつもどおりに説教をしただけです。ですが、人々はその説教から、私自身にはわからない何かを感じ取ったようです。神の真実のことばを」

トラヴニチェクは唇に指を這わせた。

「怖くなりました」穏やかだが、しっかりした口調でつづけた。「西側の新聞に、私のことが書かれるようになりました。殉教者だと。〝真の聖人〟とまで呼ばれました」〝真の聖人〟と言うときには囁くような口調になっていた。「冒瀆です！」

カリチンには神父の気持ちがわかった。カリチンは党集会で〝科学の希望〟と呼ばれ、名誉ある最高会議幹部会の会員に任命された。会議中はいつも、早く研究室に戻れるよう、ひたすら会議が終わるのを待っていた。恐怖は薄らいでいた。この変わり者の神父の話が、さまよう殺し屋の影を追い払ってくれたかのようだった。

「当然、彼らは本気で動揺しはじめました。私が自分でテープに録音していると決めつけたのです。呼び出されて話を訊かれました。私は関係ないと説明しようとしましたが、もちろん、信じてはもらえませんでした。誰がそんなことを信じると？　あれは奇跡です。本当の奇跡だったのです」

弱者め、そう思うとカリチンは嬉しくなった。ちょっとプレッシャーをかけられただけで、すぐに降参する。自分が感じている恐怖のほうがずっと理にかなっている。カリチンはそう考えてほくそ笑んだ。

「彼らは教会にやって来ました。どこに録音装置があるか突き止めようとしたのです。手を貸している教区民が誰かということも。彼らは何も発見できませんでした。にもかかわらず、録音テープは次から次へと出まわりました。新しいテープが。人々は改宗し、教会へ行くようになりました。たくさんの人が。何百、何千という人たちが」

カリチンは、この話には隠されたもうひとつの意味があるような気がした。カリチンが行きたくない方向へ向かっていると。だが、この話にすっかり心を奪われていた。

「彼らは専門家を呼びました。科学者たちです。町には研究施設があり、そこで科学者たちが音響装置の開発をしていたのです。たとえば、盗聴器といったものを。科学者たちはテープを調べ、民間人を装った工作員たちを礼拝中の教会に忍び込ませることになりました。工作員は特殊な笛を渡されました。その笛の音は人間にはほとんど聞こえませんが、テープには録音されるのです。そして、三十秒ごとにその笛を吹くよう指示されました。彼らは、そのときの説教が録音されたテープを手に入れるつもりでした。テープに笛の音が録音された時間と音量を比べることで、誰がどこでテープ・レコーダーをもっていたのか突き止められるというわけです。カメラマンが、聖歌隊用のバルコニーから写真を撮りました。あとで私もその写真を見たのですが、教会の内側がチェス盤のように線で区切られ、工作員たちには番号がふられていました。目に見えない網を張ったのです」

　トラヴニチェクはアーチ型天井を見渡した。先ほど言っていた、〝悪という名のもとの創造性〟というのはそのことにちがいない、カリチンは思った。彼はまた面白がっていた。ありふれた音響監視にそんな大げさなことばを使うとは。ちなみに、最先端のものですらない！　無意識のうちにこの話をいつものパズルのようにとらえ、この問題を化学的に解決できないかどうか考えはじめた。たとえば、放射性マーカー、あるいはマーキング・スプレーはどうだろう。いつもの思考過程を経ることで、いくらか活力が戻ってきた。トラヴニチェクは彼を相手にゲームをしている、ますますそう確信した。

「科学者たちは自信満々でした」神父はつづけた。「ですが、笛の音はカセットには録音されていませんでした。説教ははっきり録音されているというのに。〝教会の音響効果の影響〟それが報告書に書かれた結論でした」

トラヴニチェクは神が力を貸してくれたと考えているにちがいない、カリチンは思った。カリチンは自分の無神論的な考え方を気に入っていた。とはいえ、ことばを通して伝わってくる信仰心を耳にしないように、自らを守っているようにも感じていた。一瞬、神父と殺し屋が馬鹿げた夢の一部、互いの夢を行き来するいまいましい一連の夢のひとつででもあるかのような気がした。

「そこで、彼らは作戦を変えました」トラヴニチェクは悲しそうにつづけた。「その当時、私は司祭館に住んでいました。ある朝、誰かが玄関のところにやって来ました。彼らだと思ったのですが、パン屋からの使いでした。ケーキを二十個もってきたと言うのです。いたずらだと思いました。そんなことをしそうな友人が何人かいたので。私の住所と名前が書かれていて、代金も支払い済み。ケーキは貧しい家庭に配りました。貧しい人たちがちょっとしたお祝い気分を味わえる、そう思うと幸せでした。ですが……」

トラヴニチェクは口を閉ざした。

カリチンは待った。

「翌朝、熊手が届きました。十本も。不審に思い、送り返そうとしたのですが、もう配達員はいませんでした」トラヴニチェクは司祭平服に手を差し入れ、擦り切れた古い手帳を取り出した。「常にもち歩いているんです。忘れないために」

ページをめくりながら指を差していった。

「イヌ用のケージ。魚のエサ。自転車。ポンプ。台車三つ分の石炭。スニーカー。白髪染め。マットレス。斧。サスペンダー。靴墨。テープ・レコーダー。テレビ。洗濯機。洗面器。帽子。額縁。針。釘。テーブル。傘。鉢植えの苗。カウチ。ガソリン式芝刈り機。搾乳器。ボトルシップ。干し草。鍋とフライパン」

カリチンは、読み上げられた品物の重みを感じた。

トラヴニチェクはつづけた。「返品しようにも、誰も受け取ろうとしないのです。家は倉庫に早変わりしました。何もかも譲るわけにはいきません——誰かが返してくれと言ってくるかもしれないので。私は頭がおかしくなったと噂されるようになりました。ため込み症になったと。それでも、説教はつづけました。おかげで、常軌を逸した状況のなかにも、明るい道を見いだすことができました」

「物量攻めという拷問」カリチンは呟いた。そんなものは聞いたこともないが、疑いの余地はなかった。

「そのとおりです。そのうち彼らは、広告に私の名前で申し込むようになりました。何か大きなもの、たとえばモーターボートやグランド・ピアノが売りに出されていると、それが届けられるのです。口論になって、殴られたこともあります。何もかも彼らの仕業だということはわかってはいるものの、それでも不可解で超常的に思えました。そこまでの労力やお金を注ぎ込むなんて、彼らにとって私は何者なのでしょうか？」

カリチンは、太った不器用な司祭がボートの売り主に事情を説明しようとしているところを思い浮かべてみた。笑いごとではない。

「ここまで聴いてくださって、ありがとうございます」トラヴニチェクは言った。「彼らは綿密に計算していたのでしょう。そこまでされたら、誰だって心が折れてしまいます。神のご意思だと、天罰だと思って。私も逃げたくなりました。何もかも放り出して逃げてしまいたいと」

カリチンはぞっとした。

「ですが、それすら読まれていたのです。次に、ニワトリが送られてきました。いくつものかごに入れられたニワトリが。ドアステップに置かれていて、放っておいたら死んでしまいます。さいわい、以前に送られてきたもののなかにニワトリの餌もありました。次は水槽に入った熱帯魚。オウム。実験用の白いマウス」

カリチンは過去に引き戻された。白いマウス――アイランドではたくさんのマウスが死んだ。何十四、何十万匹と死んだが、数える者はおらず、死体は焼却されて終わりだった。

トラヴニチェクの飾り気のない語り口に、意識がもうろうとして奇妙な感覚に襲われた。視野がいくつにも分かれ、遠くにいる殺し屋の灰色の影、教会の壁に囲まれた自分の姿、アイランドでの過去の出来事、それらが同時に目の前に広がった。

「いずれにせよ、みんな死んだ。「死んでいくのです。すべての世話をすることなんてできません」苦々しげな口調だった。「死んでいきました。魚やニワトリ、オウムなら引き取り手も見つかりますが、何百匹ものマウスをどうしろと？　なので、動物の代わりにダミーが送られてきたときには、ほっとしました。餌を与えなくてもいいので」

「ダミー？」カリチンは訊き返した。

「ええ、ダミーです。プラスティックの。お店のウィンドウに飾られているような。裸の、女性のマネキンです」

カリチンはいままで考えもしなかったこと、アイランドに置いてきたもののことを考えた。ダミー。

できることなら、教会から逃げ出したかった。だが、外では殺し屋の影が待ち構えている。そしていまは、巧妙な司祭にからかわれているのだ。ダミー。かつてザハリエフスキーはこう言っていた。公式には、ここにはダミーなどいないし、いたためしもない、と。

いないし、いたためしもない、カリチンは繰り返した。いないし、いたためしもない。

「ダミーは山積みになりました。ピンク色の山です。朝になって、雪が降りはじめました。ダミーにも目があります。プラスティックの青い目で、まつ毛まであるのです」

カリチンは目を覚えてはいなかった。からだの色もピンクではなかった。白、灰色、青。あとで色が戻ることもあった。遺体安置所の台の上で。

「それが警告だということに気づくべきでした。とにかく、ダミーを家に運び込みました。司祭の家に、十体のプラスティックの裸の女性。彼らが通りの向かいに部屋を借りて、ダミーに囲まれた私の写真を撮るのではないかと、気が気ではありませんでした。さぞかしいい写真になったでしょう」

女性。女性のダミーはいなかった。カリチンは女性を頼んだことがある。性別によるちがい、生化学のちがいを調べたいと。テストをする必要があった。だが、上層部は聞く耳をもたなかった。上層部の中途半端な覚悟に、気が狂いそうになった。

「すると突然、何も届かなくなりました。かえってこたえました。今度は、放っておかれるという拷問です。常軌を逸した状態に慣れてしまっていて、そこから力を見いだせるようにさえなっていたほどです。耐えられたのは十一日間でした。十二日目に、神がお守りくださらないというなら、死を与えてくださいと願いました。心が折れたのです。説教もやめました。全能者の矢が私に刺さり、私の魂がその毒を飲み、神の脅かしが私に備えられている」トラヴニチェクは唱えた。「ヨブ記六章四節です」

カリチンは司祭を見つめた。司祭の顔を見ることで、強烈な喜びを感じた。

「これが、むかしの私です」トラヴニチェクは手帳の革のポケットから一枚の写真を抜き出し、カリチンに手渡した。

カリチンは啞然とした。かつてのトラヴニチェクの崇高で気品のある外見など、いまの姿からは想像すらできなかった。ほっそりとし、額が広く、まるで貴族のようだ。優しげで、超然としているが、強情そうでもある。しかもハンサムだった。とてもハンサムだ。この世ではとても実現できないような、高い目標に目を向けている。

多くの女性がこぞって恋に落ちたにちがいない。カリチンはたったいま目にしたイメージを貶めようと、そう考えた。

「お酒に手を出すようになりました。もちろん、自宅でですが。カップボードには、常に栓の開いたボトルが置いてありました。神のことばは底を突き、別のものを求めたのです。何が起こっているのか、わかっていました。録音カセットは消え失せ、まるで風がやんだように、人々はカセットを聴かなくなりました。嵐は過ぎ去ったというわけです。私はさらに酒に溺れました。〝そのぶどう酒はヘビの毒、コブラの怖ろしい毒である〟」堂々とした口調で言った。

もう一度、カリチンはトラヴニチェクに目を向けた。その鱗に覆われた仮面に。いままでは、その下にある顔が見える。

「そのぶどう酒はヘビの毒」トラヴニチェクは考え込むように繰り返した。「グラスからほんのひと口飲んだだけです。いつもの味、いつものピノ・グリ、グラウブルグンダーです。ご存じですよね。すると、激痛が走りました。全身に。他人を破壊活動家と見なし、人種の純潔にこだわる人たちが、殺虫剤を改良するというアイディアを思いついたのも、驚くことではありません」トラヴニチェクはその物質の名前を口にした。

カリチンは、目の前が真っ暗になった。その物質は知っている。ニーオファイトではないが、それでも究極の毒薬と考えられている。この男は生きた屍だ。その物質からは、誰も逃れられない。胃洗浄も輸血も無駄だ。解毒剤もない。二かける二が四であるのと同じくらい、それは疑いようのないことだった。

カリチンの心が、揺るぎない合理的な世界が砕け散った。その先にあるのは、未知の世界だった。

カリチンに何が起こったのか気づく素振りも見せず、トラヴニチェクはつづけた。「私は特異例だと言われました。死ぬはずだったのです。実際には、私は死にました。以前の私は死んだのです。のちに、また説教をするようになりました。ふつうの説教です。そこに奇跡はありません。医師たちの話では、この顔はホルモンの反応によるものだろうということでした。確かにそうかもしれません。肉体的には。ですが、これはしるしなのです。神に与えられたしるしなのです」

カリチンは目眩がした。

トラヴニチェクの顔が目の前を漂った。瞬く間にその顔が変わっていく。人間から動物、石、森、ヘビへと。幾重にも重ねられ、合成された仮面。カリチンの毒薬によって殺されたありとあらゆる生き物が、その仮面上によみがえる。ウマ、ヤギ、イヌ、サル、ネズミ、マウス、人間。

その渦の奥底から最後に湧き上がり、一瞬だけ顔を見せて消えたのは、ヴェラだった。

そのよみがえった魂たちが、カリチンのなかに居場所を求めているような気がした。自分を殺した相手のからだ以外に、行くところがないのだ。トラヴニチェクの顔が人間の顔に戻る一方で、カリチンは自分の顔が石になったように感じた。

神父はカリチンを抱きしめ、慰めるように頭を軽く叩いた。

神父が嘘を言っていないということが、カリチンにはわかった。トラヴニチェクは、カリチンの運命を塗り潰し、ニーオファイトを無意味でつまらないものにしてしまう奇跡そのものだった。ニーオファイトはすべてを支配する絶対的な力を目指して創られたのだが、その絶対的なものが粉々に砕かれた。ニーオファイトならこの司祭を殺せたはずだ、そう自分に言い聞かせようとした。だが理不尽な奇跡が、彼の考えや計画、計算を上まわるということを目の当たりにしたのだった。

カリチンは敗れ去った。耐え難いほどの憎しみでいっぱいになった。この司祭を殺したかった。手元にある武器は、ひとつしかない。カリチンは小さな声で神父に語りはじめた。自分の身に起こったもっとも闇が深く、もっとも悪意に満ちたことを——自分の人生を。それを毒のようにトラヴニチェクに注ぎ込んだ。カリチンは自分を止めることができなかった。試験管やアンプルの栓を抜くように、過去の秘密をすべて解き放った。自分が何を叫んでいるのかもわからずに叫んでいた。このたいそうな神父に猛毒を含んだ告白を飲み込ませ、死に至らしめるために。マウスやイヌ、サル、人間、カザルノフスキーやヴェラが死んだように。すべての生あるものに死を。奇跡など起こらない死を。

21

山道を走るいまになって、シェルシュネフはグレベニュクの抜きん出た運転技術をありがたく思った。少佐は、警察に奪われた時間を一分ずつ確実に取り戻していた。

左側には切り立った崖がそびえている。右側には注意を促す縞模様のラインがあり、その先は深淵だ。トンネル内には鈍い黄色の照明がついている。車は邪魔されることなく走りつづけた。ときおりフロントガラスに激突してくる虫が、ワイパーではじき飛ばされる。ヘッドライトが夕闇を貫き、車のなかではシェルシュネフが思春期のころに全盛を極めたディスコのヒット曲が静かに流れている。八〇年代に流行った〝モダン・トーキング〟の曲だ。

シェルシュネフは、時間と空間がこれほど自分たちに都合よく入れ替わるのを感じたことはなかった。グレベニュクが未来の成功で手にしたポケットマネーを気前よく出しているかのようだ。

路面に描かれた白い矢印が、前へと呼びかけてくる！　前へ！　かつての国境がある峠へ向かうにつれ、道路が上っていく。

トンネルに入り、二車線に減った。グレベニュクは速度を落とさず、カーブを曲がっていく。前方に、赤いブレーキランプが点々とつづいていた。車が停まった。コンクリートの天井に備え付けられた排気ファンの音が聞こえる。山のなかで身動きが取れなくなった。うしろからほかの車もやって来た。運転手たちはおとなしくエンジンを切った。グレベニュクはラジオをつけてみたが、どの局も雑音ばかりだった。

二人は顔を見合わせた――二人とも懸念の表情を浮かべている。シェルシュネフは車を降り、前の車のウィンドウを軽く叩いた。おそらく学生だろう、三人の男がタバコを吸っていた――いや、タバコではない。マリワナの臭いがした。

「何があったんだ？」シェルシュネフは訊いた。「時間がかかるのか？」

運転手が笑い声をあげ、ぼんやりした楽しそうな声で言った。「ここは山だからな。いつだって何か起こるのさ。一服どうだい？」マリワナ・タバコを差し出した。

車の列の先まで行ってみたが、状況を知っている者はいなかった。携帯電話は通じないし、GPSも勝手にオフになっていた。壁際に、緊急用のマークが付いた赤い箱に入った電話があるのに気づいた。受話器を取ってボタンを押した。ビーッ、ビーッ。ずっとその音がつづいたが、誰も電話には出ない。ほかの人たちは車の座席に坐ったまま、静かにおとなしくしている。まるでヒツジの群れに出くわしたときのことを思い出した。かつて渓谷で、自分たちの車列が何千というヒツジの群れに出くわしたときのことを思い出した。ヒツジはけたたましいホーンなど気にもせず、トラックに羊毛をまとわりつかせて向かってきた。そんなヒツジの流れに呑み込まれて動けなくなった軍用車を見て、ヒツジ飼いはほくそ笑んでいた。間抜けで、従順な生き物。ここにいるやつらもそうだ。彼を通そうとせず、脇へどこうともしない。ただ、待っているだけだ。

シェルシュネフは車に戻った。

「赤色回転灯をもってくればよかった」グレベニュクが言った。その冗談は、質の悪いマッチのように消えた。冷えてきた車のフードがきしむ。二人には考える力も、あれこれ推測して検討する力もなかった。

シェルシュネフは、閉ざされた狭い空間にいても何ともなかった。閉所恐怖症の逆の症状、医師にそう言われた。彼は森の地下にある狭苦しい隠れ場所や、灌漑用の地下水路を利用した秘密の抜け道に潜入したことがある。敵が隠れ家にしていたかつてのミサイル基地の湿ったトンネル内で、何日も過ごしたこともある。岩を怖れたりはしなかった。狭い空間や暗闇、酸素の少ない淀んだ空気を怖れることもなかった。

だが、緊急用出口が備え付けられた明るく乾いたこのトンネル内では、はじめて地下にいて不安になった。ガソリンや排気ガスの臭いが鼻に入り込み、崖がプレス機のように迫ってくるように感じた。

どんなに見た目がしっかりしていそうな岩でも、その安定性は当てにならない！　道路に落ちてきた巨大な岩を何度目にしてきたことか。下敷きになってくすぶっている車、爆発で吹き飛ばされたタイアの丸い煤の跡、人間の頭……。それに、二〇〇八年に通ったあのトンネル。あの山脈はここよりずっと標高が高い。明かりのない狭いトンネル内にはディーゼル・エンジンの排出ガスが充満し、戦車の鈍いヘッドライトに照らされていた。そのエンジンの轟音や装甲した車体の威圧感で、天井が崩れ落ちるのではないかと思えた。操縦士たちは、山を貫く車がすれちがえないほど狭いそんな漏斗のなかに戦車を進めていった。

トンネルを抜けた先の空気は格別だった——その澄んだ空気を汚す炎も死臭もない。神々しいまでに澄んだ空気！　自分たちはあのトンネルを無事に抜けた、シェルシュネフは自らにそう言い聞かせた。

前方の赤いランプが点滅した。渋滞の先頭がゆっくり動きだした。

外は暗くなっていた。また車の列が停まった。車を降りたシェルシュネフは、山の大自然の匂いに満ちた、冷え切った空気を吸い込んだ。遠くの尾根に沿って風力タービンの赤いライトが点滅し、濃い霧の塊が道路を這うように動いている。その水蒸気にヘッドライトが溶け込み、この世のものとは思えない不自然な光の光景を作り出していた。

シェルシュネフは頭を振った。マリワナを少し吸い込んだのだろうか?

車が動きだした。カーブの先に、チェコとドイツのかつての国境があった。放置された国境管理所。無人の免税店。警察のヘリコプターが道路をふさいでいた。交通巡査が、かつての国境駐車場へと車を誘導している。

おれたちを捕らえるためだ、シェルシュネフははじめはそう思った。

だが、すぐに考えなおした。もしそうなら、こんなやり方はしない。特殊部隊を呼び、自分たちの車だけを停めるだろう。ここにいるのはふつうの警察官たちだ。防弾チョッキさえ身に着けていない。

グレベニュクが警察官のそばに車を寄せ、窓を開けた。

「土砂崩れです」困りきった様子の交通巡査が声を張りあげた。「この雨のせいで。明日の朝には通れるようになります。いま復旧作業を行なっているところです。駐車場で待機してください。ガソリンが必要なら、二十キロ下ったところにガソリン・スタンドがあります。まだ時間はあるので」点灯した誘導灯を振った。

トラックの運転手たちは、運転席でくつろいでいた。乗用車の運転手は、後部座席を倒している。グレベニュクは駐車場の出口の手前に車を駐めた。それでいい、シェルシュネフは思った。朝にはこの車の群れがいっせいに出口を目指す。彼らは真っ先に出なければならないのだ。

ふと、自分がどれだけ疲れているか、どれだけ空腹かということに気づいた。

「ちょっとあたりを見てみよう」彼は言った。

「何か食べてもいいですね」グレベニュクも応えた。「いろいろあったせいで腹が減った」

二人は無人のキオスクを通り過ぎた。なかには色あせたポスターが貼られている。ふっくらしたダーク・レッドの唇に、金色のリップスティック。熱帯のヤシの木にビキニ姿の美女、そしてバーに置かれたウィスキーのボトル。黒いヴェルヴェットに載せられた真珠のイアリング。何年もまえに製造中止になった、帆のような形をした男性用コロンのライト・ブルーのボトル。

シェルシュネフがグレベニュクに目をやると、彼はそっと内ポケットに触れた。指示どおり、容器はここにあります、心配しないでください。

風で音をたてている旗の掛かっていない旗竿。変電所から聞こえるハム音。ホットドッグの屋台。金属製のブラインドは埃まみれで、雨でにじんだメニューに書かれた通貨は、もはや存在しない。雑貨店。山積みにされたアイスクリーム用の冷凍庫。骨の突き出した傘。暗闇からイヌが走ってきた。痩せ細り、みすぼらしい顔に訴えるような表情を浮かべている。ずんぐりした尾を振り、ついてくるように誘っている。駐車場の向こう側の端で、光がちらついた。

そちらへ向かう運転手はひとりもいなかった。行かないほうがいい理由を知ってでもいるかのようだ。あるいは、いつも猛スピードで通り過ぎているので、このあたりのことは記憶にないだけなのかもしれない。

ホテルの大きな看板があった。以前は何百という電球の光で輝いていたようだが、いまでは下の角に電球がひとつ残っているだけだった。二人は肩をすくめ、その暗闇に向かった。かすかに食べ物や生活の臭いがした。

かつては手入れされていたがいまではほったらかしにされている生け垣や木々の先に、建物があった。国境のホテル。百人も坐れそうなほどたくさんのベンチが庭に置かれている。いまやここは廃れ、ベンチには落ち葉が積もっている。とはいえ、一階の窓には明かりが灯っていた。

シェルシュネフはドアを開けた。

スロット・マシンが音をたてて振動し、赤いハートと緑のリンゴがまわっていた。バーでは太ったウェイトレスがタバコをふかし、ワックス・ペーパー並みに黄ばんだ天井にその煙が漂っている。彼女のだらりとした巨大な乳房は、山に住む巨人の子どもにでも母乳を吸われたかのようだ。その向かいでビールを飲んでいるのは、ぼさぼさの白髪頭の年老いた暴走族(ロッカー)だった。干からびた細いからだを黒い革の服で包み、不自然なほどまっすぐな腕と脚は、関節を付け忘れた操り人形のようだ。隅にも誰か坐っているが、新聞でからだが隠れていて頭のてっぺんしか見えない。

カウンターでは、古いテレビにぼやけた映像が流れていた。小さな人影が弱々しくフィールドを走りまわっている。これだけ離れていても、もうあとがない二部リーグの二流チームだということがわかる。もはや試合や自分自身に何も期待していない、がに股の負け犬たちだ。

シェルシュネフは嫌悪感も露わに顔をしかめ、踵(きびす)を返して出ていこうとした。だが、この日の締めくくりにはここが相応しいと感じた。この忘れ去られたホテルで、これ以上何かが起こるとは思えない。このホテルでは、二十年まえを最後に何も起こっていないのだ。

カウンターからウェイトレスが出てきた。重いからだを支えられるとは思えないほど、脚が細い。彼女は土砂崩れや通行止めの道路、満車の駐車場、それに一年分の稼ぎをもたらしてくれる何百という人が近くにいることなど、知らないにちがいない。

「ビールを二つ」グレベニュクが注文した。

ウェイトレスはカウンターのうしろに戻った。タップ・ハンドルが、断末魔の苦しみのように震えた。注ぎ口から濃い粘り気のある泡が出てきて、グラスやカウンターに飛び散った。彼女が慌ててハンドルをひねると、注ぎ口から空気の抜ける音がしてビールが噴き出し、やがてか細いうめき声のような音とともに止まった。

新聞が落ち、枠がすべて埋められたクロスワードのページが露わになった。その男は、ウェイトレスと老人の息子のようだ。国境付近で暮らす奇妙な混血といったところで、腹は大きいが腕と脚は弱々しい。その男がゆっくり彼らの脇を通り過ぎ、床の上げ蓋を開けて地下室に入っていき、ごそごそやってから冷えた樽を押し上げて出てきた。

「とんだ見世物小屋だ」グレベニュクが声を潜めて言った。「ここで食べても大丈夫でしょうか?」

シェルシュネフはメニューを眺め、食べても問題なさそうなソーセージとフライドポテトを選んだ。

ウェイトレスがビールをもって来た。シェルシュネフがソーセージの写真を指差すと彼女は首を振り、いま用意できるものを指した。ステーキだ。

シェルシュネフは頷いた。

ビールはよく冷えていてほどよい苦みがあり、驚くほど新鮮だった。床下に山から湧き出すビールの泉でもあるのではないかと思うほどだ。二人はひと息でマグを半分ほど空け、タバコに火をつけた。

空き腹にビールを飲んだせいで思考が和らぎ、何もかもがぼやけていつもどおりに思えてきた。何年もまえのハエが貼り付いている長いハエ取り紙、敗者同士のだらだらした試合、スロット・マシンの激しい振動音。対象は山の向こう側のすぐそこにいるが、シェルシュネフは対象のことを考えるのをやめた。眠らせておけばいい。どうせもうすぐ会うことになるのだから。

ウェイトレスは色あせた穴だらけのカーテンの奥へ行き、フライパンを振りはじめた。老人は二人に訝しげな目を向け、カウンターの下に屈み込んでさらに二つのグラスにビールを注いだ。

「こんな妙な経験がまえにもありました」グレベニュクはそう言い、ビールをひと口飲んだ。「古いケバブの店で、子どものころによく行ったようなところです。そこでシャシリクを食べていました。そこへ向かう途中でヒツジを捕まえて、トランクに放り込んでいたんです。グラスやトレイの置いてあるカウンターも無傷でした。肉を刺そうとすると曲がるアルミのフォークまでありました」

シェルシュネフもグラスに口をつけた。父親に連れていかれた駐屯地のダイニング・ホールで、そんなフォークを使って食事をしたことがある。

「肝心なのは、窓の外を見ないことです。そこは二度の襲撃を受けた街でした。どこもかしこも廃墟です。どういうわけか、そのちっぽけな店だけが残っていました。看板もそのままで」

シェルシュネフは頷いた。彼もその街を覚えていた。焼け焦げて煤け、砲撃で破壊されてはいたが、故郷の街と変わらない看板や店、街灯、バスの停留所、バスなどがあった。いちばん奇妙に思ったのはそれだった。廃墟のなかで見慣れたものを探そうとするのだ。そのカフェも覚えていた。何度か店の前を通り過ぎたことがある。ということは、二人の人生は交わっていたということだ。つながりがあるということだ。

二人はグラスを合わせた。

腹から嫌な音がした。シェルシュネフは店内を見まわし、探しているドアを見つけた。通路の壁際にタバコとコンドームの自動販売機があったが、売り切れになってずいぶん経っているようだった。塩素消毒されたトイレの臭いがした。ひとりの空間の臭いだ。士官学校では、ひとりになれるところはトイレだけだった。それも、クラスが終わらなければ行けない。シェルシュネフはズボンを下ろして便座に坐り、うごめいている腹の中身を心ゆくまで解放した。壁に取り付けられたトイレ・タンクまで大むかしのものだった。チェーンの先に磁器の取っ手が付いている。

シェルシュネフはその取っ手を引いた。水が流れない。

「おれのクソが」便器を見下ろして呟いた。自分が酔っていることを実感した。子どものように、たった一杯半飲んだだけで酔いがまわっている。便器の蓋を叩きつけて出ていった——あとはここの連中に任せればいい。手を洗ってズボンで拭いた。ここにはタオルさえなかった。

グレベニュクはすでに食べはじめていた。レア・ステーキ、上等の子牛の肉だ。シェルシュネフは肉にはうるさい。少佐は大きな肉のチョップを半分ほどたいらげ、口の端から真っ赤な肉汁を垂らしている。シェルシュネフもステーキの端を切って口に入れた——新鮮な肉だが、こんなところにある店が、どこから手に入れたのだ？　もうひと切れ切って頬張った。肉が怖ろしげに、悲しげにモーと鳴いているような気がした。思わずシェルシュネフはフォークを落とした。グレベニュクが笑い声をあげて言った。「喉に詰まりそうになった。壁の向こう側に汚い牛小屋があったから、そこで家畜を飼っているようですね」

シェルシュネフは肉からしみ出している血に目をやった。ローズマリーの小さな細長い葉にも。目眩がした。

「レアは嫌いなんですか？」グレベニュクはにこやかに訊いた。「みんなレアが好きってわけじゃないですから。おれは好きですけど。あの女に頼めば、もっと焼いてくれますよ。肉は硬くなりますが」

「ああ、ウェルダンのほうがいい」シェルシュネフは遮るように言った。「ビールをもう一杯いこう」

また二人はグラスを合わせた。

勘定書を渡されたシェルシュネフは、イヴァノフ名義のクレジットカードの暗証番号を忘れてしまったことに気づいた。

ほかのことはすべて覚えている。むかしのEメールのパスワード、大使館に連絡するときの合言葉、電話番号。だがその四桁の数字だけがどうしても思い出せない。思い浮かべようとすると、これ見よがしに6が8に、7が2に、3が8になってまた3に戻るのだった。

老いた女性は古い決済端末機をもって来て、黙って待っていた。グレベニュクが自分のカードを取り出し、難なく暗証番号を入力した。シェルシュネフは、何かの日付か出来事に結び付けて自分で決めた番号を忘れてしまうほど、大変な一日だったということを改めて感じた。

老いた女性は二人を二階に案内し、部屋の鍵を開けた。思いのほか清潔で心地よさそうな部屋だった。壁際にベッドが二つ並び、スタンド・ランプと洋服タンスもある。壁には刺繍の施されたタペストリーが掛けられていた。トランペットを吹くハンターたちの足元に、死にかけた牡鹿が描かれている。

シェルシュネフは服を脱ぎ、腕時計のアラームを六時にセットした。グレベニュクが寝返りを打つ音を耳にしながら、眠りに落ちた。何百人もの客の重みで縮んでしまった古いスプリングがきしんでいた。

明日は何もかもうまくいく、そう確信していた。

22

ニーオファイト。

カリチンはその物質を取りに家へ戻った。神父にはカリチンを止められなかった。その物質の名前は、薄暗い教会内に漂っていた。

こんなにも身近に感じるというのに、こんなにもかけ離れている。

ニーオファイト。

トラヴニチェクは、聖職に就いた当初のころを思い出していた。はじめて聞いた懺悔を。そのあと、多くの懺悔を聞いた。短いもの、長いもの、すらすら語られるもの、絞り出すように語られるもの、正直なもの——そしてはじめから終わりまで嘘にまみれたもの……。森に囲まれた村や鉱山労働者たちの集落、職人の街などで人々の犯した罪の記録の数々を目にすることになり、同じ悪の母斑、常に変わらぬ悪の顔を見つけ出した。やがてそういったもののなかで、はっきりしたちがいがある単純なルール、粗削りなテーマ、それぞれの特徴を見分けられるようになった。それは職業の看板がそれぞれちがうように、あるいは鉱山労働者や木こり、大工や漁師たちの手にできるたこがそれぞれちがうようなものだった。暦の法則も発見した。秋と春、冬と夏の罪。貧困と富の罪。悪徳と傷ついた美徳、過去と未来。強さと弱さ、支配する側とされる側、希望と絶望、愛と憎しみの罪。

覚えている懺悔はほとんどなかった。だが、それでいいのだろう。記憶力は確かで、礼拝もおざなりにしたことなどない。とはいえ、ひとたび人々を罪から解き放つと、その罪の数々を心にとどめることはなかった。罪は消え去り、あとに残るのはまったく同じ空虚なことばの抜け殻だけだった。

いまでもはっきり覚えている懺悔が、ひとつだけあった。それは口には出さずとも、心のなかで響いていた。

フランツ。元兵士の老人。ビア・ホールを経営し、狩猟クラブの代表を務めていた。毎年秋になると彼のバーにハンターたちが集まり、アシで覆われた遠くの湖へ車でくりだした。そして戻ってくると、仕留めたガンやアヒルを裏庭に並べた。その翌日、フランツは教会へやって来る。ビールと焦げた羽毛の臭いを漂わせて。当時はトラヴニチェクも若かった。そんな彼をフランツはいつも当てこすり、経験不足だと責めたてた。元司祭のハシュケ神父はフランツをよく理解し、それなりの相応しい威厳をもって礼拝を行なった。フランツの罪は単純で、彼が飲むシュナップスのように量を抑えながら少しずつ告白された。

フランツが亡くなるまえに、トラヴニチェクは彼に呼ばれた。その老人は、ビア・ホールの奥の一画に住んでいた。トラヴニチェクが行ってみると、バーにはやかましい常連客たちが詰めかけていて、ビリアードの球がぶつかる音やキャッシュ・レジスターの音が響いていた。神父は、神秘的な死をあからさまに蔑むそのありさまに憤りを感じた。フランツはその干からびたからだには不釣り合いなほど大きなベッドで横になっていた。

「海岸。あれは海岸でのことだった」老人は口を開いた。実際にはまだ見習いの、新任聖職者(ファイト)にすぎないトラヴニチェクは、遠いむかしに海岸で女性か少女を誘惑したという淫らな話でも聞かされるのだろうと思った。

「海岸でのことだ」フランツは繰り返した。「やつら、次から次へと向かってくるんだ。ほかにどうしようもなかった。フーバー中尉に、撃てと命令された。だから撃った。弾薬手に弾帯を装填されて、撃ったんだ」

フランツは、熱くなって冷やさなければならない銃身や、コンクリートで強化された掩(えん)蔽壕(ぺいごう)の壁の厚さについて語った。いかにして通信が妨害されたかということも。その長い、長い一日のことを語った。トラヴニチェクの目と耳に入ってきたのは、上陸用舟艇から飛び降りてくる何百人ものアメリカ兵が砂浜を駆け抜け、次々と死んでいく場面だった。繰り返される怖ろしくも虚しい悪の所業を思い浮かべた。ときにはつづけざまに、ときには間を空けて繰り返される、マシンガンの引き金を引くというたったひとつの動作に凝縮された悪の所業を。

「おれたちの掩蔽壕は〝フランツ〟と呼ばれていた」老人はつづけた。「縁起がいいと思ったよ」

老いた射手は息を引き取った。

カリチンが戻ってくるのを待ちながら、いまトラヴニチェクはその話を思い返していた。彼には疲労感しかなかった。途方もない疲労感。カリチンの人生にまつわる告白に、神父はショックを受けていた――が、その化学者が意図していたようなショックとはまるでちがっていた。

トラヴニチェクは、同じように繰り返される悪の連鎖反応というものに気づいた。黒いイモムシに蝕まれた、腐りかけの果物の山。かつて自分に送りつけられた品々を残らず思い浮かべた。人々に必要とされるまっとうなものが、邪悪な意思によって本来の用途から切り離され、その本質に反して拷問の道具として使用された。そういったものが、虚しくも山積みにされていったのだ。

トラヴニチェクには、カリチンが戻ってくることがわかっていた。あのガスをもって。

それなら、この教会で待つだけだ。

ニーオファイト。

なんと奇妙なことだろう……カリチンが知らないのは残念だ。

ニーオファイト。

作戦ファイルでは、トラヴニチェクはそう呼ばれていたのだ。新人（ニーオファイト）と。グレイ・ハウスにいる人たちに付けられた、彼のニックネームだ。ほかの者たちのニックネームは、もっと仰々しくて華やかだった。指導者、宣教師、狂信者、指揮官、巡礼者、使徒、大司教、会計官、守銭奴。そういったことが明らかになったのは、記録保管所が公開されてからのことだった。

トラヴニチェクのファイルが作られたころ、彼は新人（ニーオファイト）と見なされていた。青二才、初心者、役立たずと。密告者や工作員にとっては、彼はニーオファイトだったのだ。固有名詞としての呼び名。そのニックネームを定着させようとするかのように、どの報告書にも、どの監視記録にもそう書かれていた。

はじめは、自分のファイルを請求したくなどなかった。つらく、苦しい思いをするという予感がしたのだ。政治の世界に足を踏み入れた神父たちとは、まるで考え方がちがった。復讐というのは、人が自ら直接手を下すべきことだとは思えなかった。だが、何よりも明白なことを思い出した。〝隠れているもので、露わにならぬものはない〟。そして、記録保管所へ行った。知りたかった。というのも、真実から目をそむけるのはまちがっているからだ。グレイ・ハウスの資料に書かれているのが真実だけではなく、嘘偽りまであったとしても構わない。スパイの目に映った、彼らにとって都合のいい側面しか書かれていないとしても。それが何だというのだ？　誰のために祈るべきかわかるというものだ。

　彼らの目を通して自分の人生が見えた。苦にもならないありふれたことばかり。素っ気ない書かれ方をしているため、選び出されてファイルに加えられた日々はどれも似通っていた。だが抽出されて単純化された報告書のなかにさえ、自分でも気づかなかった苦悩や反抗、抵抗の跡が垣間見えた。その記録保管所ではじめて、自分がどれほど長いあいだ抵抗しつづけてきたかということを知った。それは人が起こした奇跡であり、彼がその奇跡を証明したのだった。最後には折れてしまったが、それまでは燃え盛る炎のなかに立っていたのだ。それを理解したところで誇らしく感じることはなかったし、折れたことを正当化しようとも思わなかった。

　トラヴニチェクは腕時計には目を向けなかった。時間は何も解決しない。ただ、心の準備をしていればいいのだ。

　ずいぶんまえに、暗殺された反共産主義者のイエジ・ポピエウシュコ神父が殉教者として認定されたということをラジオで聞いた。トラヴニチェクは、ポピエウシュコ神父やその他多くの殺された者たちのことを考えた。彼らは自由を勝ち取る日まで、あるいは刑務所が打ち壊される日まで、生きるに値しなかったのだろうか？ トラヴニチェクにとって彼らは見えない対話者であり、離れた場所から思いを聞いてくれる聴罪司祭だった。どうして救済の奇跡は自分に起きたのだろうか？ 彼らよりも劣る自分に。奇跡を授かるに値しない自分に。

「彼らはあざけりや暴行を受けたり、鎖でつながれたり、牢屋に入れられたりした。石をぶつけられ、のこぎりで切られ、拷問され、刀で殺された」その当時、そう自分に言い聞かせていた。「信仰心を称えられたそんな彼らも、誰もが約束されたものを授かったわけではない。というのも、約束されたものよりもっと素晴らしいものがわれわれのなかにあるということを、神は予見しておられたのだ。われわれがいなければ、彼らは自らを極めることなどできなかったのだから」そのとき、神がお許しになることについて語るにしても、彼らの死に悪魔が手を貸したという証拠を探しても意味がないということを悟った。この世には地雷原のような時代や国がいくつもあり、そこを歩く人は自分がどこを歩いているか知っているのだ。

そしていま、そんな彼らのなかに、彼らの不慮の犠牲のなかに、トラヴニチェクは自分を照らしてくれる灯台、支えてくれる土台を見いだした。

カリチンにおおやけの場で告白するべきだと言ったことを、激しく後悔した。良心の声にこだわりすぎていた。性急だった。厳しく執拗に迫り、カリチンを説得しようと躍起になっていた。だが、後悔したところで無駄だということに気づいた。いまでも良心を呼び起こせるどんなイメージが現われるのか、トラヴニチェクにはわからなかったし、知る由もなかった。孤独な夜に、逃亡者と神とのあいだでどうやって話がつけられるのかということも。

トラヴニチェクにできるのは、待つことだけだった。

23

カリチンは、リンゴの木が影を作る自宅のドライヴウェイの入り口で車を停めた。そこにはブラックベリーの茂みがあり、二人きりになりたいティーンエイジャーのカップルがときおり車を駐めていた。

やはり慣れ親しんだいつもの山だ。影などない。トラヴニチェクが嘘を言っておらず、工作員がここに来たということはわかっていた。殺し屋が近くに潜んでいるかもしれないということも。だが、もはや殺し屋に怯えてはいなかった。今夜は実体のない亡霊たちがうようよしているとも思わなくなっていた。

カリチンが唯一怖れているのは、あの神父だった。

司祭を傷つけるどころか、辱めることもできなかったと感じていた。これまでの人生すべてをたった一度の告白に込め、渾身の一撃を放ったというのに――まるで彼が存在しないかのように霧散しただけだった。何も起こらなかった。その力、その内なる力、蓄積され、硬くなり、圧縮され、燃え上がり、突き動かしたありとあらゆるものが――永遠に消滅した。いまはその勢いだけが残り、目指す方向もなくアイドリングしている。

むかしの数え歌が頭に浮かんだ。アンクル・イーゴリの家でかくれんぼをするときに、みんなが期待に胸を膨らませて囁いていた歌だ。

ディドル、ディドル、いち、に、さん
わたしからは逃げられない！
こっちにクマが、あっちにもクマが、
どこもかしこもクマだらけ！
ディドル、ディドル、さん、に、いち
クマが遊びに出てきたよ。
一頭うなって、一頭笑って
一頭隠れて――勝つのはだあれ！

ヴェラの死を語ったときでさえ、神父は恐怖感も嫌悪感も示さなかった。その反応に、カリチンは打ちひしがれた。

「クララ・イマーヴァールという名前を聞いたことは？」トラヴニチェクは、はじめから
その名前を口にしようとしていたかのように訊いた。

「いいや」カリチンは無関心に答えた。

「フリッツ・ハーバーは？」トラヴニチェクの口調は冷静だった。

「聞いたことはある」カリチンは用心しながら答えた。

特別な参考書でその名前を見たことがあった。その参考書は背の部分を糸で固く縫製されていて、気づかれずにページを抜くことができないようになっていた。調べ終わると、その参考書は特別図書館にある金庫に戻された。ハーバー。窒素肥料の父——そして毒ガス戦の父であり、猛毒ガス、ツィクロンBの生みの親でもある。ツィクロンBは彼の研究室で開発されたのだ。

「クララは彼の妻です。彼女も化学者でした」トラヴニチェクはつづけた。「彼女は夫に毒ガスの研究をやめるよう訴えました。夫が前線で毒ガス攻撃の指揮を執るということを知った彼女は、自らの胸を銃で撃ち抜いたのです。夫の銃で。自殺を認める教会などありません。ですが、私はいい司祭ではない。自殺を支持してはならないときもある、というのが私の考えです」

トラヴニチェクはそこでことばを切り、しばらくしてからつづけた。「私に使われた毒

薬を開発した科学者のことを考えてみました。あなたが話してくれたことについても。汝、殺すなかれ、というのはたんなる倫理の問題ではありません。人体実験をしてはならないという禁を破ることで、あなたは真の理解へと近づくことができると考えた。近道を取ることで。ですが、重要なのはそこです。ゴールを決定づけるのは、その手段なのです。あなたが創り出すものに、恩恵はありません。美徳という面も。私に言わせれば、それは悪魔の所業です」

「一頭うなって、一頭笑って」カリチンは呟いた。「一頭隠れて——勝つのはだあれ！」

カリチンはエンジンをかけた。家へ向かって車を走らせたが、何も怖れてはいなかった。暗闇で木の陰に潜んでいる者などいない、そう確信していた。一時間まえか一時間あとならあり得るが、いまは絶対にいない。

露に濡れた草の上に、月が道を照らし出していた。

カリチンは地下室へ下りて金庫を開け、ニーオファイトが眠っているスティール・ボックスを取り出した。亡命してからはじめて、その箱を開けた。風を受けた帆のような形をした、ライト・ブルーのボトル。

慎重に箱を閉じ、留め金の付いた仕切りのある特殊なアタッシュ・ケースにその箱を入れた。ロックをかけ、ダイアル・キーをまわした。

アタッシュ・ケースの取っ手をつかみ、ゆっくりもち上げてケースを立てた。ボトルのなかでニーオファイトが揺れ、寝返りを打つのを感じた。

パソコン本体のネジを外し、ハード・ドライヴを取り出した。これで終わりだ。

アタッシュ・ケースを車の後部座席に載せ、動かないようにシートベルトで固定した。

彼の家。カリチンは振り返った。書斎の天井のランプがついていた。そのままにしておけばいい。ここに来る連中は、彼が書斎にいると思うだろう。

あの夜、ホテルから逃げ出すときに、部屋の明かりをつけたままにしていたことを思い出した。書斎のランプと似たような、オレンジがかった黄色の明かりだった。遠いむかしの、忘れ去られた記憶。父親のデスクに置かれていたランプの明かりも、同じ色をしていた。たまたま可視スペクトルが同じだったというだけのことだが、自然が生み出す色調や明暗の類似性に、これほどまでに秘められた意味や力があると感じたことはなかった。

抑えきれない願望に襲われた。この先の見えない逃避行の連鎖を断ち切りたい、第三ゲートの扉で止められた少年だったころに戻りたい、そんな願望に。

松の木の形をした芳香剤がフロントガラスで揺れている。ディドル、ディドル、いち、に、さん。

どこを走ればいいのかわからなくなった気がした。曲がり角や標識、この地域全体の位置関係を忘れてしまったかのようだった。それでも、アクセルを踏んだ。何もせずに坐っているわけにはいかない。ただ待っているわけにもいかない。救済の可能性を信じるわけにはいかなかった。

一頭隠れて――勝つのはだあれ！

二速に入れた。この道はおうとつが激しい。問題ない、ゆっくり運転するだけだ。アスファルトの道路まで遠くはない。

司祭平服姿のトラヴニチェクが祭壇の前で不格好に倒れて死んでいるところを思い浮かべた。車の窓を開け、肌を刺すような夜の空気を吸おうとした。ここを出ていく。遠く離れた国へ。だがそのまえに、証人を消さなければならない。

成功の臭いを嗅ぎ取った気がした。同じような道を歩んだ逃亡者たちが嗅いだ、愚かで、狡猾な成功の臭いを。

前輪が岩にぶつかった。車が跳ね、車台にひびが入った。

カリチンは、死んだことすら気づかずに眠りに落ちた。ツバメやキクイムシ、ミミズ、ワラジムシ、モグラなどとともに。車は斜面を下って溝にはまり、月明かりの下でエンジンが止まった。ニーオファイトは、ボトルのスプレー・ポンプ部分にできたごくわずかなひびから洩れ出して消滅し、アストラル界の原子や分子にまぎれてしまった。

たえずまわりに目を配っている村人たちが、野原を照らしたまま動かないヘッドライトに気づいて警察に通報した。現場に警察車両が到着したときには、ほんのかすかな臭いさえ残っていなかった。

警察官がトラヴニチェクの家のドアを叩いた。前日にその孤独な新入りが司祭といっしょにいるところを見かけた、という話を村人たちから聞いたのだ。

外はまだ暗く、夜明けの気配も感じられない。

トラヴニチェクは疲れ果てていた。カリチンが戻ってくるのを、ずっと待っていた。

何があったのか悟ったトラヴニチェクは、カリチンを捜している男たちのことを考えた。冷酷な男たちのことを。なぜか、彼らがまだ来ていないという確信があった。だが警察は、彼らがここへ向かっているということすら知らない。彼らの運命は、トラヴニチェクの手に握られている。

わずかにためらった。影に追われて怯えるカリチンを思い出した。そこで、警察官にはこう言うだけにした。この件はまだ終わってはいないような気が……

シェルシュネフはアラームが鳴るまえに目を覚ました。グレベニュクがトイレの前で屈み込み、嘔吐していた。顔は真っ青だ。

「あの肉のせいだ」少佐の声はかすれていた。「あんな肉は食べ慣れてなくて。中佐は何ともなくてよかった。腹がゴロゴロ鳴ってる。運転は無理です」

シェルシュネフは服を着て、内ポケットに容器を入れた。

「ここで待っていろ。終わったら迎えに来る」

グレベニュクはさらに吐いた。

「救急車は呼ぶなよ」シェルシュネフはこの状況を妙だとは思わなかった。逆に、こうであるべきだと思った。ひとりのほうがやりやすい。腹を壊すためにグレベニュクが故意に何かを飲んだのではないか、あるいは壊したふりをしているのではないかという考えが頭をよぎったが、すぐに消えた。いや、ちがう、少佐はただ運が悪かったにすぎない。何か悪いことが起こる定めにあり、実際にそうなっただけのことだ。

駐車場では、みんなまだ眠っていた。ヘリコプターは見当たらない。ブルドーザーが土砂の周囲を動きまわり、大きな岩をどかしている。旗でしるしを付けられた一車線が、すでに開通していた。作業員が進んでいいという合図を送ってきた。シェルシュネフはアクセルを踏み込み、車の反応を楽しんだ。

曲がりくねった道を走り、脇道に入った。太陽は尾根の上に顔を出しているものの、谷はいまだ霧に包まれている。動物は目を覚ますが、農民たちはまだ寝ている時間だ。シェルシュネフは新たに時間に余裕ができたと感じ、昨日のグレベニュクよりもスピードを出した。

街に着いた。始発の路面電車が駅に停まっている。運転手がタバコを吸いながら、魔法瓶からコーヒーを飲んでいた。昨日の木々。昨日の家々。ごみ箱に残っている昨日のごみ。信号機さえ昨日のままだ。今日を目にした者はまだいない。誰も目を覚ましておらず、起きているのはシェルシュネフとその運転手だけだった。路面電車内にあるチケットを処理する機械が音をたて、今日の日付をセットしている。とはいえ、新しい印を押された乗車券をもっている者はまだいない。

右に曲がった。丘の上に教会が見えた。やり遂げてみせる、長かった昨日がいまだにつづいているかのようにそう意気込んだ。

黒い人影が目に入った。礼拝を終えて出てきた司祭にちがいない。このあたりで信仰される宗教が何なのか、何時に礼拝がはじまるのか、そんなことは知ったことではない。

道に立つ司祭。縁起が悪い。

曲がり角、リンゴの木が植えられた小道。藪の一部に、最近になって折られた跡がある――トラックがバックして突っ込んだのだろう。細い谷間。何もかも、工作員の報告どおりだ。対象は寝ているにちがいない。誰も彼も眠っている。

だがそのうちのひとりは、目を覚ますことはない。

森の上にヘリコプターが現われ、機械を通した声が呼びかけてきた。シェルシュネフには一瞬だけ振り返る余裕があった。武装したドイツ警察のヴァンに道をふさがれていた。

車で溝を乗り越えて斜面を上った。逃げ切れるという淡い期待を抱きつつ、岩や丘を越えていく。車が盛り土に突っ込み、エンジンが止まった。

森の方へ駆けだした。頭上ではヘリコプターがうなりをあげ、機械を通した声が止まるように警告してくる。銃弾が草を切り裂くなか、なんとか森へ逃げ込んだ。イヌが吠えている。命令や銃声も聞こえた。根や窪みに足を取られて森のなかを転げまわり、からだ中を枝で打ちつけられた。

張り出した木の下に砂地があり、そこに何かの巣穴があった。必死で走ってきたシェルシュネフはその穴に潜り込んだ。

催涙弾が降ってきた。シューッという音とともに、酸性の白い煙がまき散らされる。いざとなれば容器を開放し、ニーオファイトを使うこともできる。容器に手を伸ばそうとした。せめて容器に手を触れ、武器があることを確かめたかった。

ポケットは空っぽだった。逃げている最中にボトルを落としたのだ。

催涙ガスにやられて涙を流しながら、穴から這い出した。からだ中に葉がまとわりつき、まるで森の魔物のようだった。

黒いガス・マスクを着けた兵士たちに半円状に取り囲まれ、銃を向けられた。

シェルシュネフはゆっくり両手を挙げた。

SWATチームの兵士たちが続々と木々のあいだから駆けつけてくる。黒いマスクを着けた数十人の兵士に包囲され、いくつもの銃身が顔に向けられていた。

ただひとり素顔をさらしているシェルシュネフの顔に。

今夜、どの新聞にもこの件が載るだろう。テレビにも。インターネットにも。

あのコンテナに捕らえられていた少年のスマートフォンにも。

息子のマキシムのスマートフォンにも。

シェルシュネフは涙が頬を流れるのを感じていた。それは安堵の涙などではなく、刺激性のガスによる涙だった。

訳者あとがき

ソヴィエト崩壊を背景にし、毒物の研究にとりつかれた化学者と任務に固執する工作員の二人を軸に、現代のロシアと旧ソ連を軸に物語が展開していく重厚なスリラーです。これは究極の毒薬をめぐる物語ですが、主要な登場人物はそれぞれ病や暗い過去といった〝毒〟に苦しめられていると言ってもいいかもしれません。それが物語全体に影を落とし、まさに〝毒〟に蝕まれているかのような雰囲気が全篇に漂っています。登場人物のなかでも、とりわけ研究のためならどんな犠牲もいとわない化学者の執念には鬼気迫るものがあります。

とある小さな村で、数十年まえにロシアから亡命した男が毒殺されるところから物語ははじまります。国際的な捜査が行なわれることになるのですが、そこから思わぬかたちで、同じように数十年まえにロシアから亡命したある化学者の正体が割れてしまいます。そこで、毒薬の開発に携わっていたその化学者を始末するために、彼が創り出した毒薬を託された新たな工作員が送り込まれます。さらにある秘密を抱える神父も加わり、三人の過去が暗い影を落とすなか、旧ソ連の闇を浮き彫りにしながらそれぞれの運命が絡み合っていきます。

著者のセルゲイ・レベジェフは、一九八一年にモスクワで生まれました。七年間、地質学者としてロシア北部や中央アジアで地質調査に携わり、その後に作家に転身。詩人、エッセイスト、ジャーナリストとしても活躍しています。二〇一六年に発表されたデビュー作、*Oblivion* はウォールストリート・ジャーナルでベストテン・ノベルに選ばれました。そのほかの作品に、*North and East*、*Two Red Stars*、*The Goose Fritz*、*The Year of the Comet* があります。彼の作品は二十カ国語に翻訳され、英語圏でも高い評価を受けています。ニューヨーク・レヴュー・オブ・ブックスでは、もっとも優れたロシアの新世代の作家と称賛されています。本作のようにロシアの闇や、ソヴィエト崩壊を背景にした物語を多く書いています。

本作を読んで、二〇二〇年の八月に起こった、ロシアの反体制派の指導者アレクセイ・ナワリヌイ氏の毒殺未遂事件を思い浮かべた人も少なくはないかもしれません。この事件ではロシアの関与が疑われ、軍用に開発された神経剤ノビチョクが使用されたということです。もちろん、ロシア政府は一切の関与を否定していますが。ロシアによるものと思われる、政権に批判的な人物の毒殺、および毒殺未遂はこれだけにとどまりません。二〇〇〇年代に入ってからだけでも、二〇〇四年には国内でポリトコフスカヤ記者の毒殺未遂事件が起こりました。彼女は一命をとりとめたものの、二年後の二〇〇六年に自宅のアパートのエレヴェータ内で射殺されました。二〇〇六年にはロンドンで元スパイのリトビネンコ氏が毒殺され、二〇一八年には同じくイギリスで元スパイのスクリパリ氏と娘のユリアの毒殺未遂事件が起こるなど、近年もあとを絶ちません。その二〇一八年の事件でも、ノビチョクが使用されています。ちなみにノビチョクには新参者といった意味があり、本作に登場するニーオファイトという名称のもとになったのは明らかです。そういえば、二〇一七年にはマレーシアで金正男氏が神経剤VXで毒殺されるという事件もありました。こちらはロシアではなく北朝鮮の関与が疑われていますが。

作中でも触れられていますが、毒物による暗殺というのは時代遅れに思えるかもしれません。しかし、このように現代社会においてもいまだに行なわれているのです。しかも、ただの暗殺よりも毒殺のほうが不気味な恐ろしさを感じるのは、気のせいでしょうか？やはり、毒薬というのは〝恐怖をあおるもの〟ということなのでしょう。

本作はそういった事件を題材にし、いまだにつづくロシアの闇、あるいは〝毒〟をえぐり出そうとしているのです。

なお第四章で引用されている詩はW・H・オーデンの *O What Is That Sound* によります。

二〇二一年七月

ティンカー、テイラー、ソルジャー、スパイ〔新訳版〕

Tinker, Tailor, Soldier, Spy

ジョン・ル・カレ

村上博基訳

英国情報部の中枢に潜むソ連のスパイを探せ。引退生活から呼び戻された元情報部員スマイリーは、かつての仇敵、ソ連情報部のカーラが操る裏切者を暴くべく調査を始める。二人の宿命の対決を描き、スパイ小説の頂点を極めた三部作の第一弾。著者の序文を新たに付す。映画化名『裏切りのサーカス』解説／池上冬樹

ハヤカワ文庫

スクールボーイ閣下（上・下）

The Honourable Schoolboy

ジョン・ル・カレ

村上博基訳

〔英国推理作家協会賞受賞作〕ソ連情報部の工作指揮官カーラの策謀により、英国情報部は壊滅的打撃を受けた。その長に就任したスマイリーは、膨大な記録を分析し、カーラの弱点を解明しようと試みる。そして中国情報部にカーラが送り込んだスパイの重大な計画を知ったスマイリーは秘密作戦を実行する。傑作巨篇

ハヤカワ文庫

スマイリーと仲間たち

Smiley's People

ジョン・ル・カレ
村上博基訳

将軍と呼ばれる老亡命者が殺された。将軍は英国情報部の工作員だった。醜聞を恐れる情報部は、彼の工作指揮官だったスマイリーを引退生活から呼び戻して後始末を依頼、やがて彼は事件の背後に潜むカーラの驚くべき秘密を知る！　英ソ情報部の両雄がついに決着をつける。三部作の掉尾を飾る傑作。解説／池澤夏樹

ハヤカワ文庫

誰よりも狙われた男

A Most Wanted Man

ジョン・ル・カレ

加賀山卓朗訳

弁護士のアナベルは、ハンブルクに密入国した痩せぎすの若者イッサを救おうと奔走する。だがイッサは過激派として国際指名手配されていた。練達のスパイ、バッハマンの率いるチームが、イッサに迫る。命懸けでイッサを救おうとするアナベルは、非情な世界へと巻きこまれてゆく……映画化され注目を浴びた話題作

ハヤカワ文庫

繊細な真実

A Delicate Truth
ジョン・ル・カレ
加賀山卓朗訳

極秘の対テロ作戦に参加することになった外務省職員。新任大臣の命令だが不審な点は尽きない。一方、大臣の秘書官は上司の行動を監視していた。作戦の背後に怪しい民間防衛企業の影がちらついていたのだ。だが、秘書官の調査には官僚の厚い壁が立ちはだかる！　恐るべきはテロか、それとも国家か。解説／真山　仁

ハヤカワ文庫

窓際のスパイ

Slow Horses

ミック・ヘロン
田村義進訳

ミスをした情報部員が送り込まれるその部署は〈泥沼の家〉と呼ばれている。若き部員カートライトもここで、ゴミ漁りのような仕事をしていた。もう俺に明日はないのか？　だが英国を揺るがす大事件で状況は一変。一か八か、返り咲きを賭けて〈泥沼の家〉が動き出す！　英国スパイ小説の伝統を継ぐ新シリーズ開幕

ハヤカワ文庫

訳者略歴　1973年生，パデュー大学卒，翻訳家　訳書『アベルVSホイト』『老いた男』ペリー（以上早川書房刊）

HM=Hayakawa Mystery
SF=Science Fiction
JA=Japanese Author
NV=Novel
NF=Nonfiction
FT=Fantasy

追跡不能

〈NV1484〉

二〇二一年八月二十日　印刷
二〇二一年八月二十五日　発行

（定価はカバーに表示してあります）

著者　セルゲイ・レベジェフ
訳者　渡辺義久
発行者　早川浩
発行所　株式会社早川書房

郵便番号　一〇一 - 〇〇四六
東京都千代田区神田多町二ノ二
電話　〇三 - 三二五二 - 三一一一
振替　〇〇一六〇 - 三 - 四七七九九
https://www.hayakawa-online.co.jp

乱丁・落丁本は小社制作部宛お送り下さい。
送料小社負担にてお取りかえいたします。

印刷・信毎書籍印刷株式会社　製本・株式会社明光社
Printed and bound in Japan
ISBN978-4-15-041484-9 C0197

本書は活字が大きく読みやすい〈トールサイズ〉です。